© ڈاکٹر بلند اقبال

نام کتاب	:	کھوئے ہوئے صفحات
ناول نگار	:	ڈاکٹر بلند اقبال
مطبع	:	ایچ ۔ ایس ۔ آفسیٹ، دہلی
سرورق	:	ٹیم عرشیہ پبلی کیشنز، دہلی
ناشر	:	عرشیہ پبلی کیشنز، دہلی

Khoye Huwe Safhaat
by **Dr. Buland Iqbal**

ISBN : 978-93-90682-92-8

ملنے کے پتے

011-23260668	○	مکتبہ جامعہ لمیٹڈ، اُردو بازار، جامع مسجد، دہلی ۔ 6
011-23276526	○	کتب خانہ انجمن ترقی اردو، جامع مسجد، دہلی
+91 7905454042	○	رائی بک ڈپو، 734، اولڈ کٹرہ، الہ آباد
+91 9358251117	○	ایجوکیشنل بک ہاؤس، علی گڑھ
+91 9304888739	○	بک امپوریم، اُردو بازار، سبزی باغ، پٹنہ ۔ 4
+91 9869321477	○	کتاب دار، ممبئی
+91 9246271637	○	ہدیٰ بک ڈسٹری بیوٹرس، حیدرآباد
+91 9325203227	○	مرزا ورلڈ بک، اورنگ آباد
+91 9433050634	○	عثمانیہ بک ڈپو، کولکاتہ
+91 9797352280	○	قائمی کتب خانہ، جموں توی، کشمیر
+91 8401010786	○	امرین بک ایجنسی، احمد آباد، گجرات

arshia publications

A-170, Ground Floor-3, Surya Apartment, Dilshad Colony, Delhi - 110095 (INDIA)
Mob: +919971775969, +919899706640   Email: arshiapublicationspvt@gmail.com

Lasertype Setting at : **Frontech Graphics, Abdul Tawwab, 9818303136**

انتساب

رنگ، نسل، مذہب اور قومیت سے

بالاتر ہو کر انسانوں سے پیار کرنے

والوں کے نام

بجا کہ اپنی دسترس میں لوح بھی، قلم بھی ہے
مگر جو گھل کے دل کی بات کہہ سکے وہ دم بھی ہے؟

(حمایت علی شاعر)

The day we are able to free ourselves from the ghettos of color, race, nationalism and religion, we will deserve to be called HUMAN BEINGS.

Baland Iqbal

(۱)

جوں ہی میں نے اُس عمر رسیدہ مغربی عورت کی آنکھوں میں جھانکا کمرے کی ویرانی سے نکل کر اُس کی آنکھوں کی ویرانی میں ڈوبتی چلی گئی۔ اُن بوڑھی آنکھوں میں کچھ بھی تو نہیں تھا۔ نہ امید نہ مایوسی، نہ خواہش نہ طلب، نہ محبت اور نہ سردمہری۔ اُن آنکھوں کے رنگ یوں اُڑ چکے تھے کہ اب اُن میں بے رنگی بھی نہیں بچی تھی، اُن میں اندھیرا یوں کچھ ڈیرا ڈال چکا تھا کہ اب اُن سے روشنی اور تاریکی دونوں رخصت ہو چکی تھیں، احساس و جذبات سے عاری اُن آنکھوں میں بس ایک ہی وقت تھا جو ماضی کے کسی کھوئے ہوئے لمحے میں رُکا ہوا تھا اور وہ اُسے سمیٹے ہوئے چپ چاپ سانسیں لے رہی تھیں۔

میں ابھی اس سنگین خیال کی پیچیدگی سے باہر بھی نہیں نکل پائی تھی کہ میری سماعتوں تک اُس کی آواز کمروں کی دیواروں سے ٹکراتی ہوئی پہنچی۔

'سنو، کیا تم کچھ پیو گی؟'

میرا دل اُس کی ویران آنکھوں کے سمندر میں سے غوطہ کھا کر دھڑ کتا ہوا باہر نکلا اور گہری سانس لے کر چند لفظوں کو ہونٹوں سے باہر ڈھکیلتا چلا گیا۔

'جی جی، میں چائے پی لوں گی۔'

مجھے لگا کمرے کی کثیف فضا میرے بے تکلف جملوں کا بوجھ نہ اُٹھا سکی اور اچانک کچھ اس طرح سے لطیف ہوئی جیسے کسی شیشے کے ٹوٹنے سے پہلے اُس کی کانچ میں چند بال آ جائیں، جیسے سرد برفیلی ہوا کے چلنے سے پہلے بدن میں ہلکی سی خنکی کی لہر دوڑنے لگے یا جیسے آنسوؤں

سے قبل آنکھوں میں ہلکی سی نمی اُتر آئے۔

'میں لاتی ہوں۔' یہ کہہ کر وہ اپنے انیسویں صدی کے جہازی وکٹورین صوفے سے اُٹھنے لگی مگر اس سے قبل کے وہ پوری طرح صوفے سے باہر آتی میں نے بے ساختگی سے ہاتھ پھیلا کر اُسے روک دیا۔ رہنے دیجیے، آپ کو خواہ مخواہ تکلیف ہوگی۔'

میں نے کلائی پر نظر ڈالی اور کہا: 'شاید مجھے اب یہاں سے نکلنا چاہیے ورنہ مجھے دیر ہو جائے گی۔'

بوڑھی عورت نے مجھے نظر اُٹھا کر دیکھا اور دھیمے سے کہا: 'مجھے اچھا لگتا جو تم کچھ دیر اور ٹھیر جاتی۔'

میں نے ہلکی سی سانس لی اور کلائی سے نظریں ہٹا کر اُس کی طرف دیکھا، اُس کی آنکھوں میں جیسے زندگی کے چند رنگ جھلملائے اور ہونٹوں پر ایک ہلکی سی جنبش نمودار ہوئی مگر جملہ مکمل ہوئے بنا ہی وہ رنگ مدھم پڑنے لگا۔

'مجھے معلوم ہے تم پاکستانی ہندوستانی خواہش کے اظہار میں اکثر تکلّف سے کام لیتے ہو۔ میرا 'وہ' بھی ایسا ہی تھا۔'

اُس کی آنکھیں پھر سے پہلے جیسے ویران ہوتی چلی گئیں۔

'بیٹھو، میں چائے لاتی ہوں، خود میرا بھی دل چاہ رہا ہے۔' یہ کہہ کر وہ آہستہ سے صوفے سے اُٹھی اور دھیمے دھیمے چلتی ہوئی کمرے کی دوسری طرف چلی گئی جہاں ایک کھلی الماری میں الیکٹرک کیٹل، چائے، دودھ، شکر اور کچھ کپ قرینے سے رکھے ہوئے تھے۔

میں نے بیٹھے رہنے میں عافیت محسوس کی اور دوبارہ صوفے میں دھنستی چلی گئی۔ صوفوں میں پرانے گدے کی بوتھی مگر دھلی ہوئی چادر کی خوشبوں نے اُسے بڑی حد تک زائل کر دیا تھا۔ میری نظر اُٹھی تو کمرے کے فرنیچر اور دیواروں، کھڑکیوں پر لٹکے ہوئے پردوں سے گزرتی ہوئی فرش پر بچھے غالیچے تک پھسلتی چلی گئی۔ شیشم کی لکڑی کا مضبوط فرنیچر وقت کی دھول میں اٹ کر اُس جیسا ہی پرانا اور ملگجا ہو چکا تھا۔ کھڑکیوں پر لٹکے ہوئے بنفشی رنگوں

کے بھڑ کیلے پردے برسوں سے ساکت پڑے پڑے غالیچے کی میلی رنگت کی طرح بے جان رنگوں میں بدل چکے تھے۔ میز پر رکھا ہوا کانچ کے گلدان میں پڑا خشک پانی اپنے نمک سے اُسے آدھا سفید کر چکا تھا جس میں پڑی ہوئی سوکھی بے جان شاخیں اپنے سروں پر پھول کی جگہ کچھ مرجھائی ہوئی پتیاں لٹکائے ہوئے تھیں۔

چائے کی کیتلی میں پانی کے اُبلنے کی آواز کے ساتھ ہی کمرے کے بیچ کچھ رنگ بھی بھاپ بن کر میری نظروں کے سامنے سے اُڑ گئے اور میری نظر بے ساختہ دوبارہ اُس کار نرکی طرف چلی گئیں جہاں وہ بوڑھی عورت میرے لیے چائے بنا رہی تھی۔ اُس نے دو پیالیوں میں چائے ڈال کر گلاس کی کیتلی سے گرم پانی انڈیلا تو کمرے میں چائے کی خوشبو سے زندگی کا احساس پیدا ہونے لگا۔ اُس نے ٹرے پر دودھ اور شکر اور پیالیاں سجائیں اور اُنھیں اُٹھا کر میرے طرف لانے لگی تو میں جلدی سے صوفے سے اُٹھ گئی اور تیز تیز چلتی ہوئی اُس کے ہاتھوں سے ٹرے لے لی اور آہستہ سے کہا، 'پلیز مجھے دے دیجیے میں رکھ دیتی ہوں۔'

'ٹھیک ہے۔' صوفے کی طرف واپس آتے ہوئے وہ بڑبڑائی:

'مجھے معلوم ہے تم کیا سوچ رہی ہو۔'

میں نے پیالی ہاتھ میں لی اور صوفے پر دوبارہ بیٹھتے ہوئے اُس کی طرف دیکھا۔

'ہم جہاں بہت عرصے تک رہتے ہیں پھر ہم وہاں کے جیسے ہی ہو جاتے ہیں۔ وہاں کی اشیا ہم جیسی ہو جاتی ہیں اور ہم اُن اشیا کے جیسے ہو جاتے ہیں۔ جب میں چائے بنا رہی تھی تم اِن چیزوں سے باتیں کر رہی تھی کیونکہ میں پردوں، کھڑکیوں، دروازوں اور صوفے کی چادروں میں سرایت کر چکی ہوں۔'

مجھے لگا جیسے اُس نے میری چوری رنگے ہاتھوں پکڑ لی تھی۔

میں نے چائے کا ایک گھونٹ لیا اور دھیمے سے کہا، 'چائے بہت اچھی ہے۔'

'تو تم یہاں تصویریں لینے آئی ہو؟'

بوڑھی عورت نے میری تعریف کو نظر انداز کرتے ہوئے پوچھا۔

'جی، مجھے لگتا ہے میں ان تصویروں کی مدد سے تاریخ کے ٹوٹے ہوئے کچھ سروں کو جوڑ پاؤں گی۔' میں نے پیالی میز پر رکھتے ہوئے اُس کی طرف دیکھتے ہوئے کہا۔

'کیا واقعی اس کی ضرورت ہے؟' اُس نے ٹھہر کر ایک ایک لفظ پر زور دیتے ہوئے کہا۔

'شاید، مگر پھر میں نے فوراً ہی اس لفظ کو نگل لیا اور دوبارہ کہا۔ 'یقیناً'

'اور اس سے تمھیں کیا ملے گا؟' اُس کے لفظوں میں ابھی تک وہی زور باقی تھا۔

'اطمینان'، مجھ سے پھر غلطی ہوگئی اس لیے آنکھیں بھینچ کر دوبارہ کہا۔ 'تکمیل'

'مگر یہ بہت ہی پیچیدہ اور طویل سفر ہے۔ تم طے کر پاؤ گی؟' اُس کی آنکھوں میں تجسس سا اُتر آیا

'ہاں۔' اس بار میری آواز میں اعتماد تھا۔

اُس نے ہاتھ بڑھا کر صوفے کے کنارے میں رکھے چھوٹے ٹیبل سے گہری سختی ڈائری اُٹھائی جس کا پیٹ بہت سے اَڑے سے ہوئے کاغذوں اور پرانی تصویروں سے بھرا ہونے کی وجہ سے جگہ جگہ سے پھولا ہوا تھا۔ اُس نے ڈائری کو اپنے کانپتے ہوئے ہاتھوں سے ٹھیک اُس جگہ سے کھول دیا جہاں بلیک اینڈ وائٹ تصویریں رکھی ہوئی تھیں۔ اُس نے اُن تصویروں کو ڈائری سے نکال کر ڈائری واپس سائیڈ ٹیبل پر رکھ دی اور چپ چاپ خالی آنکھوں سے اُنھیں تکنے لگی۔ وہ ایک ایک کر کے اُن تصاویر کو اپنی نظروں کے سامنے سے گزارتی رہی اور پھر جب آخری تصویر بھی دیکھ چکی تو اُن میں سے چند تصویریں میری طرف بڑھا دیں۔ جو پچاس ساٹھ برس پُرانی تھیں جن کی رنگت بلیک اینڈ وائٹ سے زیادہ ٹیکنی کلر ہو چکی تھی۔ اُن کی بوسیدگی میں کچھ کچھ نمی کا سا احساس بھی تھا جیسے انھیں پرانا کرنے میں وقت کے ساتھ آنسوؤں کے نمک نے بھی کچھ اپنا کردار ادا کیا تھا۔

'یہ تصویریں میں جلد ہی آپ کو لوٹا دوں گی، میرا وعدہ ہے۔' یہ کہہ کر میں نے تصویریں اپنے بیگ میں رکھ لیں مگر اچانک مجھے احساس ہوا جیسے اُس کی خاموشی میں کوئی کرب چھپا

ہوا ہے۔

''آپ ٹھیک تو ہیں نا۔'' میں نے ہاتھ بڑھا کر اُس کے دونوں کانپتے ہوئے ہاتھوں کو ہلکے سے تھام لیا۔

''یہ میرے پاس آپ کی امانت ہیں، مجھے معلوم ہے ان تصاویر کی آپ کی زندگی میں کس قدر اہمیت ہے۔''

''نہیں، تمھیں شاید اندازہ نہیں ہے۔'' اُس نے بڑبڑاتے ہوئے کہا۔

اور میں اُس کے جملوں کی ذومعنویت کو پوری طرح نہیں سمجھ سکی۔

میں نے اُس کی آنکھوں کو دیکھا جو چپ چاپ فرش کو تک رہی تھی۔

''اچھا اب میں چلتی ہوں ورنہ مجھے واقعی دیر ہو جائے گی۔'' یہ کہہ کر میں تیز قدموں سے کمرے سے نکل کر گھر کے پورچ سے ہوتی ہوئی باہر نکل آئی، مجھے لگا کہ میں اور کچھ دیر تک بوڑھی عورت اور اُس کے گھر کی ویرانی کا سامنا نہیں کر پاؤں گی۔ ویرانی جس کی بنیادوں میں دکھ کا دلدل بھرا ہوا تھا۔

جس لمحے اُس نے گھر کا دروازہ بند کیا مجھے لگا جیسے ایک ہلکی سی سسکی کی آواز بھی بند ہوتے ہوئے دروازے کی چرچراہٹ میں شامل ہو گئی ہے، اس کے ساتھ ہی میرے پیچھے ایک سناٹا سا پیدا ہوا اور پھر سڑک سے گزرتے ہوئے ایک ٹرک کی بے ہنگم آواز میں کھو گیا۔

شام کے اجلے سائے سیاہ گہرے بادلوں کے ساتھ مل کر دل کی افسردگی کو اور بھی بوجھل کر رہے تھے۔ موسم کی خنکی ستمبر اور اکتوبر کے درمیان اُگی ہوئی آخری شام کے درمیان اپنے امکانات کو ڈھونڈ رہی تھی کہ نہ جانے اُس کے نصیب میں آنے والی سرد راتوں کی تنہائی ہے یا بیتے ہوئے سہ پہروں کی کوئی کھوئی ہوئی یاد۔ بوڑھی عورت کی کہی ہوئی باتیں میری روح کے ساتھ کچھ اس طرح سے لپٹ گئی تھیں جیسے کوئی امر بیل کسی زیتون کی شاخ کے ساتھ۔۔۔۔ مجھے لگ رہا تھا جیسے میرے اندر کی بے چینی باہر کے سکون میں جذب ہونے کی تگ و دو میں مصروف ہو گئی ہے۔

دروازے سے گاڑی تک کا راستہ کہنے کو چند قدموں کا تھا مگر میرے لیے وہ پوری ایک صدی پر محیط تھا۔ میرے قدم بیک وقت تیز اور بوجھل تھے وہ کبھی سیدھے تھے تو کبھی ٹیڑھے پڑ رہے تھے۔ میں نے گاڑی کا دروازہ کھولا، اُسے اسٹارٹ کیا اور ایک طائرانہ نظر بوڑھی عورت کے گھر پر ڈالتی ہوئی ایکسیلیٹر پر اپنے پاؤں کا بوجھ بڑھاتی چلی گئی۔

مجھے شروع میں ایک لمحے کے لیے یہ بھی خیال آیا جیسے بوڑھی عورت کا یہ گھر زمین کے بجائے بہت سارے بھرے ہوئے بادلوں پر کھڑا ہے مگر پھر جلد ہی میری توجہ سامنے سے آتی ہوئے قطار در قطار گاڑیوں پر مرکوز ہوتی چلی گئی۔

●●●

(۲)

کچھ ہی دیر میں جیسے آسمان ٹوٹ ٹوٹ کر زمین پر گرنے لگا۔

پانی سے بھرے ہوئے سیاہ بادل آپس میں ٹکرا کر وحشتناک آوازوں سے پھٹ رہے تھے۔ ایک سیلاب تھا جو لاتعداد پرنالوں کی شکل میں اُس پھٹے ہوئے آسمان سے دھڑ ادھڑ نیچے گر رہا تھا۔ بجلی کے کڑکنے کی آوازوں سے میرا دل دہل رہا تھا اور اُن سے نکلنے والی روشنی سے میری آنکھیں پھٹی جا رہی تھیں۔ ہوائیں ہیبت ناک آوازوں کے ساتھ چیخ رہیں تھیں جیسے وہ آسمان کے اچانک پھٹ جانے پر ماتم کر رہی ہوں۔ میرے چاروں جانب قیامت کا شور تھا جو چیخوں، سسکیوں اور رونے کی آوازوں سے گونج رہا تھا اور اُسی شور میں میری اپنی وحشت ناک چیخیں بھی شامل تھیں۔ میں خوف کے مارے زور زور سے کانپ رہی تھی مجھے یقین ہو چکا تھا کہ جیسے سارا آسمان بس اب کچھ ہی دیر میں میرے اوپر گر جائے گا۔ میں نے کانپتے ہوئے پیروں کے ساتھ ایکسیلیٹر پر پاؤں مارنے کی کوشش کی مگر گاڑی شاید زمین کے بجائے طوفانی ہواؤں کے جھکڑوں میں پھنسی ہوئی زمین سے کہیں اوپر فضا میں معلق تھی۔ وہ اس قدر زور زور سے ہچکولے لے رہی تھی کہ میرا پورا وجود چاروں طرف بے تہاشا اچھل رہا تھا۔ میں کبھی دائیں تو کبھی بائیں لڑھک رہی تھی کہ اچانک ایک بار ایسا جھٹکا لگا کہ میں منھ کے بل گاڑی سے نکل کر سیدھی زمین پر آ گری۔ میں اک دم سے بوکھلا کر اُٹھی اور اپنے سر کو دونوں ہاتھوں سے بچاتے ہوئے اندھا دھند بھاگنے لگی کہ جیسے جان بچانے کے لیے بھاگنے کے سوا کوئی راستہ نہیں تھا۔ میرے چاروں جانب دھواں ہی دھواں پھیلا ہوا

تھا۔ جگہ جگہ آگ بھڑک رہی تھی اور پھر فوراً ہی آسمانی برف کے تو دوں میں دھنس کر دھوئیں کا سیلاب پیدا کر رہی تھیں۔ جس اتنا زیادہ تھا کہ سانس لینا محال ہو رہا تھا۔ میں نے بے چینی سے سر اٹھا کر گہری گہری سانسیں لینا شروع کر دی اور جب ہوا بالکل ہی نہ ملی تو میں نے دونوں ہاتھوں سے اپنی گردن کو بھینچ کر آسمان کی طرف دیکھا۔ مجھے ایک دم ایسے لگا جیسے پورا آسمان ٹوٹ کر میرے سر پر گرتا جا رہا ہے اور میں چیخیں مارتے ہوئے وہیں زمین میں زندہ دفن ہوتی جا رہی ہوں۔

میری آنکھیں وحشت سے کھل گئیں۔ میں سسکیاں بھرتی ہوئی اپنے دونوں ہاتھوں سے گردن کو کس کر تھامے ہوئی تھی، جونہی مجھے اس بات کا احساس ہوا میں نے فوراً اپنی گرفت گردن پر ہلکی کر دی اور ایک گہری سانس لی مگر پھر مجھے کھانسی کا دورہ پڑتا چلا گیا۔

آہستہ آہستہ میری سانسیں بحال ہوئیں تو مجھے احساس ہوا کہ میرے سارے کپڑے پسینے میں شرابور اور پیچھے سے ہو رہے ہیں اور میرا پورا بدن ٹھنڈا ہو رہا ہے۔ میں نے گھبراہٹ میں دونوں ہاتھوں سے اپنے سر کو تھام لیا جو بالکل سُن ہو رہا تھا۔ کچھ دیر تک تو میں یونہی کانپتے ہوئے بدن کے ساتھ بستر پر پڑی گہری گہری سانسیں لیتی رہی مگر پھر آہستہ آہستہ میرے حواس کچھ بہتر ہونے لگے اور مجھے یقین ہونے لگا کہ یہ سب محض ایک ڈراونا سا خواب تھا جس نے مجھے سخت حواس باختہ کر دیا تھا۔ کچھ ہی دیر بعد جب میری وحشت کچھ کم ہوئی تو میں نے ہاتھ بڑھا کر کمرے میں لیمپ روشن کر دیا اور پھر آہستہ سے اُٹھ کر بستر کے کنارے بیٹھ گئی اور چپ چاپ کمرے کی دیواروں اور کھڑکیوں کو خالی نظروں سے تکنے لگی۔ سامنے سائیڈ ٹیبل پر پر رکھی گھڑی کی سوئیوں کی آواز رات کے تین بج کر پچیس منٹ بجا رہی تھیں اور کمرے کی خاموشی، وقت کے ایک ایک لمحے کے گزرنے کا اعلان پوری گونج کے ساتھ کر رہی تھی۔

اُف! کس قدر ہولناک خواب تھا، میں نے خوف کی ایک جھر جھری لی۔

کیا واقعی خواب تھا یا یہ کسی آئندہ پیش آنے والے واقعہ کا اشارہ تھا؟ میرے دبتے

دل میں اندیشے نے سر اُٹھایا۔

او نہ، ہلکی سی ایک آواز مجھ میں کہیں پیدا ہوئی اور پھر بنا خوف یا اکتاہٹ بنے ہی مجھ میں سے نکل بھی گئی۔

میں نے ایک لمحے کے لیے پھر سے اپنی آنکھیں بند کرنے کی کوشش کی مگر ایک انجانے سے خوف نے انھیں یک لخت کھول دیا۔

میں بستر پر بیٹھ گئی، گردن گھما کر دیواروں کو دیکھا اور پھر سر اُٹھا کر ایک نظر چھت پر ڈالی۔ چھت لیمپ کی روشنی سے پنکھے کے سایوں میں بٹی ہوئی تھی اور دیواریں میرے اپنے سائے سے، میں ہلتی تو دیواروں کے سائے چھت کے سائے سے ٹکرانے لگتے تھے۔ مجھے خیال آیا کہ پنکھا چلا دوں تا کہ کمرے میں کچھ جبس کم ہو جائے مگر پھر اپنے پسینے میں تر بتر کپڑوں کے احساس سے اس خیال کو ترک کر دیا۔ کپڑوں کی چپچپاہٹ میرے خوف کو اب کوفت میں بدل رہی تھی۔ میں نے سر جھکا کر اپنے بدن سے چپکتے ہوئے کرتے کو چھوا اور پھر وارڈ روب کی طرف مڑ کر دیکھا اور کپڑے بدلنے کی غرض سے بستر سے اُٹھ کھڑی ہوئی۔ ابھی میں نے دو ہی قدم وارڈ روب کی طرف بڑھائے تھے کہ نجانے کس خیال سے پلٹ کر کھڑکی کی طرف آ گئی اور پھر ہلکے سے پردہ کھسکا کر نیچے پورچ کی طرف نظریں دوڑائیں۔ گاڑی کو گیٹ کے اندر پارک دیکھ کر میں نے ایک گہرے اطمینان کا سانس لیا۔ سامنے گلی میں گھپ اندھیرا اور خاموشی تھی جو کبھی کبھار محلے کے کسی کتے کے اچانک بھونکنے سے ٹوٹ جاتی تھی۔ آسمان صاف تھا سوائے چند بادلوں کے جنھوں نے اپنے اندر آدھے سے زیادہ چاند کو چھپایا ہوا تھا۔ میں نے کھڑکی کے پردے برابر کر دیے اور پلٹ کر وارڈ روب کی طرف چلی گئی۔

کچھ ہی دیر بعد جب میں اسٹور روم سے خشک کپڑے پہن کر کمرے میں واپس آئی تو خود کو خاصا پرسکون محسوس کیا۔ سنگھار میز کے سامنے کھڑے ہو کر خود پر نظر ڈالی تو لگا ادھوری نیند سے جاگنے کی وجہ سے خواب کی ہیبت سے چہرہ فق پڑا ہے۔ شانوں پر بے ترتیب انداز

سے بکھرے ہوئے بالوں کو میں نے دونوں ہاتھوں سے سمیٹا اور آپس میں گوندھ کر ایک چھوٹا سا جوڑا بنا کر اُسی میں اَڑس لیا مگر ہمیشہ کی طرح اُس میں سے ایک لٹ پھسل کر میری پیشانی پر تو دوسری گال پر اپنی پرانی جگہوں پر آ گری۔ میں نے بھی عادتاً پیشانی والی لٹ کو انگلیوں سے پیچھے دھکیلا مگر میرا ہاتھ ہٹتے ہی وہ ہٹ دھرمی سے پھر واپس وہی پہنچ گئی۔ سامنے میز پر رکھے ہوئے جگ سے میں نے تھوڑا سا پانی گلاس میں نکالا اور ایک لمبا گھونٹ حلق میں اتار لیا اور پھر ایک گہری سانس لے کر دوبارہ وہیں بستر پر بیٹھ گئی۔

کیا تھا یہ سب؟ کیا خواب تھا یہ؟ ایسے لگ رہا تھا جیسے سب کچھ سچ میں ہی ہو رہا ہے۔

کیا اس کا تعلق کل کے واقعے سے تھا؟ میرا دماغ بے ترتیب سا ہونے لگا۔

میں نے اپنے سر کو ہلکی سی جنبش دے کر خود کو خواب کے بے چین کرتے ہوئے خیال سے چھین لیا اور بستر پر آڑی ہو کر لیٹ گئی اور آنکھیں بند کر لیں۔ میں کل کے واقعے کو لمحہ بہ لمحہ اپنے آپ سے ملانا چاہتی تھی۔ پتہ نہیں کیوں مجھے یقین تھا کہ جیسے کل کے عجیب و غریب دن کا اس ہولناک خواب سے کچھ گہرا تعلق ہے۔ ایک کے بعد ایک خیالات میری بند آنکھوں کے پیچھے بے ترتیبی سے کچھ دیر تک رقص کرتے رہے مگر پھر آہستہ آہستہ اُن میں ایک ترتیب سی بننے لگی۔۔۔ اور مجھے کچھ یاد آنے لگا۔

کل آسمان صبح ہی سے ابر آلود ہو رہا تھا، بارش تھی کہ رکنے کا نام ہی نہیں لے رہی تھی۔ ایک بادل کا ٹکڑا اپنے دل کا بوجھ ہلکا نہ کرتا تھا کہ دوسرا اپنی بھری ہوئی آنکھیں لے کر پہنچ جاتا۔ اُس بوڑھی مغربی عورت سے تصاویر لے کر میں نے سوچا تھا کہ اب میں کہیں اور جانے کے بجائے سیدھا گھر ہی چلی جاؤں گی مگر نہ جانے کس خیال سے میں نے گاڑی شاہراہ فیصل سے نیشنل اسٹیڈیم کی طرف جانے والی سڑک پر موڑ لی تھی۔ ڈالمیہ سے ہوتے ہوئے جونہی میری گاڑی نیشنل اسٹیڈیم کے مخالف سمت والی سڑک تک پہنچی تو میں نے اُسے گورا قبرستان کی طرف موڑ لیا۔ قبرستان بارش میں نہانے کے بعد کس قدر افسردہ سا لگ رہا

تھا شاید اُس کی طبیعت کی اداسی پانی میں بھیگ کر اور بھی مغموم ہو گئی تھی۔ گاڑی کو قبرستان میں زیادہ دور تک لے جانا ممکن نہیں تھا اسی لیے میں نے گاڑی ایک سائیڈ میں لگائی تھی اور پھر وہیں گاڑی میں بیٹھے بیٹھے باہر کے خاموش ماحول کو چپ چاپ تک رہی تھی۔ مجھے اندازہ تھا کہ میں یہاں اچانک کیوں آ گئی تھی کیونکہ اُس مغربی عورت نے مجھے بتایا تھا کہ اُس کا جوان بیٹا اِس گورا قبرستان میں ہی کہیں ہے۔ مگر پھر یہ سُن کر تو میرا دل دھک سے ہو کر رہ گیا تھا کیونکہ میری ماں کی قبر بھی یہیں تھی، یہ اور بات کہ میں اُن کے انتقال کے بعد کئی برسوں سے یہاں نہیں آئی تھی اور شاید جان بوجھ کر کیونکہ یہاں آنے سے مجھے سخت ڈپریشن ہوتا تھا۔ مجھے نہیں معلوم امی نے مسلمان ہوتے ہوئے بھی مرتے وقت گورا قبرستان میں دفنانے کی وصیت کیوں کی تھی؟

آہ! کس قدر بھیگا ہوا موسم تھا کل، میرا۔۔۔ اُس بوڑھی عورت کا اور اِس قبرستان کا، مجھے خیال آیا۔ امی کی یاد اور قبرستان کی پراسراری خاموشی اور افسردگی نے مجھے کس قدر بوجھل سا کر دیا تھا۔ میں نے پھر گاڑی کی سیٹ تھوڑی سی پیچھے کر کے کچھ دیر کے لیے اپنی آنکھیں بند کی تھیں کہ اچانک دھڑ دھڑ کی آوازیں میرے سر پر گرجتے بادلوں کی طرح برسنے لگیں۔ میں نے گھبرا کر آنکھیں کھولیں تو مجھے ایک میلا کچیلا پھٹے ہوئے چیتھڑے پہنا ہوا شخص کار کے دروازے کے ہینڈل کو کھینچ کر کھولتے ہوئے نظر آیا تھا۔ وہ ایک ہاتھ سے دروازے کو کھینچ رہا تھا اور دوسرے ہاتھ سے پاگلوں کی طرح گاڑی کے شیشے کو یوں مکہ مار رہا تھا جیسے اگر میں نے فوراً دروازہ نہ کھلا تو وہ اُس کا شیشہ ہی توڑ دے گا۔ میرا دل اچھل کر حلق میں آ گیا تھا اور گھبراہٹ میں میرے ہاتھ پاؤں زور زور سے کانپ رہے تھے۔ میں نے گھبرا کر پوری طاقت سے دروازہ اپنی طرف کھینچنے اور اُسے لاک کرنے کی کوشش کی مگر وہ پھر بھی کھل گیا تھا۔ اُس نے میری ساری مزاحمت کے باوجود دروازہ پورا کھول کر میری طرف جھکنے کی کوشش کی تھی اور میں نے خود کو بچانے کی خاطر اُس کے دونوں ہاتھوں کو اپنے بدن سے دور دھکیلنے کی کوشش کی تھی۔ پہلے پہل مجھے لگا تھا جیسے وہ مجھ پر حملہ کرنا چاہ رہا ہے مگر

اس نے میری گردن کے گرد لاکٹ کو پکڑ کر زور سے کھینچا اور پھر برابر کی سیٹ پر پڑے ہوئے میرے پرس اور تصاویر کو اٹھانے کی کوشش کی۔ میں نے پوری طاقت سے اُسے گاڑی سے باہر دھکیلنے کی کوشش کی۔ میری قسمت اچھی تھی کہ اس کے پاؤں گاڑی کے باہر گیلے کیچڑ پر ٹھہر نہ سکے اور وہ پھسلتا ہوا گاڑی سے دور جا گرا۔ اس نے مجھے چیخ کر گالی دی۔ میں نے آؤ دیکھا نہ تاؤ گاڑی کا دروازہ کھینچ کر بند کیا اور گاڑی کو کانپتے ہاتھوں سے اسٹارٹ کرنے لگی۔ قسمت نے میرا ساتھ دے دیا اور گاڑی بروقت اسٹارٹ ہو گئی اور پھر ہانپتے کانپتے ہوئے میں ایک ایک کر کے گاڑی کے گیئر بدلتی چلی گئی اور پھر جونہی مجھے لگا کہ وہ ریورس گیئر میں آ گئی ہے میں نے پوری طاقت سے ایکسیلیٹر پر پاؤں دبا دیا۔ گاڑی جیسے کسی جہاز کی طرح جھٹکے سے اٹھی اور پھر کٹتے ہوئے ٹائر کی چیخ کے ساتھ پیچھے کی طرف دوڑتی چلی گئی۔ ایک دھماکے کے ساتھ وہ جا کر قبرستان کے مین دروازے کے پلر سے ٹکرائی تھی۔ وہ شخص مجھ پر چیختا ہوا پھر سے اُٹھ کر دوڑا تھا مگر شاید اس کے پاؤں بارش کی وجہ سے ہونے والی کیچڑ پر ٹک نہیں پار ہے تھے۔ اُس نے ایک بار تو گاڑی کے ٹرنک کو پکڑا بھی تھا مگر پھر اس کے ہاتھ پھسلتے چلے گئے اور وہ دھڑام سے گاڑی کے پیچھے گر پڑا۔ اسی دوران میں نے گاڑی کو فرنٹ گیئر میں ڈال کر پوری طاقت سے ایکسیلیٹر پر اپنا پیر دبا دیا اور گاڑی پوری اسپیڈ میں قبرستان کے مین دروازے سے باہر نکل گئی۔ یہ سب اس قدر تیزی سے ہوا تھا کہ مجھے پتہ ہی نہ چلا کہ میں کب ڈالمیہ والی روڈ سے نکل کر نیشنل اسٹیڈیم کی طرف پہنچی اور پھر بدحواسی سے اُسے بھگاتی ہوئی دوبارہ شاہراہِ فیصل پر پہنچ گئی۔ اس دوران بارش کا پانی ونڈ اسکرین پر پرنالوں کی طرح بہہ رہا تھا۔ میرے ہاتھ پاؤں گھبراہٹ اور خوف سے کانپ رہے تھے۔ گاڑی جونہی کارساز پہنچی میں نے اپنے حواس قابو کیے اور اُسے گھر کی طرف موڑنے کے بجائے عطیہ کے گھر کی طرف گھما لیا۔

عطیہ کے گھر تک پہنچتے پہنچتے میرے دل کی دھڑکنیں واپس حلق سے سینے میں اُتر چکی تھیں مگر میرے اعصاب ابھی تک میرے قابو میں نہیں آئے تھے۔ میرے ہاتھ پاؤں پر

رعشہ طاری تھا، مجھے لگ رہا تھا جیسے میرے بازوؤں میں کوئی شے اندر ہی اندر زور زور سے ہل رہی ہے جسے میں باوجود کوشش کے اس پر قابو نہیں کر پا رہی ہوں۔ میرے ماتھے کا پسینہ گو کہ اب خشک ہو چلا تھا مگر میرا باقی بدن پسینے سے گیلا ہو رہا تھا اور میرے جسم سے کپڑے چپک رہے تھے۔ مجھ پر بیک وقت خوف اور وحشت دونوں طاری تھے۔ خوف جیسے شاید وہ شخص میری گاڑی میں ہی کہیں چھپا ہوا ہے اور وحشت و گندگی کا احساس، جو مجھے اُن کیچڑ کے دھبوں سے محسوس ہو رہا تھا جو اُس کی چھینا جھپٹی کے دوران میرے کپڑوں اور ہاتھوں پر جا بجا لگ گئے تھے۔

میرے تو وہم و گمان میں بھی نہیں تھا کہ یوں اچانک قبرستان میں میری افسردہ طبیعت اس حادثے سے دو چار ہو کر خوف اور پھر وحشت میں بدل جائے گی اور پھر اس قدر تیز رفتاری سے کہ میرے سارے اعصاب ایک جھٹکے سے تناؤ کی کیفیت میں آ کر ایک دم ڈھیر ہی ہو جائیں گے۔ عطیہ کے گھر کے آنے تک شاید میں نے تقریباً دسوں بار تو پلٹ کر کبھی ونڈ شیلڈ تو کبھی بیک سیٹ کی طرف دیکھا کہ کہیں وہ شخص میرے ساتھ ہی تو گاڑی میں نہیں ہے؟

عطیہ میری یونیورسٹی کے زمانے کی دوست تھی۔ جن دنوں میں جرنلزم میں ماسٹرز کر رہی تھی وہ ہسٹری ڈپارٹمنٹ میں تھی۔ عطیہ کا ماسٹرز ابھی مکمل بھی نہیں ہوا تھا کہ اُس کی ایک ڈاکٹر سے شادی ہو گئی۔ اس بات کو بھی لگ بھگ دو سال ہو چکے ہیں جبکہ میں ابھی تک اسد کے عشق میں گرفتار تھی جو میرا یونیورسٹی کے دور کا پہلا پیار تھا۔ عطیہ نے جو مجھے یوں اچانک اپنے گھر کے مین گیٹ پر دیکھا تو اُس کے چہرے پر خوشی کی لہر دوڑ گئی مگر جو نہی اُس نے میرے لیے گیٹ کھولا اور اُس کی نظر میرے حلیے پر پڑی تو اُس کے چہرے پر پھیلی ہوئی خوشی کی لہر حیرت اور پریشانی سے بدل گئی۔ اُس کے منھ سے اچانک نکلا، خیریت فاطمہ کیا ہوا، تم ٹھیک تو ہو؟

اس نے جلدی سے میرے ہاتھ کو پکڑ کر گھر کے اندر کیا اور مین گیٹ کو اندر سے لاک

کر لیا۔ میں نے بھی گھبرا کر اُس کا ہاتھ چھڑا کر پھر خود ہی اُس کا ہاتھ زور سے پکڑ لیا جیسے خود کو کنٹرول میں لانے کی کوششوں میں جٹی ہوئی ہوں۔ عطیہ جب مجھے ڈرائنگ روم میں لے آئی تو میں دھڑام سے صوفے پر گر گئی اور دونوں ہاتھوں سے اپنے سر کو پکڑ کر بیٹھ گئی۔ ابھی تک میرے منھ سے ایک لفظ بھی نہیں نکل پایا تھا جبکہ عطیہ کے چہرے پر پریشانیاں پھیلی ہوئی تھیں۔ کچھ دیر بعد ہی میں نے عطیہ کے ہاتھوں میں اپنے لیے پانی کا گلاس محسوس کیا جو شاید اُس کا ملازم اُس کے اشارے پر لے آیا تھا۔ پانی کے چند گھونٹ پی کر میں نے ایک لمبی سانس لی اور عطیہ کو دن بھر کی روداد سنانی شروع کی۔ میں نے دیکھا جوں جوں لفظ میرے منھ سے جملے بن کر نکل رہے تھے اُس کے چہرے پر پھیلی ہوئی پریشانیوں کے جال ٹوٹتے جار ہے تھے۔

بالآخر جب میں اسے پورا واقعہ سنا چکی تو عطیہ نے کہا: 'فاطمہ یہ خیر ایک حادثہ تھا مگر اس حادثے کو تم نے خود ہی دعوت دی تھی۔'

'تمھیں تو پتہ ہے نا جو ہمارے شہر کا حال ہے، ایسا بُرا حال تو جنگلوں کا بھی نہیں ہے۔ ایک نوجوان لڑکی جب قبرستان میں تنہا جائے گی تو چرسی، موالی تو اُسے نوچ کر ہی کھا لیں گے۔ تمھیں تو مجھ سے زیادہ پتہ ہے نا، خیر سے تم تو ایک صحافی ہو، تم سے زیادہ شہر کے حالات بھلا کون جانتا ہے؟ مگر یار مجھے اُس بوڑھی عورت کے بیٹے کی تصویریں تو دکھاؤ، میرے خیال میں وہ شخص تصویروں کے خاطر تم پر جھپٹا ہو، یہ تمھارا وہم ہے۔ اصل میں تو وہ تمھارا پرس ہی چھیننا چاہ رہا ہو گا جو اُدھر تصویروں کے ساتھ ہی برابر کی سیٹ پر پڑا ہوا تھا۔'

'بائی دی وے کتنی عمر کا ہو گا وہ شخص؟' عطیہ نے پوچھا۔

'یہی کوئی پچاس ساٹھ سال کا، یا ہو سکتا ہے کچھ جوان ہو، ان ڈرگز والوں کا کہاں پتہ چلتا ہے یار آج تیج و تیج کا،' میں نے جواب دیا۔

میں نے اپنے بیگ سے بوڑھی عورت کی دی ہوئی تصویریں نکال کر اُس کے ہاتھ پر رکھ دیں۔ وہ نو دس سال کے یورپین بچے کی چالیس پچاس سال پرانی تصویریں تھیں جو ایک جوان عورت شاید اپنی ماں کے ساتھ کھڑا ہوا تھا۔ عطیہ نے تصویریں پلٹیں تو اُس کے پیچھے

جلی حرفوں میں کچھ لکھا ہوا تھا۔ عطیہ نے اپنا لیپ ٹاپ اُٹھایا اور گوگل کھول کر یورپین زبان سے انگریزی ترجمہ کے لیے انھیں ٹائپ کیا تو وہ لفظ ذوسیہ کا سونووا اور پیٹر کا سونووا نکلے۔ اونہہ۔ میری آنکھوں میں یہ دیکھ کر چمک سی لہرائی۔

'تو میرا شبہ صحیح ہی نکلا۔' میں نے عطیہ کی طرف معنی خیز نظروں سے دیکھتے ہوئے کہا۔

'مطلب؟' عطیہ نے میری آنکھوں میں جھانکا۔

'بتاؤں گی تمہیں، مگر مجھے پہلے اُس بڑی بی، کیا نام ہے اُس کا؟ ذوسیہ کا سونووا، اُس سے کچھ کنفرم کرنا ہوگا۔' میں نے سوچتے ہوئے کہا۔

'میری سمجھ میں ابھی تک تمہاری بات نہیں آئی۔'

عطیہ نے انگلیاں اپنے گال پر پھیرتے ہوئے اُس تصویر کو دیکھتے ہوئے کہا۔

'ٹھہرو۔' یہ کہہ کر میں نے اپنے پرس میں سے ایک چھوٹا سا سیاہ لفافہ نکالا اور اُس کے ہاتھ میں رکھ کر کہا، 'یہ دیکھو۔'

'یہ کیا ہے؟' عطیہ نے میرے ہاتھ سے لفافہ لے لیا اور اُسے کھول کر دیکھا تو اُس میں سے سیاہ اور سرخ روشنائی سے لکھے ہوئے چند صفحات اور کچھ بلیک اینڈ وائٹ تصویریں نکلیں، مگر اس سے پہلے کہ میں آگے کچھ کہتی عطیہ کا ملازم دوبارہ کمرے میں داخل ہوا اور کہنے لگا،

'بی بی جی میں نے کھانا لگا دیا ہے۔'

عطیہ نے مجھ سے کہا، 'اچھا چلو تم اب پہلے باتھ روم سے فریش ہو کر آ جاؤ، ہم پہلے کھانا کھا لیتے ہیں پھر اس پر بات کریں گے۔'

یہ کہہ کر عطیہ اُٹھ کر کچن کی طرف اور میں باتھ روم میں چلی گئی۔ کھانا کھا کر ہم لوگ دوبارہ ڈرائنگ روم میں آ گئے۔ عطیہ نے میز پر سے لفافہ اٹھایا اور اُس میں سے ایک تصویر نکال کر دیکھتے ہوئے کہا۔

'یار یہ تو اُسی بچے کی تصویر ہے ناں جو ابھی تم نے دکھائی تھی؟ کیا یہ بھی تم اُس بوڑھی

یورپین عورت ذوسیہ، کیا نام ہے اُس کا، ذوسیہ کا سونووا سے ہی لے کر آئی ہو؟' عطیہ نے مشکل سے ذوسیہ کا نام پروناونس کیا۔

'نہیں عطیہ، یہ تصویر اور یہ صفحات، پرسوں رات ہی مجھے امی کی ڈائری میں اس سیاہ لفافے میں ملے تھے۔ دیکھو اس تصویر کے پیچھے بھی پالش زبان میں یہی ذوسیہ کا سونووا اور پیٹر ہی لکھا ہوا ہے۔' میرے لہجے میں تشویش شامل تھی۔

عطیہ نے اس بار صفحات اُٹھائے اور انھیں دیکھ کر بڑ بڑاتے ہوئے کہنے لگی۔

'یار مجھے لگ رہا ہے جیسے جس کسی شخص نے بھی یہ لکھا ہے وہ کئی ایک زبانیں جانتا ہے، دیکھو نا کہیں انگریزی کے لفظ ہیں تو کہیں پالش میں اور یہ دیکھو لگتا ہے بنگالی یا ہندی زبان ہے۔۔۔ نہیں؟'

'ارے ہاں۔۔۔ یاد آیا فاطمہ۔' عطیہ نے اچانک صفحات پر سے نظریں ہٹا کر مجھے دیکھتے ہوئے کہا۔ 'یار تمھاری امی بھی تو بنگال کی ہی تو تھیں نا؟'

'ہاں امی بنگال ہی کی تھیں اس لیے تھوڑی بہت بنگالی مجھے بھی آتی ہے، یہ ہندی نہیں بنگالی لکھی ہے ان صفحات پر۔'

عطیہ نے مجھے پھر انھیں غور سے دیکھا اور کچھ سوچ کر میری طرف دیکھ کر ہلکے سے اپنے کندھے اُچکائے اور چپ ہو گئی۔

میں نے اُس کو کندھے اچکا تا ہوا دیکھا تو کہا، 'کیا مطلب؟'

'نہیں کچھ نہیں، عطیہ تھوڑی سی ہڑ بڑائی اور پھر بات بدل کر کہنے لگی، 'نہیں نہیں کچھ بھی نہیں۔'

'نہیں نہیں کہہ دو، نہیں تو میں کہہ دوں گی۔' میں نے اُس کی آنکھوں میں آنکھیں ڈال کر کہا۔

'یہی نا کہ میں پاکستانی سے زیادہ بنگالی اور یورپین وغیرہ کی کچھ کراس بریڈ لگتی ہوں؟' میں نے عطیہ کی آنکھوں میں آنکھیں ڈال کر کہا۔

’ہاں تم شائد ٹھیک ہی کہہ رہی ہو فاطمہ۔‘ عطیہ نے جواب دیا۔

’خیر چھوڑو، مجھے نہیں پتہ، کیا سچ ہے اور کیا جھوٹ۔۔۔‘ اس بار میں نے کندھے اُچکائے۔

’اچھا یار اب میں نکلتی ہوں عطیہ، میں بہت تھک گئی ہوں اور ویسے بھی آج کا دن تو کچھ زیادہ ہی لمبا ہو گیا ہے۔‘

’آہ!‘ میں نے جمائی لیتے ہوئے کہا، ’میں گھر جا کر ایک لمبی نیند لینا چاہتی ہوں۔‘

’کل دفتر بھی جانا ہے اور بھی بہت سے کام میں نے جمع کیے ہوئے ہیں اپنے سر پر،‘ میں نے صوفے پر سے اُٹھتے ہوئے کہا۔

’سُنو،‘ عطیہ نے اپنے نوکر کا نام لیتے ہوئے کہا۔

’میں شمس کو تمھارے ساتھ بھیج دوں کیا؟، وہ تمھارے پیچھے پیچھے ڈرائیو کرتا ہوا چلا جائے گا اور خیریت سے تمھیں گھر چھوڑ آئے گا۔‘

’ارے نہیں یار، میرے پیچھے کون سے ڈاکو لگے ہوئے ہیں۔ کیوں پریشان ہو رہی ہو، بس ایک واقعہ ہو گیا، ایسے تو سو واقعات ہوتے ہیں اس شہر میں۔‘

’میں اب نکلتی ہوں، اجازت دو‘

یہ کہہ کر میں نے ساری تصویریں اور پیپرز سمیٹے، بیگ میں ڈالے اور گاڑی کی چابی اٹھا کر اُس کے گھر سے نکل گئی۔

گاڑی اسٹارٹ کرتے ہوئے میں نے بیک مرر میں دیکھا، عطیہ گیٹ پر اُس وقت تک کھڑی رہی جب تک میری گاڑی اُس کی گلی سے نکل کر واپس شاہراہ فیصل پر نہیں آ گئی۔

گھر پہنچ کر میں دیر تک گرم پانی سے نہائی اور پھر بے دم ہو کر بستر پر جا گری۔

تھوڑی ہی دیر میں، میں بستر پر پڑی نیند کے مزے لے رہی تھی اور پھر کچھ ہی دیر بعد ۔۔۔ اُس بھیانک خواب کے بھی۔

•••

(۳)

صبح جو میری آنکھ کھلی تو نظر ہمیشہ کی طرح وال کلاک پر گئی۔ صبح کے ساڑھے سات بج رہے تھے۔ میں نے سکون کا سانس لیا، چلو ایک گھنٹہ ابھی اور ہے میرے پاس دفتر نکلنے کے لیے۔ آنکھیں بند کیں تو یکا یک اسد یاد آنے لگا، جب سے اُس کی پوسٹنگ کشمیر میں ہوئی ہے، ہم نے سیل فون پر بات کرنا ہی چھوڑ دی تھی۔ اُس نے صاف صاف مجھے کہہ دیا تھا کہ ہمیں ابھی کچھ عرصے صرف ای میل پر ہی ایک دوسرے کے ساتھ کانٹیکٹ میں رہنا ہوگا۔ اُس کا خیال تھا کہ فوج میں ہر شخص کے فون ٹیپ ہوتے ہیں اور کوئی بھی شے پرسنل نہیں رہتی۔ اسد نے ڈیڑھ سال قبل آئی ایس آئی جوائن کیا تھا۔ اور اس عرصے میں اسد بہت مصروف ہوگیا تھا۔ جب سے بھارت نے آرٹیکل 370 اور 35A کا خاتمہ کیا تھا، گلگت بلتستان اور آزاد کشمیر میں آئی ایس آئی اور بھی ہائی الرٹ ہو چکی تھی۔

'کیا اسد کا شاعرانہ دل بھی ایک دن ایک فوجی کے سخت دل میں بدل جائے گا؟' میں نے سوچا۔

'آفس سے گھر پہنچ میں اُسے ای میل کروں گی، مجھے اُس سے بہت ساری باتیں کرنی ہیں۔' میں یہ سوچ رہی تھی۔

آفس جاتے ہوئے جب میری گاڑی تین ہٹی کے برج کے لال سگنل پر رکی تو بھیک مانگنے والی عورتوں اور کئی بچوں نے اچانک میری گاڑی کو گھیر لیا۔ نہ جانے کیوں ایک لمحے کے لیے مجھے اُن بھیک مانگنے والے بچوں اور عورتوں کی آنکھوں میں بھی ویسی ہی ویرانی

دکھائی دی جیسی اُس بوڑھی عورت کی آنکھوں میں کل نظر آئی تھی۔ میں نے دیکھا سٹرک کے پار تین ہٹی کے برج کے نیچے بھیک مانگنے والوں کا ایک پورا قبیلہ آباد تھا۔ اُن کے مٹی کے بنے ہوئے چولہوں سے دھواں نکل رہا تھا، عورتیں کبھی ہاتھ کے بنے ہوئے ٹوٹے پھوٹے پنکھوں سے بجھتے ہوئے کوئلوں میں آگ بھڑکانے کی کوشش کرتیں تو کبھی پھونکنی سے پھونکیں مار مار کر انھیں سلگاتیں۔ اُن عورتوں کے گرد بیٹھے ہوئے ننگ دھڑنگ بچے کبھی اپنی بھوک بھول کر خالی رکابی سے اُڑتی مکھیوں کو اُڑاتے تو کبھی مارے بھوک کے بلکنے لگتے۔ میں نے پرس میں سے کچھ کھلے پیسے نکالے اور اُن کی ہتھیلیوں پر ڈال کر جلدی سے گاڑی بڑھانی چاہی تو اچانک ایک لڑکے نے میری طرف اخبار بڑھا کر کہا:

بی بی جی آج کی تازہ خبر، انڈیا نے کشمیر کو فلسطین بنا دیا،

اوہ! خدایا، وہی متلاہٹ سے بھری ہوئی خبریں۔ میں نے گاڑی کا سائیڈ گلاس اُوپر کیا۔ سڑکوں پر آج خلاف معمول زیادہ ہی رش تھا۔ شاید شہر میں کوئی سیاسی جلسہ تھا یا کوئی فوجی پریڈ مگر ایک عجیب سی ہڑبونگ تھی جو پھیلی ہوئی تھی۔ ادھر کل کے قبرستان کا واقعہ اور رات کے خواب کا اثر بھی ابھی تک میرے ذہن و دل پر تھا اس لیے طبیعت پہلے ہی ڈپریس سی تھی۔ میٹروپول ہوٹل تک آتے آتے پورا پون گھنٹہ لگ گیا تھا۔ میرا آفس اُسی کے عین سامنے والی بلڈنگ کے دوسرے فلور پر تھا۔ میں نے گاڑی پارکنگ میں لگائی اور ایلی ویٹر لینے کے بجائے ہوٹل کے پچھلے گیٹ کی طرف سے نکل کر راہداری کی طرف بڑھی کہ اچانک مجھے لگا جیسے کوئی شخص راہداری میں کھڑا مجھے دیکھ رہا ہے۔ پہلے تو میں نے سوچا کوئی ہوگا۔ اس شہر میں تو یوں بھی لوگوں کو آتی جاتی لڑکیوں کو تکنے کی عادت ہے مگر وہ شخص شکل وصورت اور حلیہ سے کوئی عام راہ چلتا آدمی محسوس نہیں ہوا۔ یہی کوئی ساٹھ باسٹھ برس کا ویل ڈریس شخص جو اپنے گریس فل انداز سے کسی کمپنی کا سی ای او یا کسی بڑے تجارتی ادارے کا سربراہ لگ رہا تھا۔ اُس شخص کا میری طرف دیکھنے کا بھی کوئی عامیانہ انداز نہیں تھا بلکہ مجھے کچھ یوں لگا جیسے وہ مجھے پہچانے کی کوشش کر رہا ہو۔

'شاید کسی نے میرا غائبانہ تعارف کرایا ہو اور وہ اب مجھ سے خاص طور سے ملنے کے لیے میرے آفس آیا ہے؟' میں نے سوچا

مگر میری ایک عورت کی فطری انا نے مجھے خود سے اُس سے بات کرنے کے لیے روکے رکھا اور میں اُسے نظر انداز کرتے ہوئے اُس کے سامنے سے یوں گزر کر سیڑھیوں کی طرف بڑھ گئی جیسے میں نے اُسے اپنی طرف دیکھنے کو محسوس تک بھی نہیں کیا ہو۔ ابھی میں سیڑھیوں کی طرف پہنچی ہی تھی کہ مجھے اُس کی آواز سنائی دی۔

'ایکسکیوز می، کیا میں آپ سے بات کر سکتا ہوں؟'

گو کہ مجھے پچھ پچھ اس جملے کی آمد کا اندازہ تھا مگر پھر بھی میں نے اچنبھے کے ردِعمل کے ساتھ پلٹ کر زرا سا اپنی آواز پر زور دے کر سوری کہا اور اُس کی طرف دیکھتے ہوئے وہیں ٹھہر گئی۔ میرا اندازہ ٹھیک تھا وہ واقعی اپنے ہلکی گرے قلموں کے ساتھ لگ بھگ ساٹھ برس کا شخص لگ رہا تھا جس کی آنکھوں کے گرد گزر تی ہوئی عمر کے حلقوں اور کشادہ سی پیشانی پر بیک وقت ذہانت اور زندگی کے تجربات نظر آ رہے تھے۔

'جی فرمائیے۔' میں نے کس قدر رکھ راؤ والے لہجے میں اُس سے پوچھا۔

'جی میرا نام تحسین جعفری ہے اور میں پبلی کیشن کا کام کرتا ہوں۔ شاید آپ نے فیمس بکس پبلی کیشنز کا نام سنا ہو، میں اُس فرم کا ون آف دی مینیجر زہوں۔ اگر میں غلط نہیں ہوں تو آپ فاطمہ حسن ہی ہیں نا؟' وہ خاصے نرم سے لہجے میں مجھ سے مخاطب ہوا۔

'جی فرمائیں میں فاطمہ ہی ہوں۔' میں نے کہا۔

اپنے جرنلزم کے بیک گراؤنڈ کی وجہ سے میں جانتی تھی شہر کے کئی ایک رسائل اسی پبلشنگ ادارے سے پرنٹ ہوتے تھے اور اس میں شبہ نہیں کہ فیمس پبلی کیشن پاکستان کی چند اچھے پبلی کیشن کمپنیوں میں سے ایک تھا۔

'جی بات صرف یہ ہے کہ میری نیبر ہوڈ ڈیفنس فیز 6 میں ایک بزرگ خاتون صوفیہ رہتی ہیں انھوں نے صبح سویرے میرے دروازے پر نوک کر کے آپ کا وزٹنگ کارڈ مجھے دیا

تھا کہ میں آپ سے بات کروں کہ وہ اپنی کچھ تصاویر آپ سے واپس چاہتی ہیں۔ وہ کل ساری رات بہت بے چین رہیں اور بالکل سو نہ سکیں، وہ کہہ رہی تھیں کہ وہ تصویریں آپ سے لے کر انھیں آج شام ہی پہنچا دوں ورنہ اُن کی طبعیت خراب ہوسکتی ہے۔ میں نے پہلے سوچا تھا کہ آپ کو فون کردوں گا مگر جب آپ کے کارڈ پر ایڈریس دیکھا تو میں نے سوچا آپ کا آفس تو بالکل میرے آفس کے قریب ہی ہے۔ میر آفس یہی آواری ٹاور میں ہے، میں نے سوچا کہیں میں بھول نا جاؤں اسی لیے آفس جانے سے پہلے ہی آپ کی طرف آ گیا۔'

اوہ! میں نے بیگ میں ہاتھ ڈالا پھر اچانک مجھے کچھ خیال آیا اور میں سیڑھیوں کی طرف سے ہٹ کر راہداری کی طرف آ گئی اور کہا،

'ایک منٹ ٹھیریے۔' اور سیل فون پر ذوسیہ کا سونو وا کا نمبر ملایا، تھوڑی ہی دیر بعد دوسری طرف سے ہیلو کی آواز سنائی دی۔

'جی، میں فاطمہ بول رہی ہوں۔ میرے ساتھ آپ کے پڑوسی تحسین جعفری صاحب ہیں۔ کیا آپ اپنی تصاویر مجھ سے واپس لینا چاہتی ہیں؟'

میں نے انھیں بتایا کہ، 'تصاویر اس وقت میرے گھر پر ہیں اور میں اپنے آفس میں ہوں۔ کیا ایسا ممکن ہے کہ کل میں خود آپ کے گھر آ جاؤں؟ میں کچھ اور وقت آپ کے ساتھ گزارنا چاہتی ہوں۔' زوسیہ سے بات کرکے میں نے تحسین جعفری صاحب کا شکریہ ادا کیا اور انھیں بتا دیا کہ میری اُن سے بات ہوگئی ہے اور میں کل تصاویر انھیں پہنچا دوں گی۔

تحسین جعفری کے جانے کے بعد میں نے واپس سیڑھیوں کی طرف قدم بڑھا دیا کہ آفس کے کام نمٹا سکوں۔

— — — —

آفس سے واپسی پر پھر وہی سڑکوں پر گاڑیوں کا رش میرا انتظار کررہا تھا۔ کشمیر کا زکے

لیے مزارِ قائد پر جلسے کے لیے سارے شہر سے ریلیاں جا رہی تھی۔ کہیں ٹریڈ یونین والے تو کہیں وکلا، کہیں سیاسی جماعتوں کے کارکن تو کہیں مدرسوں کے طالب علم، ہر دوسری گاڑی میں سے لوگ پیشانیوں پر کشمیر بنے گا پاکستان کے بینر لپیٹے اور ہاتھوں میں جھنڈے لہراتے ہوئے نظر آ رہے تھے۔ نعرۂ تکبیر اللہ اکبر کی گونج وقفے وقفے سے سنائی دے رہی تھی۔ اس بار چالیس منٹ کا گھر کا راستہ دو گھنٹے میں طے ہوا، سروس روڈ کام آ گئی اور میں نے جیسے تیسے گاڑی گلیوں میں سے نکال کر میٹروپول سے نرسری تک کا سفر ایک گھنٹہ چالیس منٹ میں طے کر ہی لیا۔ گھر پہنچی تو شام کے ساڑھے سات بج چکے تھے۔ کھانا کھایا تو آنکھ لگ گئی۔ پھر گیارہ بجے آنکھ کھلی اور میں چائے لے کر لیپ ٹاپ لے کر بیٹھ گئی۔ میرا دل کچھ پُر ملال سا تھا اور چاہ رہا تھا اسد کو اپنے دل کی دھڑکنوں کی آوازیں سنا دوں۔ اُس سے وہ کچھ کہہ دوں جو صرف خود سے کہتی رہتی ہوں۔ کمرے میں ایک گہری خاموشی تھی، ہاں اگر کہیں کچھ آوازیں گونج رہی تھیں تو وہ میری انگلیوں کی پوروں کی آوازیں تھیں جو لیپ ٹاپ کے کی بورڈ سے ٹکرا کر میری روح کے زخموں کو دھیمے دھیمے کرید رہی تھیں۔ مجھے ٹیگور کی ایک نظم یاد آنے لگی ۔

میں نے کچھ تجھ سے پوچھا نہیں

میں نے نام اپنا تجھ کو بتایا نہیں

میں تو خاموش بس کھڑی ہی رہی

میں تھی تنہا کنویں پر

جہاں پڑتا تھا

پیپڑ کا ترچھا سایہ

جا چکی گھر کو تھیں ساری سکھیاں میری

مٹکیاں بھری منھ تک بھری تھیں

سروں پر اٹھائے ہوئے

سب نے آواز دے کر یہ مجھ سے کہا

ساتھ ہمارے چلو

دوپہر ہونے والی ہے

دھیان میں نے نہ کوئی دیا

رک گئی تھی وہیں

گنجلک خیالوں میں کھوئی ہوئی

تیرے آتے ہوئے

تیرے قدموں کی آہٹ سنائی نہ دی

مجھ پہ تیری نظر جب پڑی

تیری آنکھیں تو مغموم تھیں

دھیمے لہجے میں تو نے کہا تھا کہ میں

اک مسافر ہوں پیاسا سا

چونک میں تو پڑی

جاگتی آنکھ کے خواب سے

میں نے گاگر سے پانی انڈیلا تھا

چُلّو میں تیرے

مرے سر کے اوپر جو ہیں پتیاں

سرسرانے لگیں

اور ان دیکھے کونے سے

کوئل بھی گانے لگی

موڑ پر راستے کے کھلے با بلا پھول کی

بھینی بھینی مہک بھی
فضاؤں میں گھلنے لگی

نام جب تو نے پوچھا تھا میرا
تو میں شرم سے ہو کر خاموش
اپنی جگہ پر کھڑی رہی
کچھ کہا تو نہیں
یاد میری جو تجھ کو لائے کبھی
تجھ کو پانی پلانے کی
اور پیاس تیری بجھانے کی
ہے یاد دل سے مرے
اب بھی چپکی ہوئی
اس کی شیرینی زائل نہ ہوگی کبھی
بیتا جا رہا ہے یہ دن
اور مغموم لے میں
پرندہ ہے نغمہ سرا
اور سر پر مرے
نیم کی پتیاں سرسراتی ہوئی
ایک میں ہوں کہ بیٹھی ہوئی
سوچتی اور بس سوچتی جا رہی

'تم کو پتہ ہے نا اسد تمھارے چلے جانے سے میری زندگی صحرا بن گئی ہے، میں

تمھارے سائے کو بھی پانے کے لیے دن رات ترستی ہوں۔ اب صرف تمھاری پیار بھری باتوں کی یادیں ہی میرے پاس ہیں اور میں تنہا، اکیلی اور اپنی تلاش میں سرگرداں۔ میں تمھاری پیار بھری باتوں کے امرت کو پی کر ہی زندہ ہوں، سنو اسد میں تھکتی بھی جا رہی ہوں، میرا دل خوف و وحشت میں رہتا ہے، صبح شام خود کو مصروف کر کے بہلاتی ہوں مگر ایک لمحہ کے لیے بھی تم سے غافل نہیں ہو پاتی ہوں۔ میں سوچتی ہوں اسد کہ کیا وہ شاعر لڑکا اب مجھے پھر کبھی نہیں ملے گا جس کی نگاہوں میں عشق کی شراب کا نشہ اور لہجے میں محبت کی کلیوں کی مہک ہوتی تھی؟ وہ جس کے ہاتھوں میں پیار کے رنگوں سے بھرا ہوا برش اور کینوس پر میری تصویر ہوا کرتی تھی؟ وہ جس کے دیے گئے پھولوں کی پتیاں آج بھی میری ڈائری کے صفحوں میں خوشبو بن کر سانسیں لے رہی ہیں؟ کیا اُس لڑکے کو یاد بھی ہے کہ میں اُس سے سچ میں ملی تھی یا خواب میں؟ وہ صبح کس بہار کی تھی جب ہم ایک دوسرے کے ہوئے تھے؟ وہ شام کس خزاں کی تھی جب ہم ایک دوسرے سے جدا ہوئے تھے؟

اسد، کل میں ایک عورت سے ملی تھی جس نے اپنی ویرانیوں سے دوستی کر لی تھی۔ ایک ایسی عورت جس کو دیکھ کر مجھے لگا جیسے اُس کے دل میں ریت ہی ریت بھری ہوئی ہے۔ پہلی بار میں نے ایک صحرا کو کسی کے اندر دیکھا تھا، پہلی بار مجھے اندازہ ہوا تھا کہ جب سناٹا کسی روح میں پھیل جائے تو ویرانی کا ساتھ مقدر بن جاتا ہے۔ کل میں پہلی بار کسی سے مل کر یہ سہم گئی تھی اور خدا سے دعا کر رہی تھی کہ مجھے تنہائی کی سزا کبھی نہ ملے۔ مجھے اُس عورت نے بتایا کہ وہ پچھلے چالیس پینتالیس برسوں سے روزانہ اپنے بچے سے ملنے قبرستان جاتی ہے مگر اب اُس نے یہ طے کیا ہے کہ وہ مزید قبرستان نہیں جائے گی۔ اُس نے کہا کہ اُس نے اپنے بیٹے پر کل شام آخری پھول چڑھا دیا ہے اور اب وہ یہ سچ بھولنا چاہتی ہے کہ اُس کا نوجوان بیٹا واقعی اُس کے لیے مر چکا ہے۔ تمھیں کیا لگتا ہے؟ کیا واقعی ایسا ممکن ہے؟ کیا وہ اُسے بھول پائے گی؟ ممکن ہے کہ وہ اپنے بچے کے غم کو کندھوں پر اُٹھا اُٹھا کر اب تھک چکی ہو؟ ہو سکتا ہے کہ جسے وہ غم سمجھ رہی ہے وہ اب غم نہیں رہا ہو بلکہ اُس کے بچے کی طرح محض

دھول مٹی ہی بن کررہ گیا ہو؟ میں ڈرتی ہوں اسد کہ کہیں میرے اور تمھارے درمیان کی محبت بھی ایک دن دھول مٹی بن کر نہ رہ جائے۔ کیا ایسا بھی ہوسکتا ہے؟ میں صبح شام تمھیں اپنے دل کی دھڑکنوں، سانسوں اور سپنوں کی دنیا میں دیکھتی رہتی ہوں، میں تمھیں دن رات اپنے ہر ایک احساس اور لفظ میں پاتی ہوں۔ میں جب بھی تم سے باتیں کرتیں ہوں تو مجھے لگتا ہے جیسے میں مکمل ہو رہی ہوں، میں کیا کروں اسد؟'

میری انگلیاں لیپ ٹاپ کی کی بورڈ پر ناچتی رہیں اور میرا دل اسد کی محبت میں کانپتا رہا اور مجھے پتہ ہی نہ چلا کہ رات کے کس پہر اپنی دنیا سے نکل کر اسد کی دنیا میں چلی گئی۔ میں اسد کی بانھوں میں سمٹتی چلی گئی اُس کے گرم ہونٹ جو میرے نرم ہونٹوں سے ملے تو مجھے لگا جیسے زندگی کا امرت میرے انگ انگ میں اُترتا جا رہا ہے۔ چند ہی لمحوں میں اُس کی بانھیں میری کمر کو تھام کر مجھے جکڑنے لگیں اور میں اُس کے کشادہ سینے میں سمٹنے لگی اور پھر اچانک اُس کے ماتھے کے شریر بال میری خمار آلود آنکھوں سے اٹھکیلیاں کرنے لگے، میں نے آنکھیں جو مسکرا کر بند کی تو اُس نے میرے چہرے، میری گردن اور سینے کو والہانہ پیار کرنا شروع کر دیا اور پھر میں خود کو اُس کے حوالے کرتی چلی گئی۔ وہ مجھے پیار کرتا رہا اور میں اُس کے پیار میں سرشار ہوتی رہی۔ ایک پیاس تھی میری، جو نہ بجھتی تھی اور ایک پیاس تھی اُس کی جو بڑھتی ہی جاتی تھی۔ کوئی لفظ، کوئی خیال نہیں تھا ہمارے درمیان، سوائے پیار کے کچھ اور احساس نہیں تھا ہمارے درمیان۔ باتیں، پیار کی ہو رہیں تھیں مگر لفظ نہیں تھے، اظہار ومحبت کا ہو رہا تھا مگر آواز نہیں تھی، ہمارے بدن چپ چاپ ایک دوسرے میں کھوتے جا رہے تھے، وہ مجھ میں اُترتا جا رہا تھا، میں اُس میں بہتی جا رہی تھی، ایک عالم خود سپردگی میں، میں اُس کی مضبوط بانھوں میں خود کو نڈھال کرتی جا رہی تھی اور آہستہ آہستہ اپنے آپ سے بے گانہ ہوتی جا رہی تھی۔

وقت کا پتہ ہی نا چلا اور رات نہ جانے کب گزر گئی۔ جب آنکھ کھلی تو اُس وقت صبح کے چھ بج رہے تھے۔ کمرے میں لائٹ جل رہی تھی، کھلا ہوا لیپ ٹاپ ایک کونے میں پڑا ہوا

تھا جس پر ٹائپ کیا ہوا میرا محبت نامہ اسد تک پہنچنے سے پہلے ہی میرے خواب کا حصہ بن کر میری رات کو خوب صورت بنا چکا تھا۔ میں نے لیٹے لیٹے مسکرا کر میز پر رکھی ہوئی اسد اور اپنی فوٹو کی طرف دیکھا، ایک گہرا سانس لیا اور پھر کسی خیال کے احساس سے اپنے نچلے ہونٹ کو دانتوں میں دبا کر آنکھیں دوبارہ سے بھینچ لیں۔

•••

۴

اگلی صبح ہفتہ تھا۔ میں رات کے خواب میں سرشار دیر تک بستر پر پڑی رہی۔ میرا دماغ کچھ دیر تک تو اسد کے رومانوی خیالوں میں بھٹکتا رہا مگر پھر مجھے اُس بوڑھی عورت زوسیہ کا سونوا کا خیال آنے لگا اور ایک بار پھر قبرستان والا واقعہ اور عطیہ کی کہی ہوئی باتیں مجھے یاد آنے لگی۔ کتنی مشکل سے تو میں اُس عورت تک پہنچی تھی اور تصویریں لینے میں کامیاب ہو پائی تھی تا کہ اندازہ ہو سکے کہ ان میں اور امی کی ڈائری سے ملی ہوئی تصویروں میں کیا فرق ہے؟ اور کس قدر حیرت کی بات تھی کہ یہ دونوں تصویریں ایک ہی بچے کی نکلی۔ آخر میری ماں کی ڈائری میں اُس یورپین بچے کی تصویریں کیا کر رہی تھیں؟ وہ کیا راز تھا جو میری ماں نے مجھ سے چھپایا تھا؟ وہ ڈھاکہ سے مجھے کراچی کیوں لائی تھیں؟ وہ شخص قبرستان میں کون تھا؟ عطیہ کا کہنا تھا کہ وہ شخص میرا پرس چھیننا چاہتا تھا مگر مجھے اچھی طرح سے یاد ہے کہ اُس کی آنکھیں اُن تصویروں کو دیکھ کر کچھ عجیب انداز سے چمکی تھیں۔ اُس کے چہرے کی بے چینی اور اُس کا یوں پوری طاقت سے انھیں چھیننے کی کوشش کرنا، وہ اپنی جان داؤ پر لگانا، یہ سب حیران کن تھا۔ وہ جب زبردستی گاڑی کا دروازہ کھول کر میرے اوپر سے چڑھ کر دوسری سیٹ تک پہنچا تھا تو مجھے اچھی طرح سے یاد ہے کہ اُس نے اُن تصویروں پر ہی جھپٹا مارا تھا جو میں زوسیہ سے لائی تھی۔ میرا خیال تھا کہ جس وقت میں آنکھیں بند کر کے سیٹ پر بیٹھی ہوئی تھی وہ اُس وقت ہی سے گاڑی کے باہر کھڑ اشیشے سے گھور کر اُن تصویروں کو پہچاننے کی کوشش کر رہا تھا اور جس بُری طرح سے اُس نے انھیں چھیننے کی کوشش کی تھی وہ سب کیا تھا؟ اور پھر

جب وہ ناکام رہا تو وہ گاڑی کو روکنے کے لیے ساتھ ساتھ کیوں بھاگ رہا تھا؟ کچھ نہ کچھ ربط تھا، کوئی نہ کوئی وجہ ضرور تھی، میں اپنے خیالات کی رو میں بہی جا رہی تھی کہ اچانک میرے سیل فون کی بیل بجنے لگی۔

دوسری طرف سے اُسی پالش عورت ذوسیہ کا سونوا کی آواز میرے کانوں سے ٹکرائی۔

'فاطمہ، میں آج تمہارا انتظار کر رہی ہوں، تم نے مجھ سے وعدہ کیا تھا۔'

میں نے جواب میں کہا، 'جی جی ضرور ذوسیہ میں بس کچھ ہی دیر میں آپ کے گھر پر ہوں گی۔' فاطمہ پلیز تصویریں ضرور لے آنا، مجھے انھیں دیکھ کر سونے کی عادت ہے، دیکھو کل رات بھی میری نیند نہ ہو سکی۔' ذوسیہ کا سونوا نے کہا۔

'جی ضرور، میں انھیں لے ہوئے آؤں گی مگر مجھے آج آپ سے کچھ اور بھی باتیں کرنی ہیں۔' میں فوراً ہی اپنے مقصد پر آ گئی۔

'کیوں نہیں فاطمہ، تم ایک اچھی لڑکی ہو، مجھے تم سے باتیں کرنا اچھا لگتا ہے۔' اُس نے کہا۔

'ابھی نو بج رہے ہیں، میں نے گھڑی پر نظر ڈالی، میں پوری کوشش کروں گی کہ دس بجے تک آپ کے گھر پہنچ جاؤں۔'

'ٹھیک ہے، میں فون رکھتی ہوں۔' یہ کہہ کر ذوسیہ نے فون بند کر دیا۔

'کیا کروں؟' میں نے سوچا۔

دو مہینے پہلے جب میں امی کی چیزیں سمیٹ رہی تھی تو اُن کی ڈائری سے کچھ پرانی تصویریں اور چند صفحات میرے ہاتھ لگے تھے جن میں بنگالی، انگریزی اور یورپین زبانوں میں کچھ تحریر کیا ہوا تھا جو انھوں نے بہت احتیاط سے ایک چھوٹی سی پلاسٹک کی تھیلی میں رکھا ہوا تھا۔ اُس دن سے میں مسلسل کراچی میں آباد یورپین لوگوں کا پتہ ٹھکانہ معلوم کر رہی تھی۔ چند ایک فیملیز تو ابھی بھی ڈیفنس اور کلفٹن کے پوش علاقوں میں ہی رہتی تھیں۔ پچھلے دو مہینوں میں، میں نے کئی ایک فیملیز سے مختلف بہانوں سے ملاقاتیں کیں اور امی کی ڈائری والی

تصویریں اُنھیں دکھائیں مگر بدقسمتی سے کسی فیملی کی کوئی بھی جان پہچان اُس تصویر والے بچے سے نہیں نکلی۔ بالآخر مجھے اپنے آفس کی ایک کولیگ سے ذوسیہ کا سونوا کا پتہ چلا جو ڈیفنس کراچی میں اُس کے گھر کے قریب ہی رہتی تھی۔ اُسی کے ریفرنس پر میں اُس سے ملی تھی اور میں نے یہ بہانہ کیا تھا کہ میں ایک سوشل ورکر ہوں اور ہماری این جی او کراچی میں آباد یورپین لوگوں پر ایک سروے کر رہی ہے۔ میں نے اُس سے یہ کہہ کر بچے کی تصویریں مانگ لی تھی کہ مجھے چند یورپین بچوں کی بلیک اینڈ وائٹ تصاویر چاہئیں تا کہ انھیں ہم اپنے میگزین کے سرورق پر لگا سکیں۔ کلرڈ میگزین پر بلیک اینڈ وائٹ تصویروں والا بہانہ کام کر گیا اور اُس نیک یورپین عورت نے مجھے ایک دن کے وعدے پر کچھ تصویریں دے بھی دی اور پھر میری حیران کن خوش قسمتی کہ امی کی ڈائری والی تصویر اور ذوسیہ کا سونوا والی تصاویر ایک ہی بچے کی نکل آئیں اور میرا مسئلہ کسی حد تک حل ہو گیا کہ اب مجھے ذوسیہ کو ہی فوکس کرنا تھا تا کہ اپنی یا اُس کی فیملی کے کچھ حقائق تک پہنچ سکوں۔

دروازے کی پہلی بیل پر ہی ذوسیہ نے دروازہ کھول دیا اور مجھے واپس اُسی ڈرائنگ روم میں لے آئی جہاں میں پچھلی بار بیٹھی ہوئی اُس سے باتیں کر رہی تھی۔ صوفے پر بیٹھتے ہی میں نے اُس کی دی ہوئی تصاویر کا لفافہ پرس سے نکال کر اُس کے سامنے میز پر رکھ دیا جو اُس نے فوراً ہی اُٹھا لیا اور اُس میں سے تصاویر کو نکال کر چپ چاپ انھیں دیکھنے لگی۔ کچھ لمحوں کے بعد اُس نے انھیں واپس اپنی پھولی ہوئی ڈائری میں وہیں رکھ دیا جہاں سے نکال کر اُس نے مجھے دیا تھا۔ میں نے حتی الامکان شائستگی سے کہا۔

'کیا میں آپ سے ایک بات پوچھ سکتی ہوں؟'

'ہاں ہاں کہو' اُس نے دھیمے سے مجھے اجازت دے دی۔

میں نے پہلی بار اُس کا نام لے کر اُس سے مخاطب کیا اور کہا۔

'میم میں جانتی ہوں آپ کا نام ذوسیہ ہے صوفیہ نہیں۔ ذوسیہ کا سونوا، تو کیا میں آپ کو ذوسیہ کہہ کر مخاطب کر سکتی ہوں؟'

''ہاں ہاں کیوں نہیں، بلکہ مجھے اچھا لگا کہ تم نے میرا نام صحیح طور پر پرونونس کیا اور نہ لوگ تو زیادہ تر مجھے صوفیہ پکارتے ہیں اور میں بھی صوفیہ کی اس قدر عادی ہو گئی ہوں کہ اب خود کو صوفیہ ہی سمجھنے لگی ہوں۔'' ذوسیہ نے آہستہ سے بات کو جاری کرتے ہوئے سوال کیا،
''بائی دی وے تمہیں میرا پورا نام کیسے پتہ چلا؟''

''جی میں نے آپ کی دی ہوئی تصاویر کے پیچھے لکھا ہوا آپ کے بیٹے اور آپ کا نام پڑھا تھا اور پھر گوگل کی ملٹی لینگوئج ڈکشنری سے آپ اور پیٹر کا نام دریافت کر لیا تھا۔'' میں نے سچ سچ بتا دیا۔ ''اوہ۔'' کہہ کر وہ چپ ہو گئی۔

''ذوسیہ آپ کب سے پاکستان میں ہیں؟'' میں نے بات بڑھانے کی کوشش کی۔

''میں انیس بیس سال کی تھی جب جرمنی سے یہاں آئی تھی۔ یہ بات اب پچھلی صدی کی لگتی ہے۔'' ذوسیہ نے ہوا میں تکتے ہوئے جواب دیا۔

''تو آپ لوگ یورپ سے یہاں کیوں آ گئے تھے، شاید اچھے موسم کی وجہ سے یا آپ کو لگا یہ جگہ سستی ہے اور یہاں سمندر کا کنارہ بھی ہے؟'' میں نے بات اپنے لحاظ سے آگے بڑھائی۔

ذوسیہ نے ایک گہری سانس لی اور میری آنکھوں کی طرف دیکھے بغیر ہی کہا۔

''کاش! ایسا ہی ہوتا، وہ خوش نصیب لوگ اور ہوتے ہیں جو باہر کے موسم کے لحاظ سے اپنا موڈ بدلنے کے خاطر جگہ بدلتے ہیں۔'' ہمارے لیے تو اوروں کا وحشیانہ رویہ اور اپنی آنکھوں کا سمندر ہی بہت تھا کہ دنیا کے کسی بھی کونے میں اپنی جان بچانے کے خاطر پہنچ جاتے تو بس سمجھ لو کہ میری قسمت میں تمہارا شہر کراچی لکھا ہوا تھا اپنی باقی زندگی کو کاٹنے کے لیے، مگر میں شکوہ نہیں کروں گی۔ کراچی کے لوگ بہت اچھے اور محبتی ہیں، انھوں نے مجھے کبھی کوئی تکلیف نہیں پہنچائی''

''تو آپ لوگ کہاں رہتے تھے یورپ میں؟ کیا صرف جرمنی میں یا پولینڈ میں کہیں تھیں آپ؟ کیونکہ آپ کا نام تو پولش ہے نا؟''

میں نے تجسس سے اُسے دیکھا۔

'ہاں یہ ایک ذرا لمبی کہانی ہے بیٹی' ذوسیہ نے میری طرف پیار سے دیکھ کر پہلی بار بیٹی کہہ کر مخاطب کیا۔

'تم پہلے یہ کہو کہ کیا تمھارے لیے ناشتے کا بند و بست کیا جائے؟ یا تم چائے وغیرہ پیو گی؟'

'جی میں نے ابھی تھوڑی دیر پہلے ہی ناشتہ کیا ہے اور میں راستے میں چائے پیتی ہوئی آپ تک آئی ہوں' میں نے اُس کا شکریہ ادا کرتے ہوئے کہا۔

'چلو اچھا ہے، مگر مجھے بے تکلفی سے بتا دینا جب تمھارا جی چاہے۔ ہم بوڑھے نوجوانوں کی محفل میں پھر سے جوان ہو جاتے ہیں، تمھارے آنے سے میرے گھر میں بھی کچھ دیر کے لیے رونق آگئی ہے'

اُس نے مجھے خوشی اور غم کے ملے جلے لہجے میں جواب دیا اور پھر اُسی لہجے میں مزید کہتی چلی گئی، 'یہ کچھ پُرانی بات ہے جب دوسری جنگِ عظیم کے دوران نازیوں کی وجہ سے سارے یورپ میں آباد یہودی اپنی اپنی جانیں بچا کر بھاگتے پھر رہے تھے۔ بہت ہی بُرا وقت تھا ہمارے لیے زمین تنگ تھی اور کوئی ایسا نہیں تھا جس پر اعتبار کیا جا سکے، پولینڈ میں تو جیسے خون کی بارش ہو رہی تھی، گلیوں میں ہر طرف لاشیں پڑی سڑ رہی تھیں۔ صرف پولینڈ ہی نہیں بلکہ بہت سارے لوگ ایسٹرن یورپ سے نکل کر روس اور پھر وہاں سے بھاگ کر ادھر سینٹرل ایشیا اور ساوتھ ایشیا خاص طور پر ہندوستان بھی آ گئے تھے۔ مگر پھر بعد میں یہ کراچی والا علاقہ پاکستان میں شامل ہو گیا اور پھر دو ایک سال بعد ہی اسرائیل بھی یو این او کی طرف سے اسٹیٹ ڈیکلیر ہو گیا تو کوئی دو تین ہزار لوگ یہاں سے اسرائیل چلے گئے۔ میرا بھی شروع میں ارادہ تو یہی تھا مگر پھر کچھ ایسا ہوا کہ میں نہیں گئی اور بس یہیں کی ہو کر رہ گئی'

یہ بات میرے لیے بالکل نئی تھی، میں نے حیرت سے کہا، 'اچھا مجھے نہیں پتہ تھا کراچی میں ایک زمانے میں اتنے زیادہ یورپین آباد تھے؟ میں تو سمجھتی تھی کہ یہاں تو زیادہ تر یا تو انڈیا سے آنے والے مہاجر رہتے ہیں یا پھر دوسرے صوبوں کے روزگار کے خاطر آنے

والے لوگ اور ہاں ۔۔۔ّ پھر اچانک مجھے اپنا بھی خیال آگیا اور میں بات میں بات کو جوڑتی چلی گئی ۔۔۔ّ کچھ بنگالی جو بعد میں سنہ 1971 کی تقسیم کے بعد روز گار کے خاطر یہاں واپس آئے تھے اور تھوڑے بہت برما کے روہنگیا مسلمان وغیرہ بھی شاید یہیں آباد ہیں ہیں۔ّ

ّنہیں، نہیں۔ّ ذوسیہ نے میری معلومات میں یہ کر کچھ اور اضافہ کر دیا۔

ّایسا نہیں ہے فاطمہ، کراچی میں تو ساری دنیا کے لوگ رہتے ہیں۔ ہندوستان کی تقسیم سے قبل تو خیر یہاں برٹشرز کے ساتھ ساتھ بڑی تعداد میں امریکی، رشین اور یورپین بھی آباد تھے پھر آہستہ آہستہ یہ آبادی اپنے ممالک واپس چلی گئی مگر ہاں آج بھی کراچی کے مختلف علاقوں میں افغانی، ازبکستانی، کرغستانی، ایرانی، چینی، فلپائنی اور سری لنکن وغیرہ رہتے ہیں۔ّ

میں ذوسیہ کی باتوں کو غور سے سُن رہی تھی۔ مجھے اندازہ ہو رہا تھا کہ میں نے کبھی بھی اپنے شہر کی بائیو سٹیٹکس میں دلچسپی ہی نہیں لی تھی اس لیے میرا اندازہ یہاں پر آباد لوگوں کے بارے خاصے کمزور تھا۔

ّاچھا پھر کیا ہوا جب آپ لوگ یہاں آگئے؟ّ میں نے پھر سے ذوسیہ کی زندگی کا سلسلہ جوڑنا چاہا۔

ذوسیہ نے موضوع کو پھر سے اپنی زندگی کی طرف مڑتا ہوا دیکھا تو ایک کربناک مسکراہٹ سے مجھے دیکھتے ہوئے کہا۔

ّمیری زندگی کربناک واقعات کی ایک کتاب ہے فاطمہ جس میں سوائے غموں کی کہانیوں اور المناک قصوں کے کچھ بھی نہیں رکھا۔ّ

ّپھر بھی، میں تھوڑا سننا چاہتی ہوں، مگر جہاں تک آپ کو لگے۔ آپ کو نہیں لگتا کہ اپنا غم شیئر کرنے سے وہ کچھ ہلکا ہو جاتا ہے؟ّ

میں نے اپنے تیئں اُسے راضی کرنے کی کوشش کی۔

ّہاں کچھ کتھارسس ہو جاتا ہے مگر غم ہلکا نہیں ہوتا بلکہ کبھی کبھی بڑھ بھی جاتا ہے۔ مگر میں تمہیں مایوس نہیں کروں گی۔ تم ایک اچھی لڑکی ہو۔ّ اُس نے مجھے سمجھاتے ہوئے بات

آگے بڑھائی اور مجھے لگا جیسے وہ مجھ سے زیادہ خود سے باتیں کر رہی ہے۔

کچھ ہی دیر میں مجھے ذوسیہ کی آواز کسی کنوئیں سے آتی ہوئی محسوس ہوئی اور میں نے چپ رہنے میں ہی عافیت سمجھی۔

''دیکھو فاطمہ، بعض لوگ دنیا میں اور لوگوں کے آئیڈیالوجیکل جھگڑوں کا ایندھن بننے کے لیے پیدا ہوتے ہیں۔ اُن کا کسی کے معاملے میں کوئی لینا دینا نہیں ہوتا ہے۔ وہ تو بس ایک سیدھی سادی زندگی گزارنا چاہتے ہیں جس میں اُن کے دل میں کسی کے لیے کوئی نفرت یا غصہ نہیں ہوتا ہے مگر بدقسمتی سے وہ معصوم بنا کسی قصور کے اور لوگوں کی نفرت اور غصے کی بھینٹ چڑھ جاتے ہیں۔ میرا شمار بھی انھیں لوگوں میں ہوتا ہے، مجھے آج تک یہ بات نہ پتہ چلی کہ آخر مجھے زندگی میں کس بات کی سزا ملی تھی مگر ہاں، مجھے اس بات کا پتہ چل گیا ہے کہ مجھے میری زندگی کے تجربات نے نفرت سے نفرت پیدا کرنے کا سبق دے دیا تھا اور پھر اُس کے نتیجے میں بھی میرا اور بھی نقصان ہو گیا۔ شاید نفرت بری شے ہے خود سے بھی نفرت نہیں کرنا چاہیے مگر میں کیا کرتی کہ میرے اندر کی آگ مجھے جلا جلا کر راکھ کرنے کے بجائے اندر ہی اندر اور دہکا رہی تھی۔ خیر اب کیا ہو سکتا ہے، اب تو میرے پاس کچھ بھی نہیں بچا ہے حتیٰ کہ اب تو میری اتنی زندگی بھی نہیں رہی ہے کہ میں ان تمام باتوں کے بارے میں مزید کچھ سوچ سکوں۔ اب تو بس خوشی خوشی یہی ہے کہ جو چند روز زندگی میں باقی رہ گئے ہیں وہ اطمنان سے گزر جائیں اور میں جلدی ہی زندگی کے کرب سے ہمیشہ کے لیے آزاد ہو جاؤں''

ذوسیہ یہ کہہ کر مجھے چپ چاپ کچھ لمحوں کے لیے تکتی رہی اور پھر اُس نے اپنے ہاتھوں سے سائڈ ٹیبل پر پڑی ہوئی اپنی ڈائری اُٹھائی اور اُس کی طرف دیکھتے ہوئے کہنے لگی، ''بیٹی، اس ڈائری میں، میں بند ہوں۔ میری یہ پوری زندگی ہے مگر اس میں سے کچھ صفحے کھو بھی گئے ہیں جو مجھے نہیں پتہ کہاں چلے گئے۔ کبھی کبھی مجھے لگتا ہے شاید وہ صفحے میں نے لکھے بھی نہیں تھے اور یہ بھی کہ وہ ہی سب سے اہم صفحے تھے جو اس ڈائری میں نہیں ہیں مگر میں تمھیں وہ صفحات تو سنا دیتی ہوں جو میں نے کبھی اپنے خون کی سیاہی سے اپنے دل کی سطح

پر آنسووٴں سے اُتارے تھے۔ مجھے خوف ہے کہ میرے یہ لفظ کہیں تمھیں زخمی ہی نہ کر دیں۔' زوسیہ نے بے چارگی سے مجھ پر نظر ڈالی اور پھر آہستہ سے اپنی ڈائری کھول کر اُس کا پہلا صفحہ دکھ کر مجھ کہا، 'یہ اگست 1943 کی بات ہے۔ دوسری بڑی جنگ چل رہی تھی۔ میں آٹھ یا نو برس کی تھی۔ ہم اُس وقت وارسا پولینڈ کے ضلع وولا کے ایک محلے میں رہتے تھے جنھیں گھیٹو زیعنی یہودی بستیاں کہا جاتا تھا'

اور زوسیہ کچھ ہی لمحے میرے ساتھ رہنے کے بعد اپنے ماضی کے اندھیروں میں گم ہوتی چلی گئی۔

————

'اُس شام ماما شاید بیمار تھیں تبھی تو ان کا چہرہ اس قدر سرخ اور تنا ہوا دِکھ رہا تھا۔ اُن کی ستواں ناک کی نوک پر پسینے کے قطرے کچھ لمحوں کے لیے ٹھیرتے، کانپتے اور پھر گر جاتے تھے مگر اُن کی قطار رکتی نہیں تھی۔ مجھے نہیں معلوم کہ یہ صرف پسینہ تھا یا اُس میں اُن کے آنسو بھی ملے ہوئے تھے کیونکہ اُن کی آنکھیں تو اُن کے چہرے سے بھی زیادہ لال بھبھوکا ہو رہی تھیں۔ اُن کی ہتھیلیاں جل رہیں تھیں کیونکہ ان کا ایک ہاتھ میری گردن کو پیچھے سے تھاما ہوا تھا اور مجھے لگ رہا تھا جیسے اُن کے جلتا ہوا ہاتھ میری تتلی سی گردن کو کسی فرائی پین میں ٹوسٹ کر رہا ہے۔ وہ جلدی جلدی اپنے دوسرے ہاتھ سے سامنے ہی پڑے ہوئے کٹورے سے دودھ میں بھگو یا ہوا روٹی کا کچومر پچھے سے میرے منھ میں جیسے انڈیل رہی تھیں۔ جب جب نوالہ میرے حلق سے اندر اترتا اور میری آنکھ جھپکتی تو ماما کا سر پر بندھا ہوا اسکارف کچھ لمحوں کے لیے میری آنکھوں کے سامنے کسی پردے کی طرح آ جاتا جو انھوں نے کس کر پیشانی پر باندھا ہوا تھا مگر فوراً ہی اُن کی بھیگی ہوئی آنکھیں، گیلی ناک اور دیکھتے ہوئے گال میری آنکھوں کے سامنے جھلملانے لگتے۔ مجھے لگ رہا تھا جیسے وہ اسکارف سے بیک وقت بال چھپانے کے ساتھ ساتھ اپنے سر کے درد کو کم کرنے کا کام بھی لے رہی تھیں۔ یوں

بھی ماما کا اسکارف جتنا سخت بندھا ہوا ہوتا تھا ٹھیک اتنا ہی ہلکا پاپا کا کیپر اُن کے سر پر ٹکا ہوا نظر آر ہا تھا مگر وہ سر ہلانے یا لیٹنے کے دوران بھی گرتا نہیں تھا۔ پاپا قریب ہی صوفے پر خاموش اُلٹے پڑے ہوئے تھے۔ مجھے نہیں پتہ تھا کہ وہ سو رہے تھے یا جاگ رہے تھے کیونکہ کبھی کبھی وہ جب بہت تھک جاتے تھے تو صوفے پر گرتے ہی سو جاتے تھے مگر اکثر وہ چپ چاپ جاگ کر لیٹے ہوئے فرش کو تکتے بھی رہتے تھے۔ فیکٹری کے دن بھر کے کام نے اُن کی شکل، جوتوں اور کپڑوں کے رنگوں میں فرق کو ختم کر دیا تھا۔ وہ روزانہ ہی سر سے پاؤں تک پسینے میں اچھی طرح سے نہا کر میلے کچیلے کپڑوں میں گھر لوٹتے تھے۔ مگر چند دنوں سے فیکٹری بند تھی اور اُس شام بھی وہ فیکٹری نہیں گئے تھے۔ جنگ کے سبب سب کچھ بند جو تھا، سڑکوں پر فوج زیادہ اور لوگ کم تھے، کچھ کچھ وقفے سے گولیوں اور دھماکوں کی آوازیں فضا میں گونج رہی تھیں، پاپا سو نہیں پار رہے تھے، وہ مسلسل صوفے پر کروٹ لے رہے تھے اور کبھی کبھی بے چینی سے اُٹھ کر وہیں بیٹھ بھی جاتے تھے مگر پھر سر پکڑ کر لیٹ جاتے تھے اور چپ چاپ چھت کو تکنے لگتے تھے۔ اُن کی آنکھوں میں فکر سے زیادہ خوف اور پریشانی تھی۔ ماما نے ایک نظر اٹھا کر پاپا کو دیکھا، شاید وہ ان سے کچھ پوچھنا چاہ رہی تھیں مگر پھر کسی اندرونی بے چینی کے باعث اُنھوں نے کوئی لفظ منھ سے نکالے بغیر ہی میرے منھ میں اگلا نوالا ڈال دیا۔ وہ نوالے مجھ میں اُن کی بے چینی بن کر میرے پیٹ میں اُتر رہے تھے۔ مجھے کھانے میں بالکل بھی مزا نہیں آ رہا تھا شاید اس لیے کہ روٹی کے ساتھ دودھ برائے نام ہی تھا۔ ماما عام طور پر مجھے روٹی پنیر سے یا بکری کے دودھ میں اچھی طرح سے بھگو کر کھلاتی تھیں مگر اُس شام تو لگتا ہے جیسے گھر میں شاید کچھ بھی نہیں تھا بس ایک آدھ کل کی بچی ہوئی روٹی جو اُنھوں نے پانی میں بھگو کر کچھ نرم کر دی تھی اور دو چار چمچ دودھ، نہ تو پنیر تھا اور نہ ہی تازہ بریڈ ۔۔۔۔ ماما اور پاپا نے خود دو دن سے کچھ بھی نہیں کھایا تھا۔ میں ان ہی ان ہی خیالات میں بہے جا رہی تھیں کہ اچانک دروازے پر زور زور سے دھڑ دھڑ ہونے لگی اور کمرے کی ہولناک خاموشی ٹوٹ کر بکھر گئی۔ پاپا کو جیسے کرنٹ چھو گیا اور وہ برق رفتاری سے صوفے سے اچھل کر

اٹھ کھڑے ہوئے۔ ماما نے خوفزدہ نظروں سے پہلے ملتے ہوئے دروازے کی طرف دیکھا اور پھر پاپا کی طرف اور پھر گھبرا کر مجھے زور سے سینے میں بھینچ لیا۔ پاپا نے پریشانی سے دروازے کی طرف دیکھا۔اُن کی آنکھوں سے خوف اور وحشت اُبل رہی تھی۔ پہلے تو انھوں نے مٹّھیاں بھینچ کر چپ چاپ دروازے کی طرف دیکھا مگر پھر دو قدم دروازے کی طرف بڑھے اور دروازے کی دراڑ سے باہر جھانکنے لگے۔

دھڑ دھڑ دھڑ دروازہ جب پھر سے بجا تو اُن کے منھ سے ایک کپکپاہٹ بھری چیخ نکلی:

'کو ویسٹ؟' (کون ہے)

'یو یک جوزیف۔' (انکل جوزیف)

دوسری طرف سے ایک دبی دبی سی آواز سنائی دی۔

پاپا نے ایک گہری سانس لی اور بڑھ کر جلدی سے دروازے کی کنڈی سرکائی۔ دروازہ کھلتے ہی انکل جوزیف، آنٹی رابیکا اور اُن کے دونوں لڑکے جیکب اور ایڈن جو مجھ سے دو چار سال بڑے تھے اندر آ گئے۔ پاپا نے فوراً کنڈی اندر سے لگا لی۔ انکل جوزیف اور آنٹی ربیکا بھی ماما پاپا کی طرح گھبرائے ہوئے تھے۔ میں نے دیکھا جیکب اور ایڈن کی شکلیں رو ہانسی ہو رہی تھیں۔

'جا کی سیپ زوف؟' (سب ٹھیک ہے نا)

'نیہ۔' (نہیں)، انکل جوزیف نے صوفے پر بیٹھتے ہوئے کہا۔

'رے ویش۔' (بری خبر ہے)۔ 'نازی زبیح ناس۔' (نازیوں نے باضابطہ قتلِ عام شروع کر دیا ہے)۔

یہ سن کر پاپا سر پکڑ کر اُن کے ساتھ ہی صوفے پر بیٹھ گئے۔ ماما اٹھ کر آنٹی ربیکا کے پاس آ گئیں اور اُن کے گلے لگ کر سسکنے لگیں۔ میں ماما کے ہاتھوں سے نکلی اور بھاگ کر جیکب اور ایڈن کے پاس چلی آئی جو کمرے کے ایک کونے میں چپ چاپ کھڑے تھے۔ کمرے میں خوف اور وحشت نے اچھی طرح سے ڈیرہ ڈال لیا تھا۔

ماما اور آنٹی ریبیکا کچھ دیر تک تو یوں ہی کھڑی سسکتی رہیں مگر پھر انکل جوزیف صوفے سے اُٹھ کر ان دونوں کے قریب آ گئے اور آہستہ آہستہ ان سے کچھ کہنے لگے۔ نہ جانے انکل جوزیف نے ایسا کیا کہا تھا کہ آنٹی ریبیکا پھوٹ پھوٹ کر رونے لگی اور پھر ماما کا ہاتھ پکڑ کر دوسرے کمرے میں آ گئی۔ ماما اور آنٹی ریبیکا دونوں ہاتھ پھیلا کر روتے ہوئے دعائیں مانگنے لگیں، اِدھر دوسری طرف انکل جوزیف اور پاپا مجھے، جیکب اور ایڈن کی طرف دیکھتے ہوئے آہستہ آہستہ باتیں کرنے لگے۔ شاید وہ ہماری طرف سے فکرمند ہو رہے تھے کیونکہ وہ بار بار گھبراتے ہوئے اپنی دونوں انگلیوں کو مٹھیوں کی طرح مسلتے جا رہے تھے۔ میرا دل بہت گھبرا رہا تھا۔ مجھے لگ رہا تھا جیسے وہ سینے کے اندر ڈوب رہا ہے شاید۔ مجھے حالات کی سنگینی کا احساس ہو گیا تھا۔

کچھ ہی دیر میں ایک دھماکے کی آواز آئی اور اس سے پہلے کہ ہم سب اپنے ہوش و حواس میں لوٹتے، ہمارے گھر کا دروازہ ٹوٹ گیا اور بہت سارے جرمن فوجی دھڑ دھڑ کرتے ہوئے چیختے چلاتے ہوئے ہمارے گھر میں گھس گئے اور پھر انھوں پاپا اور انکل جوزیف کو بالوں اور گردن سے پکڑ لیا اور انھیں فرش پر سے گھسیٹتے ہوئے گھر سے باہر لے کر چلے گئے۔ یہ سب اتنی تیزی سے ہوا کہ انکل جوزیف اور پاپا کو سنبھلنے کا موقع بھی نہیں ملا، وہ چیخ بھی نہیں سکے اور پل بھر میں کمرے میں صرف جیکب اور ایڈن رہ گئے۔ ماما اور ریبیکا روتے ہوئے ان کے پیچھے باہر ان بھاگیں تو ایک جرمن فوجی نے پلٹ کر ایک گھونسہ ماما کے منھ پر مارا اور دوسرے نے آنٹی ریبیکا کی پیٹھ پر لات ماری۔ جاتے جاتے انھوں نے دروازے کی چوکھٹ کو گن کے دستے سے اس قدر زور سے مارا کہ دروازے کے بیچوں بیچ ایک بڑا سا سوراخ ہو گیا۔ ہم تینوں ماما اور ریبیکا آنٹی کی طرف دوڑے اور ان سے لپٹ کر رونے لگے۔ وہ پاپا اور انکل جوزیف کو نا جانے کہاں لے کر چلے گئے تھے۔ وہ کربناک لمحہ تھا جب میں نے انھیں آخری بار دیکھا تھا اُس کے بعد مجھے کبھی نہ پتہ چل سکا کہ انھیں زمین نے کھا لیا یا انھیں آسمان نگل گیا۔ اُس شام کیسا طوفان آیا تھا جو ہمارے پورے خاندان کو ایک ہی جھٹکے

میں بہا کر لے گیا تھا۔ ساری رات ہمارے گھر میں آنسوؤں سے بھری سسکیاں اور درد بھری چیخیں گونجتی رہیں تھیں۔ ان سسکیوں اور چیخوں کے پیچھے وہ ڈر خود بھی کہیں چھپ گیا تھا جو کتنے ہی دنوں سے ہماری رگوں میں سانپوں کی طرح رینگ رہا تھا مگر اُس ڈر کے جانے کے بعد اب ہمارا گھر کسی قبر کی طرح ایک لا متناہی تاریکی اور جس سے ہمیشہ کے لیے بھر گیا تھا۔'

مجھے محسوس ہو رہا تھا کہ جیسے ذوسیہ کی آواز واقعی کسی قبر کی تاریکی سے آرہی ہے۔ میں جلدی سے اُٹھی اور سامنے رکھے پانی کے جگ سے ایک گلاس نکال کر اُس کے ہاتھ میں دے دیا۔ ذوسیہ نے پانی کا ایک گھونٹ لیا، مجھے دیکھا اور گہری سانس لے کر کہا۔

'کیا تم ان واقعات کی تاب لا سکتی ہو جو میں تمھیں اب آگے سنانے والی ہوں؟ دیکھو لڑکی، میں نہیں چاہتی کہ انسانوں پر سے تمھارا ایمان ختم ہو جائے جو بد قسمتی سے میرا بچپن ہی میں ہو گیا تھا۔ مگر میں یہ بھی چاہتی ہوں کہ تم انسانوں کی اُس حیوانی صفت سے غافل بھی نہ رہو جس میں چھپی ہوئی درندگی کی جین کسی کینسر کی طرح حالات اپنے لیے موافق آنے پر جونک کے مانند پھر سے توانا ہو جاتی ہے اور پل بھر میں انسانیت کی صفت کو نگل جاتی ہے۔ تم کبھی بھی اُن کے بارے میں یک طرفہ رائے قائم کر کے زندگی کے کسی ہولناک تجربے پر حیران نہ ہو جانا۔ کیونکہ میں ان واقعات کی وجہ سے نہ پھر زندگی میں کبھی حیران ہوئی اور نہ ہی غمز دہ مگر ہاں غصہ ضرور ہوئی تھی۔'

یہ کہہ کر ذوسیہ نے ایک گہری سانس لی اور مجھے لگا جیسے اُس کی آنکھیں کچھ دیر کے لیے ماضی کے کسی سخت لمحے میں کھو گئی۔

اُس دن میں نے کسی انسان کی آنکھوں میں بیک وقت ماضی کا دہکتا ہوا جوالہ مکھی اور حال کے سرد لمحات آپس میں ملتے ہوئے دیکھے۔ میں نے دیکھا ذوسیہ کی سانسیں اُن تکلیف دہ احساسات کی وجہ سے قدرے بوجھل تو ہیں مگر اُن کے اظہار میں وہ اب بھی قادر تھی۔ میں چاہتی تھی کہ کسی طرح اُس کے دل کا بوجھ ہلکا کر دوں۔ میری خواہش تھی کسی طرح اُس کی سانسوں کو گھٹن سے بچالوں۔

میں چپ چاپ ذوسیہ کے احساس سے عاری جھریوں بھرے سپاٹ چہرے کو تک رہی تھی اور سوچ رہی تھی کہ عمر رسیدگی کی اگلی منزل اگر جھریاں ہیں تو کیا بلوغت کی آخری منزل اُن جھریوں سے جذبات و احساسات کا نکل جانا ہے؟

میں نے خالی گلاس ذوسیہ کے ہاتھوں سے لے لیا اور میز پر واپس رکھ دیا اور پھر سے اُس کی زندگی کے قصے میں شامل ہو کر ماضی کے اندھیروں میں دوبارہ سے اُس کے ساتھ اُترنے لگی۔

———

'رات گزر گئی مگر صبح، رات سے زیادہ تاریک ہو گی اس کا مجھے انداز ہ نہیں تھا۔

اس سے پہلے کے ہم پاپا اور انکل جوزیف کو ڈھونڈنے صبح گھر سے نکلتے، ہمارے گھر کا ٹوٹا ہوا دروازہ بھی ایک دھماکے کے ساتھ زمین پر آ گرا اور پھر درجنوں جرمن فوجی چیختے چنگھاڑتے ہوئے گھر کے اندر آ گھسے۔ مجھے سمجھ میں نہیں آر ہا تھا کہ آخر وہ ہم پر کیوں چیخ رہے تھے؟ ہاں مجھے یاد ہے کہ میں ماما کی گود سے چمٹی ہوئی ڈر کے مارے رو رہی تھی اور جیکب اور ایڈن آنٹی ربیکا کے پاس دبکے ہوئے تھے۔ انھوں نے بے دردی سے ہمارے گھر کے سامان کو باہر پھینکنا شروع کر دیا۔ اُن کے ہاتھوں میں جو کچھ بھی آ رہا تھا وہ آنا فاناً باہر سٹرک پر جا رہا تھا۔ دیکھتے ہی دیکھتے ایک سخت ہاتھ نے مجھے ماما کی گود میں سے کھینچا اور گھر کے سامان کی طرح باہر سٹرک پر اُچھال دیا۔ میں پل بھر میں ہوا میں اُڑی اور پھر مجھے کچھ نہ پتہ چلا کہ میرے ساتھ کیا ہوا۔ ہاں مگر بے ہوش ہونے سے چند لمحے پہلے جیکب اور ایڈن کی درد ناک چیخوں کی آوازیں مجھے سنائی دی تھیں جب میں نے دیکھا تھا کہ وہ اُن کے سروں کو مشین گن کے دستوں اور اپنے فوجی بوٹوں سے کچل رہے تھے۔ پھر جب مجھے ہوش آیا تو د یکھا ماما مجھے خود سے چمٹائے ہوئے وحشت زدہ گلیوں میں اندھا دھند بھاگ رہی تھیں۔ ہمارے آگے اور پیچھے دھواں اور دھول تھی۔ ماما کا بدن خون اور پسینے سے چپچپا

ہو رہا تھا۔ میں سُن سکتی تھی ماما بلک بلک کر رو رہی تھیں۔ ماما کسی خوفزدہ ہرنی کی طرح خود کو اور مجھے اُن جنگلی بھیڑیوں سے بچانے کی خاطر نہ جانے کہاں بھاگے جا رہی تھیں۔ مگر پھر ایک دلخراش چیخ گونجی اور مجھے لگا جیسے میں ایک بار پھر جھٹکے سے اُن کی وحشت زدہ بانہوں اور کمزور کلائی کی گرفت سے پھسل کر نکلی اور ہوا میں اُچھلتی ہوئی زمین پر لوٹتی چلی گئی۔ میرا دھڑ زمین پر گرا تو سٹرک کے کنارے سے رگڑ کھاتا ہوا چلا گیا اور پھر بے سدھ ہو کر ایک کونے میں سمٹ گیا۔ آہ، کاش! میں اُس وقت مر جاتی یا پھر بے ہوش ہو جاتی مگر وہ منظر تو نہ دیکھتی جو میں نے گرنے کے بعد زمین پر پڑے ہوئے دیکھا تھا۔ جس ایک منظر نے میرے اندر انسان نامی جانور کے لیے ہمیشہ کے لیے نفرت سے زیادہ متلا ہٹ بھر دی۔ میری ماما خون اور پسینے میں لتھڑی ہوئی سٹرک پر آدھی ننگی پڑی ہوئی سِسک رہی تھیں اور سامنے کھڑی نازی فوجیوں کا ٹرک کھڑا تھا جس کے اچانک سامنے آ جانے کی وجہ سے وہ منھ کے بل آ گری تھی۔ وہ بہت سارے تھے اور میری ماما اکیلی تھیں، وہ بھو کے درندے تھے اور میری ماما اُن کی خوراک تھی، وہ جنگلی جانوروں کی طرح اُس کو بھنبھوڑ رہے تھے اور میری ماما ری ہوئی لاش کی طرح بوٹیاں بن کر ان کے آنتوں میں اُتر رہی تھیں۔ مجھے سمجھ میں نہیں آ رہا تھا وہ یہ سب کیوں کر رہے ہیں، وہ پہلے اُسے کھاتے رہے اور پھر سب نے مل کر اُس کے منھ پر پیشاب کیا۔ پتہ نہیں میری ماما زندہ تھیں یا مر چکی تھیں مگر وہ اُن کی گندگی میں لت پت ہو رہی تھیں۔ یہ سارا منظر میری آنکھوں کے سامنے سے گزر گیا اور میری روح کو ہمیشہ کے لیے جلا کر راکھ کر گیا۔ کاش! اُس دن میں مر جاتی، کاش! اُس دن میری ماما مر جاتیں، کاش! اُس دن آسمانوں سے عذاب اُترتے۔ کاش! اُس دن زمین کا سینہ شق ہو جاتا۔ کاش! ہم سب کائنات کے اندھیروں میں گم ہو جاتے مگر کچھ بھی تو نہ ہوا، میں بھی زندہ رہی اور میری ماما بھی، آسمان یوں ہی بے شرموں کی طرح تماشا دیکھتا رہا اور زمین یوں ہی کسی بے حیا کی طرح ہمیں چپ چاپ تکتی رہی۔

کچھ ہی دیر بعد وہ فوجی ٹرک چلا گیا اور گلی سنسان ہو گئی۔ میری ماما بیچ گلی میں خون اور

کیچڑ میں بے سدھ پڑی ہوئی تھیں، میں ایک کونے میں پڑی سسک رہی تھی۔ کچھ دیر بعد سامنے کی ایک عمارت کا دروازہ کھلا اور ایک وحشت زدہ سی عورت ہاتھوں میں کوئی کپڑا لیے باہر نکلی اور پھر ڈرتے ڈرتے اِدھر اُدھر دیکھ کر بھاگتی ہوئی آئی اور اُس سے میری ماما کے ننگے بدن کو ڈھانک دیا، پھر کچھ اور لوگ بھی آس پاس کی بلڈنگوں سے نکلے اور میری ماما کے ارد گرد جمع ہونے لگے۔ اُنھوں نے مل کر میری ماما کو اُٹھایا اور سامنے ایک بلڈنگ کے اندر لے گئے۔ اُس کے بعد انھوں نے مجھے بھی زمین سے اُٹھا لیا اور مجھے اندر لا کر ماما کے ساتھ ہی ایک کونے میں لٹا دیا۔ ماما نیم بے ہوشی کی حالت میں میرے سامنے کسی گٹھری کی طرح پڑی ہوئی تھیں۔ اُن کے بدن سے جگہ جگہ سے خون رِس رہا تھا اور پیشاب کے بھبکے اُٹھ رہے تھے۔ ایک عورت نے گیلے کپڑے سے اُس کے بدن کو صاف کیا اور پھر ایک کمبل اُن کے زخمی جسم پر ڈال کر چپ چاپ ایک کونے میں بیٹھ گئی۔ میں کب سوئی یا بے ہوش ہوئی مجھے پتہ نہ چل سکا مگر ہاں جب میری آنکھ کھلی تو میرے ارد گرد ایک دوسری ہی دنیا تھی۔

— — —

مجھے یاد نہیں میں وہاں کیسے پہنچ گئی تھی سوائے اس بات کے کہ وہ ایک لمبی ٹرین تھی جس میں بہت سے مرد اور عورتیں اور بچے سوار تھے۔ وہ ٹرین کہیں جا رہی تھی شاید جرمنی یا شاید پولینڈ کے ہی کسی اور شہر میں؟ یا کسی اور ملک میں جہاں اُس ٹرین کے سواروں کو اُترنا تھا۔ مجھے سردی لگ رہی تھی اور میں بہت بھوکی تھی۔ وہاں سب ہی بھوکے تھے کیونکہ سب کے پیٹ پچکے ہوئے اور پسلیاں باہر نکلی ہوئی تھیں۔ اُن سب کے چہرے اُترے ہوئے، سپاٹ اور آنکھیں خشک تھیں۔ اچانک میرے پیٹ میں مروڑیں سی اٹھنے لگیں اور میں نے چیخنا چاہا مگر مجھے لگا جیسے میرے منہ سے آوازیں باہر آنے کے بجائے اُلٹی اندر اُتر رہی ہیں۔ میں نے اپنے کمزور ہاتھ کسی مشکل سے کھینچ کر پیٹ پر رکھ لیے اور مجھے یوں لگا جیسے میرا سارا بدن سُن ہو گیا ہے۔ ٹرین کی کھڑکھڑ ہمارے کانوں سے ٹکرا رہی تھی اور مجھے زندہ

رہنے کا احساس دلا رہی تھی۔ وہاں کچھ لوگ نیم مردہ حالت میں پڑے ہوئے تھے اور کچھ نیم زندہ حالات میں، جیسا کہ جیسے ان کی سانسیں دھونکنی کی طرح ٹرین کے ساتھ ساتھ دائیں بائیں چلنے کے بجائے کبھی کبھار اونچی، نیچی، تیز اور آہستہ ہو جاتی تھیں۔ کچھ کی آنکھیں بند تھیں اور کچھ سیدھے اوندھے پڑے ہوئے ٹرین کی چھت یا زمین کو بنا کسی احساس کے تک رہے تھے۔ مجھے یاد نہیں کہ مجھے اُس وقت ماما یا پاپا کی یاد بھی آئی تھی یا نہیں مگر مجھے ایک لمحے کے لیے جیکب اور ایڈن کا خیال ضرور آیا تھا کہ شاید وہ بھی یہی کہیں ہو اور میں نے ایک بار اپنے سامنے پڑے ہوئے چند دس بارہ برس کے بچوں کی طرف دیکھنے کی کوشش کی تھی مگر مجھے لگا تھا وہ جیکب اور ایڈن نہیں تھے۔ کاش! وہ یہاں ہوتے مجھے ایسا خیال بھی آیا تھا مگر پھر آنٹی ریبیکا اور انکل جوزیف بھی تو وہاں نہیں تھے۔ میں نے پھر سے دونوں ہاتھوں سے پیٹ کو پکڑ لیا تھا اور پھر مجھے یاد نہیں کیا ہوا تھا۔ شاید میں سو گئی تھی یا بے ہوش ہو گئی تھی۔

———

ذوسیہ نے ایک گہرا سانس لیا اور کچھ لمحوں کے لیے چپ چاپ ہوا میں تکنے لگی جیسے کچھ یاد کرنے کی کوشش کر رہی ہو۔ میں جو خود کہیں اُس کے ساتھ ٹرین کے ڈبے میں کسی کونے میں پڑی ہوئی سفر کر رہی تھی اچانک ایک جھٹکے سے واپس نکل کر اُس کے ڈرائنگ روم میں لوٹ آئی۔ میں نے دیکھا اُس کی آنکھیں ویسے ہی خشک اور جذبوں سے عاری تھیں جیسے کہ ٹرین میں سوار اور مسافروں کی تھیں مگر میں چاہ رہی تھی کہ میں اُس ٹرین میں ابھی کچھ دیر اور رہوں کیونکہ مجھے اُس کے اگلے اسٹیشن کا بے تابی سے انتظار تھا مگر شاید یہ بات اب ذوسیہ کے لیے اس قدر اہم نہیں تھی، شاید اس لیے کہ اُسے ڈائری کے اگلے صفحے پر لکھے گئے واقعوں کا پہلے ہی سے پتہ تھا۔

'کیا تم ٹھیک ہو ذوسیہ؟' میں نے آہستہ سے اُس سے پوچھا تو اُس نے اپنی پلکیں جھپکتے اور میرے سوال کو نظر انداز کرتے ہوئے خود سے کہا، 'پتہ نہیں ماما کی موت کیسے ہوئی

ہوگی؟ میں؟ اکثر سوچتی ہوں ۔ ویسے تو وہ اُس دن ہی سٹرک پر مر گئی تھیں جب اُن کے ساتھ بیچ سٹرک پر اُن کتے نازی فوجیوں نے ریپ کیا تھا مگر پھر بھی یہ خیال ابھی بھی مجھے بھی آتا ہے۔'

'کیا کبھی بھی تمہیں پتہ چلا کہ تمھارے پاپا، انکل جوزیف، آنٹی ریبیکا اور ان کے بچوں ایڈن اور جیکب کا کیا ہوا؟' میں نے آہستہ سے کی طرف دیکھ کر کہا، 'وہی جو اور پالش لوگوں کا جرمن نازیوں کے ہاتھوں ہوا ہوگا۔' ذوسیہ نے جواب میں منھ ہی منھ میں بڑ بڑایا۔

ذوسیہ کچھ دیر تک کارپٹ کو تکتی رہی اور پھر نہ جانے کیا سوچ کر ڈائری کو بند کر کے سامنے پڑی کافی ٹیبل پر رکھ دیا اور پھر نظر اٹھا کر میری طرف دیکھ کر کہا، 'میرا دل بہت بھاری محسوس ہو رہا ہے، کیا ہم آج کی بقیہ ملاقات کو کسی اور دن جاری رکھ سکتے ہیں؟'

'ہاں ہاں کیوں نہیں۔' میں نے فوراً ہی جواب میں کہا، 'میں محسوس کر سکتی ہوں کہ ماضی کے ان لمحات میں دوبارہ جانا آپ کے لیے کس قدر دشوار ہوگا اور آپ یہ میرے لیے کر رہی ہیں جس کی وجہ سے میں آپ کی بہت احسان مند ہوں۔'

'پتہ نہیں، ہاں مگر یہ ایک مشکل مرحلہ ضرور ہے، کیونکہ یہ ڈائری میں نے اپنی یادداشتوں پر لکھی تھی اس لیے میری زندگی کے بہت سے صفحات اس میں سے کھو چکے ہیں۔'

ذوسیہ نے اُسی دھیمے لہجے میں جواب دیا۔

'اچھا میں چلتی ہوں۔' میں نے صوفے سے اٹھتے ہوئے کہا اور قریب آ کر اُس کے ایک گال پر پیار کر کے اُسے کہا۔

'اب آپ آرام کیجیے، میں آپ کو فون کروں گی اور ہم پھر ساتھ بیٹھیں گے۔'

'ارے میں نے تمہیں چائے یا کافی کا بھی آج نہیں پوچھا۔' اُسے اچانک خیال آیا۔

'کوئی بات نہیں، اگلی بار سہی۔' یہ کہہ کر میں اُس کے گھر سے نکل گئی۔

گاڑی چلاتے ہوئے میرا دل مسلسل اپنی دھڑکنوں کو سن رہا تھا اور ایک مستقل متلاہٹ کی سی کیفیت مجھ پر طاری تھی۔

•••

(۵)

میں جب واپس گھر پہنچی تو سب کچھ ویسا ہی تھا، کچھ بھی نہیں بدلا تھا۔ وہی سناٹا جو میرے قدموں کی چاپ کی آواز سے ٹوٹنے کو بیتاب تھا، وہی اندھیرا جو انگلیوں کی جنبش سے روشنی میں بدلنے کا منتظر تھا، وہی افسردگی جو کسی خوش گمان لمحے سے ملنے کی چاہ میں گرفتار تھی اور وہی ٹھہرا ہوا وقت کا احساس جو گھنٹے، منٹ اور سیکنڈ کی بدلتی ہوئی سوئیاں خود میں چھپائے ہوئے تھا۔ مگر میرے قدموں کی چاپ سے نہ تو وہ سناٹا ٹوٹا اور نہ ہی میرے سوِچ آن کرنے سے روشنی پھیلی، نہ تو میرے آنے سے وہاں پھیلی ہوئی افسردگی کسی خوش گمان لمحے سے دو چار ہوئی اور نہ ہی گھڑی کی سوئیوں کے بدلنے سے ذرّہ برابر بھی وقت بدلا۔ میں نے سینڈل دروازے کی چوکھٹ پر ہی اُتار دی پھر پرس کو کرسی پر رکھ دیا اور کچن میں آ کر فرج سے پانی کی ایک ٹھنڈی بوتل نکال کر گلاس میں اِنڈیلے بغیر ہی منھ سے لگا کر حلق میں اُتارتی چلی گئی جیسے برسوں کی پیاس سے میرا چھلا ہوا گلا پانی کے مرہم سے تر ہو کر شاید پھر سے تروتازہ اور توانا ہو جائے۔ پھر میں کچن سے کمرے میں آ کر بیڈ پر لیٹ گئی اور خاموشی سے چھت کو تکنے لگی۔ خیالات کہیں کھو گئے تھے، ذہن کچھ سُن ہو گیا تھا اور بدن ذرا تھکا تھکا سا ہو رہا تھا مگر مجھے لگا جیسے یہ سب یوں اچانک نہیں ہو گیا تھا۔ جب میں ذوسیہ کی زندگی کے صفحات اُس کے سامنے بیٹھی سن رہی تھی تب ہی مجھے محسوس ہو رہا تھا کہ میں اُن لحظات میں فاطمہ کی جگہ ذوسیہ کی زندگی کے کرداروں سے بدلتی جا رہی تھی۔ اُن چند گھنٹوں میں کبھی تو میں ذوسیہ کی ماما اور کبھی پاپا بن جاتی تھی، کبھی اُس کے انکل جوزیف اور آنٹی ربیکہ

تو کبھی خود ذوسیہ یا اُس کے کزن بھائی جیکب اور ایڈن۔ میں نے اُس کے قصے کو سنتے ہوئے نازی فوجیوں کے جسم کی بدبو اور غلاظت میں خود کو ذوسیہ کی ماما کی طرح پت پت محسوس کیا تھا، میں نے اُن کی مشین گنوں سے نکلتے ہوئے بارود سے ذوسیہ کے پاپا اور انکل جوزیف کے بدن کی طرح خود کو راکھ ہوتے ہوئے دیکھا تھا اور میں نے بھاری بھرکم فوجی بوٹوں اور بندوقوں کے دستوں سے ایڈن اور جیکب کے چھوٹے نازک جسموں کو کچلتے ہوئے خود میں محسوس کیا تھا۔ میں آج ذوسیہ کے پاپا اور انکل جوزیف کی آنکھوں کی ویرانگی، ذوسیہ کی ماما اور ربیکا آنٹی کی زندگی میں پھیلی ہوئی تاریکی اور جیکب، ایڈن اور ذوسیہ کے ننھے جسموں کے زخموں اور رِستے ہوئے خون میں ڈوب کر اپنے کمرے میں لوٹ آئی تھی۔

کیا میں لوٹ آئی تھی یا میں وہی کہیں کھو گئی تھی؟ میں نے سوچا۔

یہ متلاہٹ کیسی تھی جسے میں لے کر لوٹی تھی؟ وہ جو ذوسیہ کے محض چند صفحوں نے ہی میرے اندر بھر دی تھی۔

یہ کیسا خوف تھا جو میرے اندر دور دور تک پھیل گیا تھا اور اب ایک ڈر بن کر میری انگلیوں کی پوروں تک میں سرایت کر گیا تھا۔ شاید اسی خوف، متلاہٹ، ڈر اور صدمے کی وجہ سے میرا دماغ نم اور بدن سُن ہو رہا تھا۔ مجھے کیا پتہ تھا کہ جن کھوئے ہوئے صفحات کے تعاقب میں، میں ذوسیہ کا سونوا کی تلاش میں کئی دنوں سے سرگرداں تھی وہ صفحات خود مجھے اُس کی زندگی کی کتاب کی گرد سے یوں میلا اور دھندلا کر دینگے۔ میں چپ چاپ پڑی چھت کو تکتی رہی تھی۔ خاموش اور تنہا، صرف گھڑی کی ٹک ٹک کی آواز میرے کانوں میں گونج رہی تھی اور میرے دل کی دھڑکن اُس آواز کے ساتھ مل کر میری روح کو میرے ہونے کا احساس دے رہی تھی۔

ہاں میں زندہ تو ہوں، یہ سوچ کر جونہی میں نے اپنی آنکھیں بند کی ذوسیہ کا سونوا کی زندگی کی گزری ہوئی ٹرین کے ڈبے ہنگام آوازوں کے ساتھ میری نظروں کے سامنے پھر سے گزرنے لگے تو میں نے گھبرا کر اپنی آنکھیں کھول دیں۔ میں جو تصویریں اپنی آنکھوں

کے کیمرے میں کھنچنے سے گھبرا رہی تھی وہ تو ذوسیہ کی زندگی کے البم کے ہر ایک صفحے میں جڑی ہوئی تھی، میں نے سوچا اور بستر سے اُٹھ کر بالکنی میں آ کھڑی ہوئی۔ باہر گلی میں کمرے کی طرح ہی سناٹا پھیلا ہوا تھا۔ نہ جانے یہ سناٹا میرے اندر سے نکل کر باہر پھیل رہا تھا یا باہر کا سناٹا میرے اندر سرایت کر رہا تھا، مجھے اس سناٹے کو توڑ دینا چاہیے، میں نے گھبرا کر سوچا، کہیں یہ مجھے ہی اپنے اندر پوری طرح نہ اُتار لے۔

مجھے بازار کی طرف نکلنا چاہیے تا کہ کچھ ونڈو شاپنگ ہی کر لوں یا پھر عطیہ کی طرف ہی چلی جاؤں تا کہ کسی طرح سے اس افسردہ ماحول سے باہر نکل جاؤں۔ میں کمرے میں لوٹ آئی اور سنگھار میز کے سامنے ہو کر کھڑے ہو کر اپنے سراپا پر نظر ڈالی؛ چہرہ تھکا تھکا سا لگ رہا تھا۔ میں نے فیس پاوڈر سے ہلکی سی پفنگ کی اور بالوں کو انگلیوں ہی سے سمیٹ کر اپس میں گوندھ کر ایک دوسرے میں اُڑس لیا اور پھر سنگار میز سے ایک چھوٹا سا کلپ اٹھا کر اُن میں آڑا سا پھنسا دیا پھر پلٹ کر کرسی پر پڑے بیگ کو اٹھایا اور کرسی پر بیٹھ کر سینڈیل میں پاؤں ڈال کر اُٹھ گئی، دروازہ باہر سے بند کیا اور پرس میں سے گاڑی اور گھر کی چابیوں کے گچھے کو نکال کر دروازہ لاک کر کے سیڑھیوں سے اُترتی چلی گئی۔

گاڑی چلاتے ہوئے مجھے خیال آیا کہ شاپنگ سینٹر کی طرف تنہا نکلنے کے بجائے عطیہ کی طرف ہی جانا بہتر ہوگا کہ کم از کم اُس کی مزیدار باتوں سے کچھ موڈ ہی بہتر ہو جائے گا، یہ سوچ کر میں نے عطیہ کا نمبر ملایا۔

''ہیلو عطیہ میں تمھاری طرف آ رہی ہوں۔'' عطیہ کی آواز فون پر سن کر میں نے فوراً کہا۔

''ضرور، میں گھر پر ہی ہوں، آ جاؤ'، دوسری طرف سے اُس نے ہمیشہ کی طرح ہلکے پھلکے موڈ میں جواب دیا۔

گھر پر ڈاکٹر صاحب بھی موجود تھے، عطیہ سید ھا مجھے کھینچ کر ڈائننگ روم میں لے آئی

اور مجھے اپنے ساتھ کھانے میں شریک کرلیا۔ عطیہ کے میاں ماہرِنفسیات تھے اور بڑے ہی مزے کے آدمی تھے۔ چھوٹی چھوٹی باتوں پر قہقہے لگاتے تھے۔ مجھے دیکھتے ہی کہنے لگے،' ارے جرنلسٹ صاحبہ تشریف لائی ہیں۔' وہ مجھے ہمیشہ جرنلسٹ کہہ کر ہی پکارتے تھے حالانکہ میرا تعلق صحافت سے بس اتنا ہی تھا کہ میں ایک پرائیوٹ نیوز ایجنسی میں کام کرتی تھی جس کا کام اخبارات، ٹی وی، ریڈیو اور دیگر میڈیا کے لیے خبریں تیار کرنا یا ایڈٹ کر کے انھیں پہنچانا ہوتا تھا۔ میں تو زیادہ تر آفس میں بیٹھی اُن کی رائٹنگ اور ایڈیٹنگ میں ہی مصروف رہتی تھی۔ میں نے مشکل سے انھیں مسکرا کر دیکھا اور کہا۔

'آپ سنائیں ڈاکٹر صاحب، کیسے حال احوال ہیں؟' میرے اندر کا موڈ ابھی تک کچھ خاصا اچھا نہیں ہوا تھا۔

'ہمارا تو حال اچھا ہے، آپ کچھ پریشان لگ رہی ہیں۔' لگتا ہے انھوں نے میرے چہرے پر ایک نظر ڈال کر ہی میرے دل کا حال پڑھ لیا تھا۔ 'خیریت تو ہے؟'

عطیہ نے بھی فوراً کہا،' ارے ہاں کچھ پریشان لگ رہی ہو شکل سے، لگتا ہے یہ باہر موسم کی گرمی کا اثر ہے؟' اس پر ڈاکٹر صاحب نے فوراً ہی جملہ کہا؛' یا اندر کے سرد موسم کا، لگتا ہے اسد کو بُری طرح مس کر رہی ہیں ہماری جرنلسٹ صاحبہ؟' ڈاکٹر صاحب نے تھوڑا سا سنجیدہ ہو کر کہا۔

اس سے پہلے کہ میں کچھ کہنے کے لیے منھ کھولتی، عطیہ نے فوراً کہا،' خیر اسد کو تو ہماری فاطمہ ہمیشہ ہی مس کرتی ہیں، کیوں؟'

عطیہ نے قدرے شوخ نظروں سے مجھے دیکھتے ہوئے کہا۔

میں نے بھی سوچا گفتگو کو ہلکے انداز میں ہی رکھوں تو اچھا ہے، ورنہ موڈ کا تو ویسے بھی ستیاناس ہے۔

'ہاں یار یہ ہی سمجھ لو، وہ حضرت رات دن اُدھر کشمیر کے آس پاس منڈلا رہے ہیں اور اُن کی یادیں اِدھر صبح شام ہمارے پاس۔'

'ارے کشمیر پر یاد آیا سُنا ہے بھارت وہاں خوب ظلم کر رہا ہے نہتے کشمیریوں پر؟ آپ کیا کہتی ہیں اس بارے میں؟'

میں جہاں سیاست پر بات کرنے سے بھاگ رہی تھی وہیں یہ باتیں اب پھر سے میرا پیچھا کرنے لگی تھیں۔ میں نے جان چھڑاتے ہوئے کہا، 'پتہ نہیں ڈاکٹر صاحب، تینوں مختلف موقف ہیں، ہندوستانی حکومت اپنا پوائنٹ آف ویو رکھتی ہے اور پاکستانی حکومت اپنا مگر میرا ووٹ تو کشمیر کے عام آدمی کے موقف کو ہی اہمیت دیتا ہے کیونکہ وہ اپنے مسائل سے زیادہ واقف ہے۔ مشکل یہ ہے کہ دونوں طرف کی عسکری ایجنسیاں کشمیر میں اپنے اپنے سیاسی مقاصد پورا کرنے میں جٹی ہوئی ہیں، ایسے میں خبروں کا انبار لگا دیا گیا ہے تا کہ ہندوستانی اور پاکستانی یا کشمیر کی عوام بھی بس اُس اخباری اطلاعات یا میڈیا کے دلدل میں پھنسے رہے اور اپنے اپنے حکمرانوں کی نظروں سے ہی سیاسی منظر کو سمجھتے رہے اور حقیقت سے دور رہے۔' میں نہ چاہتے ہوئے بھی ایک ہی سانس میں دل کی بات کہتی چلی گئی۔

ڈاکٹر صاحب نے عطیہ کو اشارے سے سالن کا پیالہ اپنی طرف بڑھانے کو کہا تو عطیہ نے کٹورہ میرے آگے پہلے کرتے ہوئے کہا، 'اچھا کچھ پہلے لے لو پھر یہ سب بڑی بڑی باتیں یار، تم نے کچھ لنچ میں لیا بھی تھا آج یا صبح کے ناشتے پر ہی گاڑی چل رہی ہے؟'

میں نے تھوڑا سا سالن پلیٹ میں لیا اور پھر ڈاکٹر صاحب کی جانب پیالہ بڑھا دیا۔

'اوہ، کھانا بڑا مزے کا ہے۔' میں نے عطیہ کی طرف دیکھتے ہوئے کہا۔

'ارے ان کے ہاتھوں کی کیا بات ہے، ہم یونہی تو نہیں ان کے دیوانے ہوئے ہیں۔' ڈاکٹر صاحب نے ہنستے ہوئے کہا۔

'اور مجھے دیکھو، میں نے الٹا دیوانوں کے ڈاکٹر سے شادی کر لی،' عطیہ نے بھی جواب میں مسکراتے ہوئے جملہ کس دیا۔

'ارے دیوانگی پر یاد آیا۔ اچانک میں نے بنا سوچے سمجھے ہی یہ بات کہہ دی۔ 'دیوانگی کی آخری شکل کیا ہوتی ہے ڈاکٹر صاحب؟'

'ارے باپ رے! اس قدر سنجیدہ سوال جرنلسٹ صاحبہ، خیریت تو ہے، ہم تو سمجھ رہے تھے کہ آپ عشق کی آخری منزل کا پوچھیں گی؟'

انھوں نے پھر گفتگو کو ہلکا کرنے کے لیے نفسیاتی حربہ استعمال کیا۔

'چلیں یونہی سمجھ لیجیے۔' اس بار عطیہ نے ڈاکٹر صاحب کی بات کو اور ہلکا پھلکا کرنے میں مدد کی۔ 'بھئی، ہمارے خیال میں تو عشق کی منزل دیوانگی ہے، جیسے ہمارے دیوانوں کے ڈاکٹر دیوانے بھی ہو گئے ہیں، ہمارے عشق میں گرفتار ہو کر، کیوں؟'

عطیہ نے اس مزے سے بھنویں اچکائیں کہ میرے اندر کی افسردگی لمحہ بھر کے لیے غائب ہوئی اور منھ پر مسکراہٹ پھیل گئی۔

'یہ بات تو عطیہ نے بالکل ٹھیک کہی ہے۔' ڈاکٹر صاحب نے روٹی کا اگلا نوالہ لے کر کہا،

'بھئی عطیہ، پیٹ بھر گیا مگر دل نہیں، کچھ میٹھا تو لے آؤ، تمھیں پتہ ہے نا کھانے کے بعد میٹھے کے بغیر۔۔۔'

اور عطیہ نے ڈاکٹر صاحب کا سیکڑوں بار دہرایا ہوا جملہ فوراً ہی با آواز بلند مکمل کر دیا۔ 'زندگی میں مٹھاس نہیں آتی۔' عطیہ یہ کہہ کر جیسے ہی ڈائننگ ٹیبل سے اُٹھی، ڈاکٹر صاحب نے میری طرف دیکھ کر کہا، 'بائی دی وے خیریت تو ہے؟ آپ دیوانگی کی آخری منزل کی طرف بھلا کیوں گامزن ہو رہی ہیں؟'

'نہیں میں اپنی بات نہیں کر رہی، میرے تو حالات ابھی وہاں تک نہیں پہنچے۔' میں نے مسکرا کر کہا۔

'بھئی ہمارا تو یہی خیال ہے کہ دیوانگی خود ہی آخری منزل ہے زندگی میں، اس سے آگے تو پھر زندگی کے معنی و مطلب ہی ختم ہو جاتے ہیں۔' ڈاکٹر صاحب شاید کھانے کی میز پر موت کا لفظ نظر انداز کرنے کے لیے ساری ہی منطقی کوششیں کر رہے ہیں یا کم از کم مجھے یہ سُن کر یوں ہی محسوس ہو رہا تھا۔ موت کا خیال مجھے آیا تو یہ خیال بھی کہ کیا وہ یہ دیوانگی کی

آخری منزل سے خود کو بچا کر نکال لائی ہے۔ زوسیہ کے کتھارسس کیا ہوا ہوگا؟ آخر کیسے وہ خود کو زندہ رکھ پائی ہوگی اور دیوانگی سے بھی بچ گئی؟ میرے لیے زوسیہ کا سونوا کو جاننا ضروری ہے۔

اب تک میں محض خود تک پہنچنے کی خاطر اُسے جاننے کی تگ و دو میں تھی مگر آج کی ملاقات کے بعد زندگی کی پیچیدہ تہوں کو سمجھنے کی خاطر۔۔۔۔

میں اپنے خیالوں میں بہی جا رہی تھی کہ اچانک میرے کانوں سے عطیہ کی آواز ٹکرائی،'ہیلو؟'

اور میں واپس ڈائننگ روم میں لوٹ آئی اور عطیہ کے ہاتھ سے میٹھے کی ڈش لے کر اپنی پلیٹ میں کچھ چمچے ڈالنے لگی۔

کھانے کے بعد ہم سب لِونگ روم میں آ کر بیٹھ گئے۔

ڈاکٹر صاحب نے عطیہ کی طرف دیکھتے ہوئے کہا،'بھی چائے کا دور ہو جائے، میں ذرا اس جبے کو بدل کر آتا ہوں۔' انھوں نے اپنے سوٹ اور ٹائی کی طرف انگلی سے اشارہ کرتے ہوئے کہا۔'اور سناؤ سب کیسا چل رہا ہے؟'

عطیہ میرے برابر ہی صوفے پر بیٹھ گئی اور مسکراتے ہوئے پوچھا۔

'کچھ خاص نہیں، سوچ رہی تھی کہ کچھ دن کے لیے ڈھاکہ ہو کر آؤں۔' میں نے اچانک وہ بات کہہ دی جس کا تذکرہ ابھی خود اپنے آپ سے بھی نہیں کیا تھا۔

'ارے اچانک؟' عطیہ نے چونک کر کہا،'ابھی چند دن پہلے جب ہم ملے تھے تب تو ایسا کوئی ذکر نہیں آیا تھا۔'

'ہاں سچ تو یہ ہے کہ یہ خیال مجھ تک بھی ابھی پہنچا ہے،' میں نے جواب دیا۔

'کوئی خاص بات ہے یار بس یونہی؟' عطیہ نے کہا،'ارے یاد آیا وہ تمھاری زوسیہ والی ملاقات کا کیا بنا؟'

عطیہ کے چہرے پر ایک لمحے کے لیے تجسس آیا اور پھر چلا گیا۔

'ہاں یار بتاؤں گی، ابھی تو صرف چند ہی باتیں ہوئی ہیں، بس یہی کہہ سکتی ہوں ابھی کہ ذوسیہ ایک عورت نہیں بلکہ پوری تاریخ ہے۔ شاید اُس سے بھی زیادہ مگر ابھی کچھ کہنا قابلِ از وقت ہے۔' میں نے اپنے تلے لفظوں میں عطیہ کو جواب دیا۔

'اچھا تو یہ ڈھاکہ کا کیا سین ہے؟ مجھے نہیں لگتا کہ تم بچپن سے اب تک کبھی بھی بگلہ دیش واپس گئی ہو۔ کتنے سال کی تھیں جب تم اپنی امی کے ساتھ وہاں گئی تھی؟'

'شاید دو سال کی، امی نے تو یہی بتایا تھا۔ مجھے یاد ہے میں امی کی انگلی پکڑ کر محلّہ محلّہ گھومتی پھرتی تھی جب دو ایک سال بعد ہم کراچی میں اپنے دور دراز کے جاننے والوں کا گھر ڈھونڈتے پھر رہے ہوتے تھے۔ عجیب سخت دن تھے، امی کی چپلیں ٹوٹی ہوتی تھیں اور وہ گھنٹوں پیدل چلتی تھی کبھی مجھے گود میں اُٹھا کر تو کبھی انگلی تھام کر۔' میں نے سوچتے ہوئے جواب دیا

'اُس کے بعد تمھاری امی بھی کبھی واپس نہیں گئیں؟' عطیہ نے صوفے سے اُٹھتے ہوئے کہا۔

'آؤ کچن میں چلتے ہیں وہی باتیں بھی کریں گے اور چائے بھی بنا لیتے ہیں۔'

'مجھے یاد پڑتا ہے شاید ایک آدھ بار گئی تھی، میں نے صوفے سے اُٹھتے ہوئے جواب دیا، شاید اُن کی امی کا انتقال ہو گیا تھا، ایک بار بتا تو رہی تھیں کہ کچھ اُن کے رشتے دار شاید رشتے کے بھائی، بہن وغیرہ تھے وہ اکثر فون پر باتیں تو کیا کرتی تھیں۔ یار بڑا سخت وقت دیکھا تھا انھوں نے یہاں، گھر گھر کام کرتی تھیں بیچاری اور مجھے پڑھا رہی تھیں اور جب میں بڑی ہوئی تو گزر گئیں، ساری زندگی غمزدہ ہی رہیں بس، کوئی خاص آرام نصیب نہیں ہوا زندگی میں۔'

عطیہ نے مجھے معذرت خواہانہ نگاہوں سے دیکھا اور فوراً ہی چہرے کا تاثر بدلتے ہوئے کہا،

'چھوڑ و یار، ماضی کی باتیں ہیں، اب کیا ہو سکتا ہے مگر اُن کی تمھیں پڑھانے کی

خواہش تو پوری ہوگئی ہے نا، دیکھ تم کتنی اچھی جاب کر رہی ہو اور تمھاری زندگی اچھی گزر رہی ہے۔ بس اسد سے تمھاری شادی ہو جانی چاہیے اب تا کہ کچھ فیملی شیملی آگے ہو یار۔‘ اُس نے میرا موڈ بہتر کرنے کی خاطر مسکراتے ہوئے شریر آنکھوں سے مجھے دیکھتے ہوئے کہا۔

’ٹھیک کہہ رہی ہو عطیہ مگر یا رایک بات اکثر مجھے کھٹکتی رہتی ہے کہ امی اچانک بنگلہ دیش سے پاکستان کیوں چلی آئی تھیں جب کہ اُن کی فیملی کے لوگ تو سب ہی وہیں تھے؟ اور میرے ابو کی بات بھی انھوں نے مجھے کبھی نہیں بتائیں، میں نے کتنی ہی بار پوچھا مگر وہ ہمیشہ بات کو اِدھر اُدھر کر دیتی تھیں۔

سچ کہوں تو مجھے نہیں معلوم میرے ابو کون تھے؟ مجھے تو اُنھوں نے کبھی اُن کی تصویر تک نہیں دکھائی، جب بھی پوچھا تو بس یہی کہہ دیا کہ اُن کا ایکسڈینٹ ہو گیا تھا اور اُن کی ڈیتھ ہوگئی تھی۔ کہتی تھیں اُن کی تصویریں بنگلہ دیش میں رہ گئیں اور پھر سب ضائع ہوگئیں مگر یار پھر یہ سب ڈائری میں لکھا ہوا جو کچھ مجھے ملا تھا وہ تصویریں وہ بھی ایک یورپین بچے کی، وہ سب کیا تھا؟ تم سوچ سکتی ہو کہ وہ ڈائری بنگلہ دیش سے سنبھال کر لا سکتی ہیں تو کیا ابو کی تصویریں نہیں لاسکتی تھیں؟ لڑکیاں تو اپنی شادی کے البم، تصویریں، ساری یادیں ہمیشہ ہی اپنے پاس سنبھال کر رکھتی ہیں تو پھر وہ کیسے؟ مجھے ہمیشہ ہی یہ لگا جیسے وہ مجھ سے کچھ چھپاتی رہی ہیں۔‘

اچانک کیتلی میں سے بھاپ نکلنے کی آواز سیٹی کی طرح گونجی تو عطیہ نے پلٹ کر کیتلی آف کر دی اور پیالیوں میں چائے ڈالنے لگی۔

عطیہ نے اپنا اور ڈاکٹر صاحب کا کپ اور میں نے اپنا چائے کا کپ ہاتھ میں لے لیا اور ہم دونوں واپس لوِنگ روم میں آگئے۔

ڈاکٹر صاحب کپڑے بدل کر آ چکے تھے اور اب صوفے پر بیٹھے اپنے میڈیکل میگیزین کی ورق گردانی کر رہے تھے۔ انھوں نے عطیہ سے چائے کا کپ لیا اور دوبارہ صفحے

پلٹنے لگے۔اور پھر میگزین دوبارہ میز پر رکھ کر میری طرف دیکھ کر کہنے لگے
’تو اور سنائیں جرنلسٹ صاحبہ پھر کیا نئی تازہ خبر ہے۔آپ کے دوست اسد کیسے ہیں؟‘
’بھئی فاطمہ تو بنگلہ دیش جانے کا پلان کر رہی ہیں۔‘عطیہ نے ڈاکٹر صاحب کی طرف
دیکھتے ہوئے کہا۔

’اچھا۔‘ڈاکٹر صاحب نے تھوڑا المبا کھینچ کر کہا۔

’چلیں یہ تو اور بھی اچھی بات ہے، یوں بھی وہ تو آپ کی جنم بھومی ہے۔‘انھوں نے
میری طرف دیکھتے ہوئے کہا۔

’کیا ابھی بھی وہاں آپ کے رشتہ دار ہیں؟‘

’نہیں ڈاکٹر صاحب۔‘میں نے چائے کا چھوٹا سا گھونٹ لیتے ہوئے جواب دیا۔

’کم از کم میرے علم میں سے نہیں ہیں اور نہ ہی امی نے کبھی اس بات کا ذکر کیا تھا۔‘

’اوہ تو پھر آپ یونہی کچھ دن فضا بدلنا چاہ رہی ہیں۔بھئی ہمارا تو مشورہ ہے ضرور
جائیں اور بنگلہ دیش ہی کیا میں تو کہتا ہوں اور بھی ملکوں کی سیر کریں، پتہ ہے گھومنے پھرنے
سے انسانوں کی نفسیات صحت مند رہتی ہے۔نت نئے مناظر، صحت افزا مقامات اور سب
سے بڑھ کر نئے لوگ، کلچر اور جغرافیہ، بھلا اور کیا چاہیے؟ضرور جائیں اور کچھ دن رہ کر آئیں
مگر کیا اسد بھی جا رہے ہیں آپ کے ساتھ؟‘

ڈاکٹر صاحب بولتے ہی چلے گئے۔

’ارے ڈاکٹر صاحب، ابھی تو صرف سوچا ہی ہے اور آپ نے تو پورا پروگرام بھی
کنفرم کر دیا۔‘میں نے مسکراتے ہوئے کہا،’اسد کے تو فرشتوں کو بھی خبر نہیں، میں تو بس یونہی
عطیہ سے کہہ رہی تھی کہ طبیعت ایک ہی جیسی زندگی روزانہ گزار کر بور ہو گئی ہے، کچھ مختلف
ہونا چاہیے۔اس لیے سوچا بنگلہ دیش جاؤں اور دیکھوں کیسی تھی بقول آپ کے میری جنم
بھومی؟‘میں نے اُن ہی کا لفظ دوہرا دیا۔

’بھئی میرا خیال بھی یہی ہے کہ بنگلہ دیش اکیلی ہی مت چلے جانا تو اسد اور تم

ساتھ جاؤ، تا کہ مل کر انجوائے کرو،،

عطیہ نے ہمیشہ کی طرح مجھے رومانٹک کرنے کی کوشش کی۔

''ارے باپ رے! تم بھی نا، یار میں کوئی ہنی مون کا پلان نہیں کر رہی ہوں، اچھا چھوڑیں، یہ بتائیں ڈاکٹر صاحب، آپ کا کیا خیال ہے شادی دماغی صحت کے لیے اچھی شے ہے یا مضرِ صحت ہے؟'' میں نے ہنستے ہوئے چائے کا خالی کپ میز پر رکھتے ہوئے کہا۔

ڈاکٹر صاحب زور سے ہنسے، ''بھئی اس پر تو ایک گانا یاد آ گیا،، یہ اتنا تم جو مسکرار ہے ہو، کیا غم ہے جس کو چھپا رہے ہو۔،،

عطیہ نے ہنستے ہوئے کہا، ''ارے ارے رہنے دیجیے ڈاکٹر صاحب، آپ بھی پورے ڈاکٹر ہی ہیں، یار یہ جو آپ گار ہے ہیں نا وہ گانا نہیں کیفی اعظمی کی غزل ہے۔،، اور پھر اُس ٹون میں گاتے ہوئے کہا، ''کیوں کیفی کی روح کو تڑپا رہے ہو؟''

عطیہ کا انداز دیکھ کر میں بھی ہنستی چلی گئی اور ڈاکٹر صاحب بھی زور زور سے ہنسنے لگے۔

رات گھر واپس آتے ہوئے میں سوچ رہی تھی مجھے اور اسد کو بھی اب شادی کر لینی چاہیے، یہ واقعی ذہنی صحت کے لیے اتنی کوئی مضر بھی نہیں۔

•••

(۶)

گھر پہنچی تو رات خاصی ہو چکی تھی۔ صبح دفتر بھی جانا تھا اس لیے سوچا فوراً جا کر سو جاؤں گی مگر پھر یہ سوچ کر لیپ ٹاپ کھول لیا کہ صرف ای میلز چیک کر لیتی ہوں۔ واقعی اسد کا محبت نامہ آیا ہوا تھا اور پھر جوں جوں میں اُسے پڑھتی گئی، میں اپنے بیڈروم سے نکل کر اسد کی دنیا میں کھوتی چلی گئی۔ اسد نے بہت ہی پیار سے اپنا دل کھول کر رکھ دیا تھا، اُس نے جوزیف بروسکی کی المیہ نظم، اپنے دل کا حال اور کشمیر کے قصے سے سجا کر مجھے محبت نامہ لکھا تھا۔

فاطمہ

کاش! تم یہاں ہوتیں، پیاری،

کاش! تم یہاں ہوتیں

کاش! تم یہاں صوفے پر بیٹھی ہوتیں

اور میں تمھارے پاس

رومال تمھارا،

اور آنسو میرے، گالوں پر سمٹے ہوئے

اگرچہ یہ ہو سکتا تھا، بیشک،

اس کا اُلٹ بھی۔

کاش! تم یہاں ہوتیں، پیاری،

کاش! تم یہاں ہوتیں!
کاش ہم اپنی گاڑی میں ہوتے ساتھ
اور تم گاڑی کا گیئر بدل دیتیں
ہم دونوں خود کو کہیں اور پاتے،
ایک انجانے ساحل پر
اور بدل لیتے خود کو
جہاں ہم پہلے تھے کبھی
کاش! تم یہاں ہوتیں، پیاری
کاش تم یہاں ہوتیں!
کاش! کہ مجھے ستاروں کا علم نہیں ہوتا
جب ستارے ظاہر ہوتے ہیں،
جب چاند پانی میں سے جھلکتا ہے،
وہ نیم غنودگی میں کروٹ لیتا اور آہیں بھرتا ہے۔
کاش! وہ ایک کوارٹر (سکہ) جیسا ہی رہتا!
کہ میں تمہارا نمبر ڈائل کرتا۔

کاش! تم یہاں ہوتیں، پیاری!
اس نصف کرۂ ارض میں پر
میں گھر کے برامدہ میں بیٹھا
بیئر کی چسکیاں لے رہا ہوں۔
شام ہے، سورج غروب ہو رہا ہے؛
لڑکے چلا رہے ہیں اور لڑکیاں رو رہی ہیں۔

بھول جانے کی اہمیت ہی کیا ہے۔
اگر اس کے بعد موت ہی ہے؟
فاطمہ!

تم سچ کہتی ہو کہ میں تمھارا شاعر نہیں رہا کہ جو تمھارا دل ٹیگور کی نغمگی سے بہلاتا تھا، اب کسی بوڑھے کی طرح تمھارے خیالات کے ساتھ کچھ یوں جیتا ہوں کہ بس کسی طرح سے زندگی کا مصرف ہی سمجھ میں آ جائے۔ کیا کروں فاطمہ کہ تم سے دور رہ کر کس قدر وحشت زدہ ہو چکا ہوں۔ تم ٹھیک کہتی ہو کہ میں واقعی اپنا شاعرانہ دل ہار رہا ہوں مگر یہ بھی تو دیکھو کہ میں اب بھی اپنی تمام ترقوتوں کے ساتھ زندہ بھی ہوں۔ فاطمہ، تمھاری یادیں میری رگوں میں لہو بن کر گردش کر رہی ہیں اور تمھارے خیالات میرے دل میں اشک بن کر بہہ رہے ہیں مگر سچ کہوں تو یہ ٹھیک ہے کہ اس غم ہجراں نے مجھے وہ درد دیا ہے کہ میں اب تم سے دور رہ کر بھی صرف تم میں رہتا ہوں اور ہاں، ایک اور بات بتاؤں؟ جو میں آج کل اپنے ارد گرد دیکھتا ہوں اُس نے مجھے خود سے محروم کر دیا ہے۔ اُس نے مجھے میرے ایمان کی سرحدوں پر لا کھڑا کیا ہے۔ مجھے نہیں معلوم کہ میں کون سی جنگ لڑ رہا ہوں؟ میں کس کی جنگ لڑ رہا ہوں؟ فاطمہ، میں اندر سے ٹوٹ رہا ہوں، میرے زخموں سے خون رس رہا ہے۔ کبھی مجھے لگتا ہے جیسے میں کہیں پیچھے رہ گیا ہوں مگر بس خود کو بچانے کی خاطر دوڑ رہا ہوں۔

فاطمہ، یہ تمھارا پیار ہے، ٹیگور کی نظمیں ہیں اور ہمارے ہاتھوں کی گرمی ہے جس نے مجھے ابھی تک زندگی سے باندھ رکھا ہے۔ میرے دل کے حال سے پریشان مت ہونا۔ میں چاہوں تو پل بھر میں سب کچھ چھوڑ کر تمھارے پاس لوٹ کر آ جاؤں مگر میں چاہتا ہوں کہ مجھے محبت کے معنی مل جائیں۔ میں زندگی سے گزر کر زندگی تک پہنچنا چاہتا ہوں، محض احساس اور شاعرانہ نغمے مجھے اُس جبر، درد اور خوف سے آگاہ نہ کر پائیں گے جب تک میں امید و نا اُمیدی کی مشکل منزل سے گزر نہیں جاؤں۔ میں ایک سپاہی کی طرح واپس تمھارے پاس

آنا چاہتا ہوں اور میں بہت جلد تمہارے پاس لوٹ آؤں گا فاطمہ، بہت جلد کہ تم خود بھی حیران ہو جاؤ گی۔ اچھا، تم نے لکھا ہے کہ کیا تم مجھے یاد ہو؟ بھلا بتاؤ مجھے میں کیسے بھول سکتا ہوں تمہیں؟ مجھے سب یاد ہے، مجھے یاد ہے تمہارا شگفتہ بھولا کتابی سا چہرہ، تمہاری مخمور سی سوچتی ہوئی آنکھیں اور تمہاری خوش مزاجی وہ بے نیازی سب ہی کچھ اچھی طرح سے میرے دل میں نقش ہے۔

مجھے تو وہ صبح بھی یاد ہے جب تمہیں پہلی بار میں نے اپنے کالج میں دیکھا تھا۔ تم کس طرح سہمی ہوئی اپنی امی کے پیچھے اپنی نظریں نیچے کی ہوئیں دبے پاؤں چل رہی تھی اور پھر وہ دو پہر بھی تو یاد ہے جب تم اسی کالج میں اپنی چار سہیلیوں کے ساتھ اسٹیج پر کھڑی عورتوں کے حقوق پر دھواں دار تقریر کر رہی تھی اور ہاں مجھے وہ شام بھی تو یاد ہے جب ہم دونوں پہلی بار باہر ملے تھے جب ہم نے ایک ساتھ جینے اور مرنے کی قسمیں کھائی تھیں اور پھر شاید اُن چار برسوں میں ایک دن بھی مجھے یاد نہیں جب میں نے تمہیں نا دیکھا ہو، میں نے تم سے بات نہ کی ہو، تمہاری جھلک دیکھے بغیر تو دن گزارنا ممکن نہیں تھا۔ مجھے ان پچھلے دو برسوں کا بھی ایک ایک دن یاد ہے جب سے میں یہاں ہوں۔ تمہارے بغیر دن رات، صبح شام گزار رہا ہوں اور میرا یہ حال ہے کہ ۔

ہوا ہے تجھ سے بچھڑنے کے بعد یہ معلوم
کہ تو نہیں تھا ترے ساتھ ایک دنیا تھی

مجھے جو کراچی میں نوکری مل جاتی تو میں یہاں کبھی نہیں آتا، یہ بات تو تمہیں تو مجھ سے زیادہ معلوم ہے۔ ہاں مجھے پتہ ہے کہ تمہیں جاب مل گئی ہے اور مجھے بھی شاید وقت کہ میں تمہارے ساتھ رہ کر وہیں کچھ کر لیتا مگر یار میں کیا کروں؟ میں نے کب سوچا تھا کہ مجھے یوں زندگی کی امتحان میں ڈالے گی۔ میں اب سوچتا ہوں کہ یہ نیا سفر ایک لحاظ سے اچھا بھی ہے کہ وہ جو میں نظریاتی باتیں کرتا رہتا تھا اور تم سے اکثر بحثیں کرتا رہتا تھا انھیں سمجھنے کے لیے قدرت نے مجھے یوں موقع دیا ہے۔ یہ کشمیری، پاکستان اور بھارتی سیاست کی قیمت کیسے چکار ہے

ہیں؟ میں ایک نئی دنیا میں ہوں جو میری رومانوی دنیا سے مختلف، ڈراونی اور وحشت ناک ہے۔ یہ وہ دنیا ہے جہاں نوجوان روز مرر ہے ہیں، بچے اندھے ہو رہے ہیں اور عورتوں کی آبرو ریزی ہو رہی ہے۔ میرا یہ عالم ہے کہ میں ہر روز نئے بُت تراشتا ہوں مگر میرے بُت زور توٹ جاتے ہیں۔

وہ انسانیت جو میرا غرور تھی وہ حقیقت میں تو میرے خوابوں سے زیادہ مجبور، بے کس اور کمزور نکلی ہے۔

کل رات یہ نظم کسی گمنام شاعر کی میں نے پڑھی تو مجھے لگا کہ شاید میرے دل کا یہ ایک قصہ ہے۔

مجھے کوزہ بنانے کا ہنر اب تک نہیں آیا
ازل سے چاک پر آنسو گندھی مٹی دھری ہے
مگر کچھ ذہن میں واضح نہیں ہے
تصور ہے بھی تو
بس ایک دھندلا سا تصور
تصور جو کسی بھی نقش میں ڈھلتا نہیں ہے
مرے اندر کوئی تصویر گڈمڈ ہو رہی ہے
نہ جانے کون مجھ میں رو رہا ہے
رواں آنکھوں سے پانی ہو رہا ہے
درونِ ذات گہرے پانیوں میں بسنے والی سرد ظلمت کا تماشا ہے
دکھائی کچھ نہیں دیتا
دیے میں تیل جلتا جا رہا ہے
ازل سے چاک پر آنسو گندھی مٹی دھری ہے
مجھے کوزہ بنانے کا ہنر اب تک نہیں آیا

فاطمہ مجھے اجازت دو، صبح مجھے آئی ایس پی آر کو رپورٹ کرنی ہے کہ بھارتی فوجیوں نے مسلح باغیوں کے خلاف ایک تازہ کاروائی کا آغاز کیا ہے۔ اس دوران انھوں نے بیس دیہاتوں کا محاصرہ کر لیا ہے اور ایک ایک گھر کی تلاشی ہو رہی ہے اور لوگوں کو مارا پیٹا جا رہا ہے۔ نئی دہلی کی حکومت نے الزام لگایا ہے کہ ہمارے لوگ اسلام آباد سے وہاں شدت پسندی پھیلا رہے ہیں جس کی مجھے تردید کرنی ہے اور میں سوچ رہا تھا کہ رپورٹ بناتے ہوئے کیا میں منیر نیازی کا یہ شعر بھی لکھ دوں؟ انھیں یوں بھی کیا پتہ کہ اس فوجی کے سینے میں ایک شاعر، ایک انسان کا دل دھڑک رہا ہے۔

بے نتیجہ بے ثمر، جنگ و جدل سود و زیاں
ساری جیتیں ایک سی اور ساری ماتیں ایک سی
اب کسی میں اگلے وقتوں کی وفا باتی نہیں
سب قبیلے ایک سے ہیں ساری ذاتیں ایک سی

اجازت دو پھر نہ جدا ہو کر ملنے کے وعدے کے ساتھ۔

تمھارا ہمیشہ

اسد

•••

(۷)

صبح آفس میں کام کے دوران مجھے اچانک خیال آیا اور میں نے بنگلہ دیش ایمبیسی کا فون گھما دیا۔ پتہ یہ چلا کہ وزٹ ویزہ حاصل کرنا کوئی مشکل مسئلہ نہیں ہے خاص طور پر کسی مجھ جیسے کے لیے جو خود بنگلہ دیش میں پیدا ہوئی ہو۔ مجھے سُن کر اور بھی خوشی ہوئی کہ بنگلہ دیش میں میری پیدائش ہونے کی وجہ سے مجھے ویزہ نسبتاً آسانی سے مل جائے گا۔ امی نے میرے اسکول میں داخلے کے وقت سے پہلے ہی اپنی شہریت بدل لی تھی اور میں بھی اُن کے ساتھ ساتھ پاکستانی ہو گئی تھی۔ میں نے آن لائن ویزہ اپلائی کا سُن کر سکھ کا سانس لیا، یوں بھی قطاروں میں کھڑے ہونے میں مجھے بہت زیادہ وحشت سی ہوتی تھی۔ میں نے فون کریڈل پر واپس ہی رکھا ہی تھا کہ وہ دوبارہ زور زور سے بجنے لگا جیسے میں نے فون کو کریڈل پر دہرانے کے بجائے اُسے کسی میوزیکل انسٹرومینٹ سے جوڑ دیا ہو۔ میں نے ہیلو کہا تو دوسری طرف ذوسیہ تھی۔

'ہیلو فاطمہ۔' ذوسیہ کی آواز مجھے کسی اندھے کنویں سے آتی ہوئی سنائی دی۔

'بیٹی، کیا تم میرے پاس جلد ہی آؤ گی؟'

ذوسیہ کی آواز میں التجا شامل تھی۔

'ہاں ہاں جلد ہی، میں نے فوراً اُنھیں یقین دلایا، سچ تو یہ ہے کہ اگر آپ مجھے کال نہ کرتی تو میں آج ہی آپ کو رِنگ کرتی۔'

'یہ تم مجھے تم کے بجائے آپ سے کیوں مخاطب کر رہی ہو، کیا ہمارے درمیان کوئی

تکلف آ گیا ہے؟‘

وہ میرے لہجے پر حیران ہو کر میری بات درمیان سے کاٹ کر کہنے لگیں۔

’ارے نہیں، میں تو بس یونہی، جب آپ نے مجھے بیٹی کہہ کر مخاطب کرنا شروع کیا تو میں بھی تم سے آپ پر آ گئی۔‘

میں نے مسکراتے ہوئے جواب دیا۔

’ارے فاطمہ، ایسا مت سمجھو، تم جانتی ہو ہم ویسٹرن لوگ زبانوں میں تم اور آپ کا زیادہ فرق نہیں رکھتے اور جہاں تک محبتیں اور احترام وغیرہ کا معاملہ ہے اس کا تعلق یوں بھی لفظوں سے نہیں احساسات سے ہوتا ہے۔ لفظ تو بس اظہار کے مصنوعی ذریعے ہیں مگر خیر چھوڑو، میں بھی کیا بات لے بیٹھی۔ تم جیسے چاہے مجھ سے مخاطب ہو، جس میں تم خوش، میں بھی خوش۔‘

’تو تم کیا کہہ رہی تھیں؟‘ زوسیہ نے باتوں کا سلسلہ دوبارہ وہیں سے جوڑنے کی کوشش کی جہاں پر ٹوٹا تھا۔

’جی یہی کہ اگر آج آپ کی کال نہ آتی تو میں آج آپ کو ضرور رنگ کرتی اور آپ سے ملنے کے لیے وقت مانگتی۔‘

’اوہ!‘ زوسیہ نے ایک ہلکی سی سانس لے کر کہا،’ خیر سے میرے پاس سوائے وقت کے کچھ اور ہے بھی نہیں۔‘

’پھر تو آپ بہت ہی خوش نصیب ہیں کیونکہ لوگوں کے پاس بس یہی نہیں ہے۔ جو سب سے زیادہ قیمتی شے ہے۔‘

میں نے اپنے تئیں گفتگو کو پُر جوش بنانے کی ایک کوشش کی۔

’فاطمہ تم بہت ہی اچھی لڑکی ہو تمھیں لوگوں کا دل رکھنا آتا ہے۔‘ زوسیہ نے خوش مزاجی سے کہا۔

’اچھا پھر کہیں، میں کب حاضر ہو جاؤں؟‘ میں نے مسکرا کر پوچھا۔

’جب بھی تمھارا دل کرے، بس کوشش کرکے جلد ہی آنا‘، ذوسیہ کے لہجے میں التجا پھر سے شامل ہوگئی۔

مجھے لگا جیسے اس وقت وہ تنہائی کا شکار ہو رہی تھی۔

’میں پوری کوشش کروں گی کہ جلد ہی آپ کے پاس آؤں، بلکہ میرا ارادہ ہے کہ اس بار میں آپ کے ساتھ باہر کہیں کسی ریسٹورنٹ یا کھلی فضا میں بھی وقت گزاروں تا کہ ہم کچھ دیر گھر کے ماحول سے باہر رہیں‘۔

میں نے ایک اور قدم اپنی اور ذوسوا کی دوستی میں آگے بڑھانے کی کوشش کی۔

’ہاں ہاں کیوں نہیں، یہاں میرے گھر کے قریب ایک بہت اچھا پارک بھی ہے اور کچھ قریبے کے ریسٹورنٹ بھی۔ یہ ایک بہت اچھا آئیڈیا ہے، میں خود بھی گھر کی گھٹن سے نکلنا چاہتی ہوں۔ میں تمھارا انتظار کروں گی فاطمہ‘۔

’جی ضرور‘۔ اور پھر بائے کہہ کر میں نے فون بند کردیا۔

فون رکھ کر میں کچھ دیر تک اُسے یونہی تکتی رہی۔ تھوڑی دیر تک تو خیالات کا ایک جال میرے ذہن کو ذوسیہ کے ارد گرد ہی بُنتا رہا مگر پھر کچھ ہی دیر میں وہ اُس میں سے آزاد ہوتی چلی گئی اور پھر میرا خیال ذوسیہ سے نکل کر آفس کے کاموں کی طرف چلا گیا۔ میں نے لیپ ٹاپ آن کیا اور اپنے آفس کی ویب سائیڈ کے اِن باکس میل میں اُن کالمز کو چیک کرنے لگی جو پچھلے چوبیس گھنٹوں میں مختلف اخبارات سے مجھ تک پہنچے تھے۔ زیادہ تر کالمز سیاسی نوعیت کے ہی تھے جن میں مختلف لکھنے والوں نے نیشنل اور انٹرنیشنل سیاسی مسائل پر صفحات کالے کیے تھے، کچھ سماجی نوعیت کے بھی تھے، عورت مارچ، بچوں کے ساتھ جنسی زیادتی اور اسٹریٹ کرائمنز کی وارداتوں پر بھی کچھ لوگ پریشان تھے۔ میں نے ایک کے بعد ایک کالم اپنی کمپنی کی آفیشیل ویب سائیڈ پر کاپی پیسٹ کرکے ایڈیٹنگ شروع کردی۔ کچھ ہی دیر میں میری انگلیوں اور کی بورڈ کے ایلفابیٹس میں دوستی ہوتی چلی گئی۔ میری نظروں میں لیپ ٹاپ کا اسکرین اُترنے لگا اور پھر وہ دیکھتے ہی دیکھتے میری بصارت کا ایک حصہ سا بنتا چلا

گیا۔ میں کالم کی سطریں ایک کے بعد ایک پڑھتی جا رہی تھی اور اُن کے لفظوں میں کہیں گرامر تو کہیں سطروں میں پیراگراف کی ایڈیٹنگ کرتی جا رہی تھی۔ سب کچھ اچھا تیز تیز ہو رہا تھا کہ اچانک مجھے لگا جیسے کچھ گڑبڑ ہو رہی ہے۔ مجھے لگا جیسے کہ میں کالم کو پڑھ کر گرامر، لفظوں، سطروں اور پیراگرافرز کی ایڈیٹنگ تو کر رہی ہوں مگر میں شاید اِن میں پوری طرح سے اُتر نہیں رہی ہوں۔ میں نے اس خیال سے اپنی انگلیوں کی رفتار کو پہلے کچھ آہستہ کرنا شروع کیا اور پھر دیکھتے ہی دیکھتے لیپ ٹاپ کی اسکرین، کی بورڈ کے ایلفا بیٹس اور میری نظر، ہم تینوں کی دوستی میں ایک توازن سا پیدا ہونا شروع ہو گیا۔ مجھے جلد ہی محسوس ہوا کہ اس کالم میں کچھ ایسا لکھا ہے جو مجھ سے اور طرح کی ایڈیٹنگ چاہتا ہے۔ ایسی ایڈیٹنگ جس کا تعلق میری ٹائپ کرنے والی انگلیوں، کی بورڈ کے ایلفا بیٹس، کالم کے پیراگراف یا گرامر وغیرہ سے نہیں بلکہ میرے دھڑ کتے ہوئے دل اور اُس میں سمٹے ہوئے احساسات سے تھا، میری جھپکتی ہوئی آنکھوں اور اُن کے پیچھے چھپی ہوئی نگاہوں سے تھا یا میرے ذہن سے نہیں بلکہ اُس میں پھیلے ہوئے میرے تصورِ زندگی سے تھا۔

میں نے اپنی انگلیوں کو کچھ دیر کے لیے وہیں پر روک لیا اور ایک گہری سانس لی اور دوبارہ سے کالم کو پڑھنے لگی۔ کالم کیا تھا بس ایک نوحہ تھا ہندوستانی پولیس اور پیرا ملٹری فوج کی غریب کشمیری عوام پر ظلم و جبر کا، جموں کشمیر وادی میں احتجاجی عوام پر شاٹ گنز اور ٹیئر گیس کے بے دریغ استعمال کا اور انڈین فورسز کا برڈ ز شاٹ گنز سے چھروں کے فائر کا۔۔۔ مجھے لگا کشمیری وادی کی آزاد فضاؤں میں پرندے پرواز کے خاطر جونہی اڑان کی کوشش کرتے وہیں پر اُن پر برڈ ز شاٹ کے چھروں سے بارش ہونے لگتی اور وہ زخمی ہو کر زمین پر گر کر تڑپنے لگتے، پھر وہ اپنی اپنی جانیں بچانے کے لیے اندھا دھند سڑکوں پر بھاگتے، وہ ایک دوسروں سے ٹکراتے، زمین پر گرتے، چیختے چلاتے، وہ اپنی آنکھوں کو دونوں ہتھیلیوں کی انگلیوں سے چھپاتے ہوئے بے تحاشہ دوڑنا شروع کر دیتے۔ مگر یہ پرندے نہیں تھے یہ تو عام کشمیری عوام تھے جو اپنے تئیں آزاد پرندوں کی طرح اُڑان بھرنے کے لیے دنیا میں پیدا

ہوئے تھے مگر اُن کی اُڑان کی حدود دھے کی جا رہی تھی، اُن کے پروں کے رُخ کا تعین کیا جا رہا تھا، اُن کی بینائی کے روشن رنگوں میں تاریکی بھری جا رہی تھی۔

جوں جوں میں کالم ایڈیٹنگ کے خاطر پڑھتی جا رہی تھی مجھے محسوس ہو رہا تھا جیسے میرے دل میں بہت سارے گھونسلے ایک کے بعد ایک بنتے جا رہے تھے اور پھر ٹوٹتے جا رہے ہیں۔ اُن گھونسلوں میں سے جھانکنے والے ننھے ننھے پرندوں کے چہروں پر خوف پھیلا ہوا تھا، اُن کے نازک پر کانپ رہے تھے اور اُن کی آنکھوں میں سے بنا شارٹ گنز کے چھروں سے ٹکرائے ہی، خون رسنا شروع ہو گیا تھا۔

میں نے ایک جھٹکے سے لیپ ٹاپ کا اسکرین اپنے ہاتھوں سے کھینچ کر بند کر دیا اور تھوڑا سا پیچھے ہو کر بیٹھ گئی، پھر آہستہ سے اپنی گردن پیچھے کی اور سر اٹھا کر اپنے آفس کی چھت کو چپ چاپ تکنے لگی۔ میں سوچ رہی تھی وہ کون سی قوتیں ہے ہیں جو کچھ انسانوں کو کچھ انسانوں پر اس طرح کی گولیاں چلانے پر محض ایک آواز کے شور سے ہی راضی کر لیتی ہیں۔۔۔ فائر!

•••

(۸)

اگلے روز آفس کے بعد میں جو نہی ذوسیہ کے گھر پہنچی، میں نے اُسے گھر سے باہر نکلنے کے لیے تیار پایا۔

سفید چاندی جیسے چمکتے ہوئے بالوں کو ذوسیہ نے کچھ اس طرح سے برش کیا ہوا تھا کہ وہ دونوں اطراف سے گھوم کر اُس کے کانوں کے سامنے آ گئے تھے مگر پھر بھی اُس کے کان کا ایک ٹاپس اپنے سیاہ پتھر اور گولڈ کے سنہرے کناروں کی وجہ سے بالوں کے پیچھے سے چمکتا ہوا جھانک رہا تھا۔ عمر رسیدگی اور تجربے کی تمام تر آڑی ترچھی لکیروں نے پیشانی، ٹھوڑی اور گردن کی گلابی مائل جلد تک اپنا جال پھیلا دیا تھا مگر اب بھی ذوسیہ کے دونوں گال اور ستواں ناک اُن سے آزاد اور بے فکر تھے۔ میں نے دیکھا ذوسیہ نے لپ اسٹک نہیں لگائی ہوئی تھی مگر اُس کے پتلے ہونٹ فطری طور پر خوبصورت کٹاؤ کی وجہ سے اپنے وجود کا احساس دلا رہے تھے۔ ذوسیہ نے نیلا باریک سویٹر پہنا ہوا تھا جس پر گردن میں پڑی ہوئی سونے کی باریک چین اُس کی دلکش شخصیت کو مزید شائستہ اور مہذب بنا رہے تھے۔ مجھے دیکھ کر فوراً کہا،

'میں دوپہر سے تیار بیٹھی ہوں، آج کافی دنوں بعد کسی کے ساتھ نکلنا ہو رہا ہے اس لیے تھوڑی سی ایکسائٹیڈ بھی تھی۔'

'جی میرا بھی کچھ آپ جیسا ہی حال ہے۔' میں نے مسکرا کر اُسے دیکھتے ہوئے کہا،

'اچھا سنو تم تو اپنے آفس سے آئی ہو، اگر چاہو تو واش روم استعمال کر کے فریش وغیرہ

ہو جاؤ، یوں بھی اس وقت شام کے ساڑھے پانچ بج رہے ہیں، ابھی تو ریسٹورنٹ وغیرہ میں رش وغیرہ بھی نہیں ہوگا۔ کراچی میں تو لوگ یوں بھی آٹھ بجے کے بعد ڈنر کرتے ہیں۔ ہم یورپین تو ساڑھے چھ بجے ہی ڈنر کر لیتے ہیں۔ بائی دی وے تم نے کھانا تو نہیں کھایا نا ابھی؟ ہم آج ڈنر ساتھ ہی کریں گے۔'

ذوسیہ ایک ہی سانس میں بولتی چلی گئی جس سے مجھے احساس ہوا کہ وہ واقعی باہر نکلنے کے لیے ترسی ہوئی ہے۔

'جی جی، میں آل ریڈی فریش ہوں۔ آپ دروازہ لاک کر لیجیے۔' میں نے تھوڑا سا پیچھے ہٹ کر اُسے جگہ دیتے ہوئے کہا، تا کہ وہ گھر سے باہر نکل سکے۔ میں نے دیکھا اُس نے نکلنے سے پہلے اندر دروازے کی چوکھٹ سے ساتھ رکھی ہوئی اپنی واکنگ اسٹک اُٹھائی اور مجھے دے کے جھک کر دروازہ لاک کرنے لگی۔ مجھے اچانک اُس کی ڈائری کا خیال آیا مگر اس سے پہلے کہ میں کچھ کہتی، وہ آہستہ سے بڑ بڑائی،

'فکر نہیں کرو ڈائری میرے بیگ میں ہے۔' اُس نے دروازے کو لاک کر کے چابیوں کو اُس کے چھوٹے سے چمڑے کے پرس میں بند کر کے اپنی کہنی اور کلائی کے درمیان لٹکے ہوئے براؤن بیگ میں دھیمے سے ڈراپ کر دیا۔ میں نے اسٹک واپس کر دی تو اُس نے لیتے ہوئے کہا

'پچھتّر سال سے زیادہ کی ہو رہی ہوں مگر شکر ہے ابھی تک صرف اس لیے ساتھ رکھتی ہوں تا کہ ایک سہارے کا احساس رہے۔'

میں نے دل میں متاثر ہوتے ہوئے سوچا، 'ذوسیہ واقعی کس قدر مضبوط اعصاب اور مضبوط جسم والی خاتون ہے جو زندگی کے بدترین دور سے ثابت و سالم گزر کر اپنی زندگی کی لڑائی اب تک خوبی سے لڑ رہی ہے۔'

ہم سڑک پر پہنچے تو اُس نے گاڑی میں بیٹھتے ہوئے کہا۔

'یہی فیز چھ کے قریب ہی بخاری پارک ہے، ذرا سا پانچ سات منٹ اس روڈ پر

ڈرائیو کرو گی تو کچھ قریبے کے چائینز ریسٹورنٹ پاس ہی ہیں ۔'

میں نے 'جی ضرور' کہتے ہوئے گاڑی اسٹارٹ کر کے ایکسی لیٹر پر پاؤں آہستہ آہستہ دبانا شروع کر دیا۔

کچھ ہی دیر میں ہم دونوں ایک صاف ستھرے سے چائینز ریسٹورنٹ میں بڑی سی گلاس کی ونڈو کے ساتھ بیٹھے ہوئے تھے جہاں سے سامنے والی اسٹریٹ کا پورا منظر دکھائی دے رہا تھا۔ سڑک کے بیچوں بیچ ایک پتلی سی فٹ پاتھ پر دور تک کونو کارپس کے چھوٹے جھاڑ نما درخت لگے ہوئے تھے مگر دائیں بائیں کی وسیع و عریض شاہراہ کے ساتھ کہیں نیم اور بینیان تو کہیں کہیں ناریل کے درختوں سے سڑک گھری ہوئی تھی۔ اُن میں کہیں اکا دکا پرانے برگد کے درخت بھی تھے جن کی موجودگی کی وجہ سے سڑک پر چاروں جانب ٹھنڈی چھاؤں کے پھیلنے کا لطیف سا احساس مل رہا تھا۔ ان درختوں کے پیچھے کہیں چند بڑی کوٹھیاں تھیں تو کہیں کچھ چھوٹے اسٹریپ مالز اور کہیں چار چھ منزلہ پلازہ بھی بنے ہوئے تھے جن کے بیرونی احاطوں پر کچھ چیدہ چیدہ سیکورٹی گارڈ ٹہلتے ہوئے یا آپس میں باتیں کرتے ہوئے دکھائی دے رہے تھے۔ کھانا ختم ہوا تو میں نے ذوسیہ سے چائے کا پوچھا مگر اُس نے انکار کر دیا اور پھر اپنے پرس میں ڈائری ٹٹولتے ہوئے کہنے لگی ۔

'میں نے جو کچھ ان صفحات پر لکھا وہ کبھی فوراً تو کبھی بعد میں اپنی یادداشتوں کے سہارے لکھا تھا۔ اب تو عمر کی وجہ سے کچھ کم ہی ذہن میں رہ گیا ہے اور اب تو جو کچھ بھی ان صفحات میں ہے لگتا ہے جیسے کوئی پچھلے جنم کا قصہ ہے ۔'

یہ کہہ کر ذوسیہ نے اپنی ڈائری کو درمیان سے کھولا اور پھر اُن میں اڑے سے ہوئے پرانے کاغذوں میں سے ایک کاغذ کو نکال کر سیدھا کیا اور کہنے لگی، 'اچھا تو میں تمہیں سنا رہی تھی کہ میں ایک ٹرین میں تھی جس میں بہت سارے لوگ تھے جو شاید بیمار تھے مگر کمزور اور لاغر تھے، اُن کی آنکھیں خشک تھیں اور اُن کے پیٹ پچکے ہوئے تھے۔ شاید وہ بہت دنوں سے بھوکے بھی تھے اور شاید پیاسے بھی۔ مگر وہ بہت سارے لوگ تھے اتنے زیادہ کہ ٹرین

اُن کے مقابلے میں چھوٹی اور تنگ لگ رہی تھی۔ ان سب کو کہیں لے جایا جار ہا تھا۔

یہ کہہ کر ذوسیہ نے کاغذ سے نظریں اُٹھائیں اور پھر کچھ لمحوں کے لیے چپ چاپ اپنی جھریوں بھری آدھی پوٹوں سے جھانکتی ہوئی ہلکی نیلی آنکھوں کو میری آنکھوں میں ڈال کر تکتی رہی۔ مجھے لگا جیسے اُن چند لمحوں میں صدیوں کا وقت تیرتا ہوا اُس کی آنکھوں سے میری آنکھوں میں اُترتا جار ہا ہے۔ وقت، قطرہ قطرہ بارش کی اُن بوندوں کی طرح جو ایک کے پیچھے ایک، قطار در قطار، ہوا کے ہلکے جھونکوں کے ساتھ پتوں کے کناروں سے لرزتے کانپتے زمین پر گرتے جار ہے ہوں یا ہوا میں اُڑتے جار ہے ہیں کسی گمنام منزل کی طرف۔

اور پھر ذوسیہ نے ایک گہری سی سانس بھر کر کہا۔

'جانتی ہو فاطمہ، اُونٹہ مِنچ (Untermensch) کیا ہوتا ہے؟'

اس سے پہلے کہ میں نہیں کہنے کے لیے منھ کھولتی، زوسیہ نے کہا۔

'اُونٹہ مِنچ، جرمن زبان کا لفظ ہے جس کے معنی شاید خدا کے شعور میں بھی نہیں ہیں۔'

'مطلب؟ میں سمجھی نہیں۔' میں نے آہستہ سے کہا۔

'فاطمہ، کچھ لفظ ایسے ہوتے ہیں جو اپنے وجود میں چھپی ہوئی دہکتی ہوئی آگ سے انسانیت کو بار بار جلا کر راکھ کرتے ہیں۔ ایک ایسا ہی لفظ اُونٹہ مِنچ بھی ہے جو تمھیں بھی اپنی زندگی میں اکثر بدنمائی کے ساتھ بے شرمی سے ناچتا ہوا ہر طرف دکھائی دے گا۔ مگر سنو بیٹی، اگر تمھیں کبھی وہ دکھائی دے تو اپنی آنکھیں زور سے بند کر لینا۔ اُسے خود میں کبھی بھی داخل نہ ہونے دینا اور نہ وہ تمھیں مار کر انسان سے ایک حیوان بنا دے گا۔ اچھا چھوڑو اس بات کو، تو میں تمھیں بتا رہی تھی کہ وہ ایک ٹرین میں تھی جس میں سوار تھی اور وہ سب دراصل دوسری بڑی جنگ کے دوران جرمینائزیشن ہو رہی تھی۔ یہ بات بھی مجھے بعد میں ہی پتہ چلی جب چند برس اور گزر گئے تھے اور میں ایک چھوٹی سے ذرا سی بڑی لڑکی بن گئی تھی۔ اُس وقت چند یورپین ملکوں پر فاتح کی طرح پولینڈ پر بھی قابض ہو کر ہٹلر نے یہودیوں کی نسلوں کے خاتمے کے لیے لاکھوں افراد کو، جن میں بہت سارے بچے بھی شامل تھے، اُن کے گھیٹوز سے نکال

کرٹرینوں میں بھر کر خاص طور پر بنائے گئے حراستی کیمپوں اور جیلوں میں پھینکنا شروع کر دیا تھا۔ جس کا مقصد اُن کا بڑے پیمانے پر قتلِ عام کر کے یا پھر نئی سوسائٹیز میں پہنچا کر وہاں کے کم ترین کام کروا کے اُن کی پوری نسل کا خاتمہ کرنا تھا، کیونکہ ہٹلر کی نظر میں ہم جیسے تمام انسان صرف اُوٹھا پٹخ تھے اسی لیے ہمیں وارسا سے نکال کر پاسزو کے کیمپ میں پہنچایا گیا تھا کیونکہ وارسا میں مدافعتی مذاحمت کی وجہ سے وہاں کے کیمپس ختم کیے جا رہے تھے۔'

یہ کہہ کر ذوسیہ نے ڈائری کا صفحہ آنکھوں کے قریب لے جا کر پڑھنا شروع کیا اور پھر میں نے دیکھا کہ ذوسیہ کے منھ سے نکلنے والے لفظ جونہی اُس کے ہونٹوں سے نکل کر فضا میں بکھرے، اُن کی شکل پینٹنگ برش میں تبدیل ہوتی چلی گئی، ریسٹورنٹ کی کھڑکی کسی ایزل فریم کی طرح مجھے نظر آنے لگی اور کھڑکی کی دوسری جانب سے دکھائی دینے والا منظر ایک ایک کر کے اپنے رنگوں کو بدلنے لگا۔ میرے سامنے دور تک پھیلی ہوئی وسیع و عریض پکی شاہراہ مٹی کی ایک پتلی سی پگڈنڈی میں تبدیل ہوگئی اور پلازہ اور اسٹرپ مالز کے اردگرد گھومتے ہوئے سیکورٹی گارڈز جرمن فوجیوں کی لمبی قطار کی شکلوں کے دکھائی دینے لگے جو پگڈنڈی پر چلنے والے ہزاروں مردوں، عورتوں اور بچوں کو قطار میں چلنے کے لیے بندوق کے دستوں سے دونوں اطراف سے دھکیل رہے تھے۔ میں نے دیکھا اُس قطار میں چلنے والے مردوں کے قدم بوجھل اور چہرے پژمردہ اور ویران تھے۔ اُس میں شامل عورتوں اور بچوں کے گالوں پر سوکھے ہوئے آنسوؤں کے ساتھ خوف اور ڈر بھی پھیلا ہوا تھا، لگتا تھا جیسے انھیں اپنی منزل کا پہلے ہی سے پتہ چل چکا تھا۔

————

'میں نو دس برس کی تھی مگر مجھے اُن عمارتوں میں بہت ڈر لگتا تھا۔ وہ گھر نہیں تھے، بلکہ بھوت بنگلے تھے۔ اُن کی چھت، فرش اور دیواریں حتیٰ کے راہداریاں بھی لکڑیوں کی بنی ہوئی تھیں۔ وہ عمارتیں سردیوں میں بر فیلے اذیت خانے بن جاتیں تھیں۔ اُن کے ایک

ایک کمرے میں بیک وقت چھ سے آٹھ لوگ بھرے ہوئے تھے جبکہ اُن میں جگہ چار سے زیادہ لوگوں کی نہیں تھی۔ وہاں رہنے والے انسان نہیں تھے بلکہ بیمار، کمزور ہڈیوں کے ڈھانچے تھے جو دیواروں کے سہارے ایک دوسرے کے ساتھ جڑ کر قطاروں میں پڑے ہوتے تھے اور جن کا کام صبح شام صرف اپنی موت کا انتظار کرنا ہوتا تھا۔ اُن میں سے کچھ تو اس قدر کمزور ہوتے تھے جنہیں سہارے کے باوجود اٹھانا مشکل ہوتا تھا۔ وہاں رہنے والوں کو نازیوں کی طرف سے ایک وقت سے بھی کم کی غذا پورے دن میں دی جاتی تھی تا کہ وہ کمزور اور لاغر ہو کر قدرتی موت مر جائیں۔ عمارت کے بہت سارے کمرے ایسے بھی تھے جہاں ایک ساتھ پورے خاندان بھی پڑے ہوئے تھے جن میں دو تین عورتیں، لڑکیاں، مرد اور کچھ بچے سب ایک دوسرے کے ساتھ رہتے تھے۔ وہ خاندان ڈرے سہمے ایک دوسرے کے پیچھے چھپتے ہوئے چلتے تھے اور بہت کم اپنے کمروں سے باہر نکلتے تھے۔ ایک دو بلڈنگز ایسی بھی تھیں جہاں صرف عورتیں اور لڑکیاں تھیں۔ مردوں اور عورتوں میں جب کبھی اچانک ایک بے چینی کی لہر آتی تو وہ گھبرا کر عمارتوں سے باہر نکل کر آتے اور لوہے کی تاروں سے بندھی ہوئی باڑھوں کو پکڑ کر چیخنے لگتے۔ ایسے میں فوراً ہی آس پاس کھڑے نازی فوجی بھی جواب میں اُن پر چنگھاڑنے لگتے اور پھر چند لمحوں میں ہی وہاں گولیاں چلنے لگتیں اور بھگدڑ مچ جاتی۔ کچھ دیر میں جب مجمع صاف ہوتا تو باڑھ کے کناروں پر چند مردوں، عورتوں اور بچوں کی لاشیں پڑی ہوئی دکھائی دیتیں۔ مگر یہ سب وہاں روز کا ماحول تھا جو میرے یہاں آنے سے کئی برس پہلے سے ایسا ہی چل رہا تھا۔ لوگ ٹرینوں سے لائے جاتے تھے، ان کیمپوں میں ڈالے جاتے تھے اور پھر کچھ عرصے بعد اُن میں سے کئی مار دیے جاتے تھے اور کچھ کو لیبر کیمپ میں کاموں پر لگایا جاتا تھا۔ مرنے والوں کی لاشیں فوراً اٹھائی جاتی تھی اور انھیں پھر کسی کی طرح ٹرک میں ایک دوسرے پر پھینک کر پاس ہی پھیلے ہوئے جنگلات میں کھدی ہوئی بڑی قبروں میں دفنا دیا جاتا تھا۔ جب میں وہاں پہنچی تھی تو شروع کے چند دن مجھے اس قسم کی جگہ کو دیکھ کر حیرت ہوئی تھی کہ دنیا میں انسانوں کی اتنی بڑی جیلیں بھی

موجود ہیں جہاں انھیں جانوروں کی طرح بنا کسی جرم کے صرف مارنے کے لیے ٹھونسا جا رہا تھا اور دور دور تک کوئی اُن کا پرسان حال نہیں۔ پھر مجھے چند ہی دنوں میں یقین ہو گیا کہ دنیا میں صرف دو ہی طرح کے انسان آباد ہیں ایک وہ جنھیں مارا جا رہا تھا اور دوسرے وہ جنھیں مارنے کا کام دیا گیا تھا اور اِس کے لیے کسی دشمنی کا ہونا ضروری نہیں ہے۔ ہم ایک دوسرے کو بالکل نہیں جانتے تھے کیونکہ مجھے اُن فوجیوں کی زبان کا ایک لفظ بھی سمجھ نہیں آتا تھا اور شاید انھیں بھی کچھ نہیں پتہ تھا کہ ہم آپس میں کیا بات کرتے رہتے تھے؟ وہ کچھ عجیب الخلقت لوگ تھے، بڑے بڑے فوجی بوٹ پہنے ہوئے لمبے، چوڑے کندھوں والے، جن کی پیٹھ پر فوجی بندوقیں لٹکی ہوئی ہوتیں تھیں۔ اگر کوئی شخص اُن کے قریب جانے کی کوشش کرتا تو وہ بنا کچھ سنے پلٹ کر مارنا شروع کر دیتے تھے، وہ اُس وقت تک اپنے وزنی فوجی بوٹوں سے کیمپ والوں کو مارتے تھے جب تک وہ مرنہیں جاتا یا بالکل ادھ موا نہیں ہو جاتا۔ مجھے جس کمرے میں ڈالا گیا تھا وہاں پہلے ہی کوئی خاندان چند مہینوں سے رہ رہا تھا۔ وہاں دو عورتیں ایک مرد اور تین بچے تھے جو آپس میں بھی زیادہ باتیں نہیں کرتے تھے۔ پہلے پہل تو وہ مجھ سے بھی انجان ہی رہے مگر پھر آہستہ آہستہ میری ایک لڑکی سے دوستی ہوتی چلی گئی جو مجھ سے دو تین سال بڑی تھی۔ اُس لڑکی کا نام سیلینا تھا اور وہ اپنے نام کی طرح خوبصورت تھی جیسے کوئی دیوی جو واقعی چاند سے زمین پر اُتری ہو۔ وہ روما، جپسی خاندان کی تھی، اُس کا نا ک نقشہ انڈین اور یورپین ملا جلا تھا اور اُس کی آنکھیں بنفشئی سی تھیں جو کچھ کہے بغیر اپنے دل کا حال کہہ دیتی تھیں۔ اُس کی آنکھوں میں بھی خوف اور اداسی تھی جیسے میری آنکھوں میں یا جیسے وہاں نظر آنے والی ہر آنکھ میں تھی۔ مجھے لگتا تھا خوف اور اداسی کا رنگ بنفشئی یا نیلی آنکھوں سے زیادہ گہرا ہوتا ہے اس لیے میری اور اُس کی آنکھیں رنگوں سے بھری ہونے کے باوجود اُن سے بے نیاز ہوئی تھیں۔ وہ روما زبان بولتی تھی جو مجھے کچھ کچھ آتی تھی کیونکہ آنٹی ربیکہ روما خاندان کی تھیں اور جیکب اور ایڈن بھی روما اور پولش دونوں میں باتیں کرتے تھے۔ مجھے کچھ جملے پورے آتے تھے جب میں نے ایک دن سیلینا سے کہا۔

'سارتو کے جال؟' (تم کیسی ہو؟)

تو اُس نے پلٹ کر مجھے حیرت سے دیکھا اور کہا۔

'فائین از منگے' (میں ٹھیک ہوں۔) 'پاری کیراف!' (شکریہ!)

میں نے اُس کی فیملی کی طرف اشارہ کرکے کہا۔

'تو پیو؟' (تمھاری فیملی؟)

تو اُس نے جواب میں دھیمے سے ہاں میں منھ ہلا دیا۔ پھر کچھ دیر بعد اُسے میرا خیال آیا تو اُس کے تو پیو بولنے سے پہلے ہی میں نے جواب میں کندھے اُچکا دیے۔ وہ شاید سمجھ گئی اور پھر اُس کے بعد اُس نے مجھ سے یہ سوال دوبارہ نہیں کیا۔

شروع میں تو ہم دونوں گھنٹوں کمرے کے کونے میں دبکے زمین پر الگ الگ نشان اور تصویریں بنا کر آپس میں کھیلتے رہتے تھے۔ ہم نے بیٹھے بیٹھے خود ہی کئی طرح کے کھیل ایجاد کر لیے تھے جن میں ہمارا وقت گزرتا تھا مگر جلد ہی یہ سلسلہ ختم ہو گیا اور پھر ایک دن کئی نازی فوجی کیمپ میں دندناتے ہوئے گھسے اور اور انھوں نے ہاتھ کے اشاروں سے عورتوں اور نوجوان لڑکیوں کو کمرے سے باہر نکلنے کے لیے کہا۔ ایک بے چینی اور خوف و ہراس کی لہر دوڑ گئی۔ میرے کمرے کی عورتوں نے سیلینا اور اُس کی چھوٹی بہنوں کو اپنے پیچھے چھپانے کی کوشش کی مگر انھیں جلد ہی ہاتھ پکڑ کر اور سختی سے کھینچ کر دیوار کے ساتھ کھڑا کر دیا گیا۔ میں بھی اوروں کے ساتھ قطار میں کھڑی ہو گئی اور پھر سوائے چھوٹی بچیوں کو چھوڑ کر سب عورتوں اور لڑکیوں کو ایک کے پیچھے ایک دھکیل کر کیمپ کے پیچھے لے جایا گیا جہاں پتھروں سے بھری ہوئی لکڑی کی ڈمپ کارٹس لوہے کے کھونٹوں سے بندھی ہوئی ریل کے ڈبوں کی طرح تِتلی سی لوہے کی ریل روڈ پر میدان میں کھڑی ہوئی تھیں۔ ان ڈمپ کارٹس کی ریل نما گاڑی کا انجن نہیں تھا مگر اُس کے دونوں اگلے لوہے کے بازوؤں پر لمبی مضبوط رسیاں بندھی ہوئی تھیں جو اُس کے سامنے قطار میں کھڑی کی گئی عورتوں اور نوجوان لڑکیوں کے کندھوں اور کمر کے گرد لپیٹ کر اُن سے کھنچوائی جاتی تھی۔ اُن لکڑی کے ڈبوں میں پتھر بھرے ہوئے تھے

جنہیں کھینچنا آسان نہیں تھا، چند قدموں کے بعد ہی ہر عورت پسینے میں شرابور ہو کر کھینچ کھینچ کر سانسیں لینے لگتیں تھیں۔ جرمن چاہتے تو یہ کام گھوڑوں سے بھی لے سکتے تھے مگر وہ جان بوجھ کر ایسا نہیں کرتے تھے۔ اُن کے خیال میں لیبر کیمپ میں ہم سے کچھ نہ کچھ سخت کام لینا ضروری تھا چا ہے اس کے نتیجے میں ہماری موت ہی کیوں نہ ہو جائے،'

'اور پھر ایک دن ایک عجیب واقعہ ہوا،' یہ کہہ کر ذوسیہ نے اپنی آنکھوں کے قریب پھیلے ہوئے ڈائری کے صفحہ کو سمیٹ کر واپس ڈائری میں رکھ دیا اور میری طرف دیکھتے ہوئے پولش زبان میں بڑبڑانے لگیں۔

'زوبوز و ڈوبیگیلی گلوسنیکیز کی،'

(Zobozu dobiegaly glosne krzyki)

میں نے چونک کر اُس کی طرف دیکھا کیونکہ مجھے اُس کا ایک لفظ بھی سمجھ نہیں آیا تھا۔

ذوسیہ نے اُسی کھوئے کھوئے انداز میں پھر کہا۔

'ڈیمونے زاچوذ زیسو یک پوکر یووکومینوز میکووانچ ڈو ڈاہوابوزو،'

(Demony zaczely przesuwac pokrywy kominów

przymocowanych do dachuobozu)

میرے حیرانگی سے اُسے دیکھنے پر اُسے احساس ہو گیا کہ وہ ماضی میں اس قدر پیچھے چلے گئی تھی کہ وہ پولش زبان میں مجھ سے باتیں کرنے لگی تھی۔ میرے چونکنے پر ذوسیہ نے کسی حد تک سنبھل کر سانس لی اورا پنے آنسووں کو ضبط کرتے ہوئے دو بارہ کہا،

'زوبوز و ڈوبیگیلی گلوسنیکیز کی،'

مطلب یہ کہ پھر کیمپوں سے وحشتناک چیخوں کی آوازیں آنی شروع ہونے لگیں تھیں کیونکہ شیطانوں نے کیمپ کی چھتوں پر جڑی ہوئی چمنیوں کے ڈھکن سرکانے شروع کر دیے تھے۔ ذوسیہ نے پولش میں ایک بار پھر اس جملے کو دہرا دیا۔

'ڈیمونے زاچوذ زیسو یک پوکر یووکومینوز میکووانچ ڈو ڈاہوابوزو،'

اُس صبح جب ہم باہر میدان میں ڈمپ کارٹس کی ریل گاڑی رسیوں سے کھینچ رہے تھے اُسی دن کی دوپہر میں سیلینا کے ماں باپ اور چھوٹے بہن بھائیوں کا چمنی کی گیس سے جان لی گئی تھی اور پھر ٹرکوں میں اُن کی لاشوں کو کچرے کی طرح پھینکا جا رہا تھا۔ اُس وقت سیلینا میدان میں بے ہوش پڑی تھی اور ایک کونے میں کھڑی الٹیاں کر رہی تھی۔

— — —

'کیا تم میں ابھی اور سننے کی تاب ہے؟'

ذوسیہ نے بھری ہوئی آنکھوں سے میری طرف دیکھتے ہوئے کہا۔

'نہیں۔' میں نے ایک گہری سانس لی اور چند لمحوں کے بعد ذوسیہ کے دونوں ہاتھوں کو اپنے ہاتھوں میں تھام کر دھیمے سے دباتے ہوئے کہا۔ 'چلیں گھر چلتے ہیں۔'

ریسٹورنٹ سے واپسی میں سارے راستے ہم دونوں خاموش رہے، نہ تو میرے پاس کچھ کہنے اور سننے کے لیے حوصلہ تھا اور نہ ہی ذوسیہ کے لبوں پر لفظ تھے۔ کچھ دیر بعد جب میں ذوسیہ کے گھر کے سامنے گاڑی پارک کر رہی تھی تو میں نے دیکھا ذوسیہ کے پڑوسی تحسین جعفری اپنی گاڑی گیراج میں پارک کر رہے تھے، جونہی بیک مرر میں اُن کی نظر ہماری گاڑی پر پڑی اُنھوں نے مجھے اور ذوسیہ کو پہچان لیا اور سائیڈ گلاس نیچے کر کے ہمیں دیکھتے ہوئے ہاتھ ہلایا۔

میں نے بھی جواب میں ہاتھ ہلا دیا اور پھر ذوسیہ کے گھر کے سامنے اپنی گاڑی پارک کی اور باہر نکل کر اُس کا دروازہ کھول دیا۔ ذوسیہ نے تھینکس کہتے ہوئے مجھ سے کہا،

'اندر آ جاؤ، میں تمھیں اچھی سی کافی پلانی چاہتی ہوں۔'

مجھے بھی لگا جیسے اس وقت پرانی یادوں کے گھیرے میں ذوسیہ کو یوں اکیلا چھوڑنا ٹھیک نہیں ہے، میں نے حامی بھر لی اور پھر اُس کے ساتھ ساتھ اُس کے گھر میں آ گئی۔

•••

(۹)

صبح جب سو کر اُٹھی تو سر میں ہلکا ہلکا سا درد تھا مگر آفس جانا ضروری تھا۔ کئی ایک فائلیں ادھوری تھیں جنھیں آج مکمل کرنا ضروری تھا اور پھر کچھ شاپنگ بھی کرنی تھی۔ کئی دنوں سے میں کچھ چیزوں کے لیے خود کو ٹال رہی تھی مگر اب ضروری ہو گیا تھا کہ بازار اور ان ساری سردردی سے گزر جاؤں۔ آفس کے بعد مجھ میں کبھی بھی ہمت نہیں ہو پاتی تھی کہ بازاروں کا چکر لگاؤں اور تو اور پانچ بجے کے بعد صدر کے علاقے میں اس قدر رش ہوتا تھا، ہر وقت کچھ نہ کچھ سڑکوں پر چل ہی رہا ہوتا تھا۔ آج بھی مجھے خبر تھی کہ پریس کلب کے سامنے کشمیر میں ہندوستانی فوج کے ظلم و ستم پر احتجاجی ریلی ہونے والی تھی مگر مجھے اس بات کی بھی بخوبی خبر تھی کہ اگر میں نے شاپنگ کے لیے کسی ایسے دن کا انتظار کرنا چاہا جس دن شہر میں کچھ بھی نہ ہو رہا ہو تو ایسا ہونا قطعی ناممکن تھا۔ اس لیے یہی بہتر تھا کہ میں کسی پرفیکٹ دن کے انتظار کے بجائے جیسے بھی ممکن ہوا پنے کام نمٹا لوں۔ اِدھر آفس میں بھی ایسا کون سا سکون تھا وہاں بھی یہی سیاسی مسائل پر آرٹیکلز کی ایڈیٹنگ میں ہی وقت گزر رہا تھا اور جب واپسی میں میری گاڑی پریس کلب کے سامنے سے گزری تو جگہ جگہ پلے کارڈز پر نوجوان لڑکوں اور بچوں کی تصویریں ہوا میں لہراتی ہوئی دکھائی دیں جن کی آنکھوں سے یا تو خون بہہ رہا تھا یا وہ آنسو گیس اور دھوئیں کے بادلوں میں گھرے سڑکوں اور گلیوں میں زمین پر پڑے ہوئے کراہ رہے تھے۔ میں نے نہ چاہتے ہوئے بھی اپنی گاڑی کچھ دیر کے لیے سڑک کے کنارے پارک کر دی اور سائیڈ گلاس نیچے کر کے چپ چاپ ریلی میں شامل اُن اشخاص کی طرف دیکھتی رہی جو سر پر

سُرخ کپڑے کی پٹیاں باندھ کر پلے کارڈ اٹھائے کھڑے تھے۔ سڑک پر گاڑیوں کی چار چار قطاریں بمپر سے بمپر جڑی ہوئی رینگ رہیں تھیں اور بلاوجہ ہارن کی آوازیں اور پھر گاڑیوں کے سائیڈ زگلاس سے جھانکتے ہوئے چہرے اور V شکل کے نشانات بنا کر لہرا کر ہلاتے ہوئے ہاتھوں کی وجہ سے وہ غم و الم کی احتجاجی ریلی کے بجائے کسی جشن یا میلے ٹھیلے کی گاڑیوں کا جلوس مجھے زیادہ لگ رہا تھا۔ مجھے کشمیر کے ایشو پر پاکستان اور ہندوستان کے درمیان چلنے والی سیاست کا کچھ کچھ علم تھا اور اس بات کا تو اچھی طرح سے اندازہ تھا کہ ان جلسے جلوسوں کی حیثیت محض اخباری خبروں کی سرخیوں کے حصہ بننے سے زیادہ کی نہیں تھی۔ ان باتوں کی وجہ ہمیشہ سے کچھ اور ہی سیاسی نوعیت کی ہوتی ہے جس کے فوائد حکومتِ وقت یا اپوزیشن جماعتوں کو وقتی طور پر مل رہے ہوتے ہیں، ان ریلیوں یا جلسوں جلوسوں سے اصل مسائل کا کبھی کوئی حل نہیں نکلتا ہے۔ خیر کچھ دیر بعد میں نے ڈرائیونگ سیٹ کے سائیڈ گلاس کو اوپر کیا اور گاڑی کو بیک کر کے دوبارہ سے سڑک پر نکال لیا اور پھر آہستہ آہستہ رش میں سے خود کو نکالنے لگی۔ جس وقت میں گاڑیوں کے ہجوم سے خود کو نکال رہی تھی میری نظر اچانک ایک پلے کارڈ پر پڑی جسے ایک نوجوان لڑکی نے اپنے دونوں ہاتھوں سے تھام کر اپنے کندھوں سے اونچا اُٹھایا ہوا تھا۔ اُس کارڈ پر لکھا ہوا تھا 'انڈین آرمی کے کشمیری مسلمانوں پر مظالم۔ دنیا خاموش کیوں؟' میں چپ چاپ اُس پلے کارڈ کو چند لمحوں تک تکتی رہی اور پھر پل بھر میں مجھے لگا جیسے اُس لڑکی کی شکل ذوسیہ کی سہیلی سیلینا سے اور پلے کارڈ پر لکھا ہوا جملہ 'نازی فوجیوں کے یہودیوں پر مظالم۔ دنیا خاموش کیوں؟' سے بدل گیا ہو۔ اور پھر مجھے لگا کہ دنیا خاموش اس لیے ہے کیونکہ پچھلے پچھتر برسوں سے دنیا کا وقت وہیں پر رُکا ہوا ہے جہاں پر تھا اور جب کبھی بھی وقت رُک جاتا ہے تو زبانیں ہونٹوں کے پیچھے سل جاتی ہیں اور اُن سے نکلنے والی آوازیں بامعنی جملے بننے کے بجائے محض بے معنی تکرار بن کر رہ جاتی ہیں جس کا نہ تو کوئی مطلب ہوا کرتا ہے اور نہ ہی اثرات ہوتے ہیں۔ ذوسیہ کی ڈائری کا اگلا صفحہ سنتے ہوئے کل شام میرے دل میں خیال آیا تھا کہ میں اُسے درمیان میں روک کر پوچھوں کہ اُن عذاب

کے دنوں میں کیا تم نے کبھی اُن شیطانوں کو بد دعا دی جنھوں نے تمھاری زندگیاں تباہ کر دیں، جنھوں نے تمھارے سارے خاندانوں کو اُجاڑ دیا، جنھوں نے تمھارے ماں باپ کو چمنیوں میں پھینک کر مار دیا، اُن کو گولیاں ماریں، قتل کیا۔۔۔ کیا کبھی بھی تمھاری آنکھوں نے خون ٹپکاتے ہوئے اُن درندوں پر آسمانوں سے عذاب نازل ہونے کی بد دعا کی؟ مگر میں نے اُس سے نہیں پوچھا کیونکہ میں خود بھی دیکھنا چاہتی تھی کہ کیا واقعی قدرت کو انصاف کی طلبی کے لیے بد عاؤں کی ضرورت ہوتی ہے؟ اور اگر ایسا ہے تو ایسی بے حس قدرت سے کچھ بھی مانگنے کی ضرورت نہیں، نہ تو دعا اور نہ ہی بد دعا۔

———

گھر پہنچی تو شام کے ساڑھے چھ بج چکے تھے اور سر کا درد کچھ اور بھی بڑھ گیا تھا۔ میں نے پیراسیٹامول کی دو گولیاں چائے کے ساتھ لیں اور پھر بستر پر کچھ دیر کے لیے لیٹ گئی اور پھر جونہی میں نے آنکھیں بند کیں پریس کلب کا جلوس پھر سے میری نظروں کے سامنے نعرے لگانے لگا مگر اس بار اُس نو جوان لڑکی کی شکل سلینا کے بجائے میری امی میں بدل گئی تھی۔ امی کی آنکھوں سے خون اور چہرے سے وحشت ٹپک رہی ہے، وہ زار و قطار رو رہی تھیں، اُن کی گود میں ذوسیہ تھی مگر پھر جب میں اُن کے قریب پہنچی تو مجھے لگا وہ ذوسیہ نہیں تھی بلکہ میں تھی۔ میں اُن کے سینے سے چمٹی ہوئی تھی اور وہ آسمانوں کی طرف دیکھتے ہوئے چیخ چیخ کر بد عائیں دے رہی تھیں۔ سڑکوں کی گاڑیوں سے جھانکنے والے چہرے آنسوؤں سے تر تھے اور اُن کے لہراتے ہوئے ہاتھوں میں سیاہ جھنڈے تھے جنھیں تھامے ہوئے وہ چپ چاپ کسی ماتمی جلوس کی طرح ایک دوسرے کے پیچھے آہستہ آہستہ چل رہے تھے۔ نہ تو کوئی ہارن کی آوازیں تھیں اور نہ ہی نعروں کی گونج، ہر طرف ایک گہرا سناٹا تھا اور میری امی کی بلکتی روتی کربناک آوازیں تھیں جو آسمانوں کا سینہ چیر رہی تھیں۔

ایک جھٹکے سے میری آنکھ کھل گئی۔ خدایا! میرے منہ سے نکلا، کیسا بُرا خواب تھا۔ میں

نے دونوں ہاتھوں کی مٹھیاں بھینچ کر سوچا اور پھر آہستہ آہستہ گہرے سانس لے کر خود کو ریلیکس کرنے کی کوشش کرنے لگی۔

'کتنے دنوں بعد آج امی خواب میں آئیں تو وہ بھی اس شکل میں؟'

'یہ سب ان سیاسی کالموں، جلسوں جلوسوں اور ذوسیہ کی زندگی کے واقعات کا اثر ہے۔ ہر شے بس اب ایسی ہی نظر آتی ہے۔'

میں نے لیٹے لیٹے سوچا۔ اُف! میں بھی کس قدر آسانی سے خیالات کے جنگل میں پھنس جاتی ہوں اور پھر ایک ہی نظر سے ساری دنیا کو دیکھنے لگتی ہوں۔ بھلا بتاؤ کہاں امی بیچاری اور کہاں پریس کلب کے سامنے کھڑی احتجاج کرنے والی لڑکی اور پھر اس کا سیلینا کی طرح نظر آنا، اف خدایا! میرے خیالات کس طرح سے میرے ذہن میں تصویروں کی طرح ایک دوسرے کی جگہ لیتے رہتے ہیں اور پھر سب کچھ خواب میں کیا کیا بن کر آتے ہیں۔ مگر پھر اچانک ایک خیال کودکر میرے ذہن میں آ گھسا اور میں نے لیٹے لیٹے ہی اپنے پیروں سے چادر کھسکا دی اور بستر پر بیٹھ گئی اور سوچنے لگی۔

پھر میں نے بستر کی سائیڈ ٹیبل کی دراز سرکائی اور اُس میں رکھا ہوا امی والا سیاہ لفافہ نکالا۔ میں نے اُس میں رکھی ہوئی تصویروں کو نکال کر ایک بار پھر نظر بھر کر دیکھا جس میں ایک نوجوان مغربی عورت ایک بچے کے ساتھ کھڑی ہوئی تھی اور تصویر کے پیچھے پالش زبان میں ذوسیہ کا سونو اور پیٹر لکھا ہوا تھا۔ میں نے لفافے میں رکھے ہوئے کاغذوں کو ایک ایک کر کے نکالنا شروع کیا جن پر کہیں پالش تو کہیں بنگالی زبان میں سیاہ اور سرخ سیاہی سے کچھ لکھا ہوا تھا۔ بدقسمتی سے مجھے دونوں ہی زبانیں نہیں آتی تھیں مگر پھر میں نے لیپ ٹاپ آن کیا اور اُن میں سے ایک صفحہ پر لکھے ہوئے پالش لفظوں کو پہلے میں نے ایک کاغذ پر یوں ترتیب سے لکھنا شروع کیا کہ وہ جملے بنتے چلے گئے۔

Piotr,
kiedy wrócisz do domu?
Czy nie wiesz, ze bolesne jest dla mnie pójscie

na wojne ten sposób?
 Dlaczego we Wschodnim Pakistanie odbywa
sie tyle dni?
mam nadzieje, ze nie zlamiesz mi serca
Odpowiedz na mój list lub mimo wszystko
zadzwon do mnie
mama
6 pazdziernika 1971

اور پھر میں نے ان لفظوں کا پالش زبان میں تلفظ ڈھونڈنا شروع کیا جو لکنت کے ساتھ میرے ہونٹوں سے کچھ عجیب انداز سے ادا ہونے لگے مگر پھر جوں جوں میں ان لفظوں کا مطلب اردو میں سطر کی شکل میں لکھنے لگی میں نے دیکھا کہ صفحے پر لکھے ہوئے آڑھے ترچھے لفظ ان معنوں کی صورت میں ایک خط کی صورت میں ڈھلنے لگے۔

پیٹر،

تم گھر کب لوٹو گے؟ کیا تمھیں نہیں معلوم تمھارا یوں جنگ پر چلے جانا میرے لیے تکلیف دہ ہے۔ مشرقی پاکستان میں اتنے دن کیوں لگ رہے ہیں؟ مجھے امید ہے تم میرا دل نہ دُکھاؤ گے۔ تم میرے خط کا جواب دو یا کسی بھی طریقے سے مجھے فون کرو۔

مام

16 را کتوہر 1971

میں نے پھر دوسری چٹھی کھولی۔ اُس میں بھی محض چند ہی سطریں تھیں مگر یہ خط پچھلے خط سے تقریباً چھ مہینے پہلے کا لکھا ہوا تھا کیونکہ اس پر تاریخ 25 Marca 1971 لکھی ہوئی تھی اور پولیش میں مارس کا مطلب مارچ تھا۔

Piotr,
Czy to prawda, ze ??zostales dodany do
operacji Searchlight? Czy dolaczysz do
skrzydla armii zmierzajacego do Pakistanu
Wschodniego? Co sie dzieje Dolaczyles do

armii pakistanskiej bez mojej zgody, a teraz
dolaczasz do tej strasznej wojny. Czy zdajesz
sobie sprawe, ze nie moge bez Ciebie zyc?
Chcesz byc z dala od swojej matki Nie wiem,
dlaczego jestes taki zmuszony. Mozesz
zostawic wszystko dla mnie i wrócic do domu
Nie zapominaj, nienawidze wojny, która
odebrala nam wszystko. Nasze zycie i nasz
pokój.
mama
25 marca 1971

پیٹر،

کیا یہ خبر درست ہے کہ تمہیں آپریشن سرچ لائیٹ میں شامل کیا گیا ہے؟ تم مشرقی پاکستان جانے والے آرمی ونگ میں شامل ہو؟ یہ سب کیا ہو رہا ہے؟ تم نے میری اجازت کے بغیر پاکستانی ملٹری جوائین کی اور اب اس ہولناک جنگ میں شامل ہو رہے ہو۔ کیا تمہیں اس بات کا اندازہ ہے کہ میں تمہارے بغیر زندگی گزار نہیں سکتی؟ کیا تم اپنی ماں سے دورر رہنا چاہتے ہو؟ میں نہیں جانتی تم اس قدر مجبور کیوں ہو؟ کیا تم میری خاطر سب کچھ چھوڑ کر گھر واپس آ سکتے ہو؟ مت بھولنا مجھے جنگ سے نفرت ہے اسی نے ہم سے سب کچھ چھینا ہے۔۔۔ ہماری زندگی اور ہمارا سکون۔

ماما

25، مارچ 1971

اونہہ۔ میں نے سوچا، 'اچھا تو یہ خطوط ذوسیہ نے اپنے بیٹے پیٹر کو لکھے تھے جو 71 کی جنگ میں فوج میں شامل تھا اور مغربی پاکستان سے مشرقی پاکستان چلا گیا تھا اور شاید ذوسیہ پیٹر سے اس بات پر خوش نہیں تھی اور وہ اُسے واپس آنے کو کہہ رہی تھی۔ یہ سب تو ٹھیک ہے مگر پھر یہ خطوط اور تصویریں امی کے پاس کیا کر رہی تھیں؟ اس پیٹر کو امی کیسے جانتی ہیں؟ امی سے اس کا کیا رشتہ تھا؟ آخر امی نے ان خطوط اور تصاویر کو ڈائری میں کیوں چھپا کر رکھا ہوا

تھا؟ کہیں امی پیٹر کی تلاش میں ہی تو پاکستان نہیں آئی تھی؟ آخر یہ معاملہ کیا تھا؟'

میرے دماغ میں خیالوں کی ٹرین چاروں سمتوں میں دوڑ رہی تھی مگر مجھے محسوس ہو رہا تھا جیسے میرے پاس ایک بھی سوال کا جواب نہیں تھا۔

'آہ! میں آج بھی وہی ہوں جہاں چند دن پہلے تھی جب مجھے اچانک امی کے سامان میں اُن کی ڈائری اور سیاہ لفافہ ملا تھا'

میں نے خود سے ہارتے ہوئے سوچا۔

'کیا اگر میں ذوسیہ سے پوچھوں؟ ہو سکتا ہے اُسے سارے معاملے کا علم ہو؟'

مجھے خیال آیا، مگر پھر فوراً ہی دوسرے اور تیسرے خیال نے اُسے فوراً رد کر دیا۔

'مگر میں تو پہلے ہی اُسے جھوٹ بول چکی ہوں کہ میں کسی سوشل ادارے سے ہوں اور ہماری این جی او کراچی میں آباد یورپین لوگوں پر ایک سروے کر رہی ہے۔ یوں تو میں اپنا سارا اعتماد اُس پر سے کھو دوں گی اور جو کچھ مجھے اب تک اُس کی زندگی کے بارے میں پتہ چل رہا ہے وہ بھی رہ جائے گا۔ مجھے شاید یونہی اُس کی زندگی کا احوال جاننا چاہیے تا کہ پیٹر کی زندگی اور میری امی کے ربط کا مجھے پتہ چل سکے'

میں یونہی خود سے کچھ دیر باتیں کرتی رہی اور پھر سیاہ لفافہ دراز میں رکھ دیا۔

•••

(۱۰)

پہلے تو مجھے لگا جیسے کوئی پڑوس کے فلیٹ کا دروازہ پیٹ رہا ہے مگر پھر جلدی ہی مجھے یقین ہو گیا یہ میرا ہی مین گیٹ ہے جس کو کوئی شخص بیک وقت پیٹ بھی رہا ہے اور بیل پر بھی انگلی رکھ کر بھول گیا ہے۔ ہر تھوڑی دیر بعد گھنٹی کی آواز میرے سر پر ہتھوڑے کی طرح برس رہی تھی۔ میں جھلا کر اُٹھی اور دروازے کے پین ہول سے باہر جھانکا تو حیرت سے آنکھیں کھلی رہ گئی، باہر نہ صرف عطیہ تھی بلکہ اُس کے ساتھ لبنیٰ اور شائستہ بھی تھیں جو میری یونیورسٹی کے زمانے کی کلوز فرینڈز تھیں۔ میری ساری فرسٹریشن پل بھر میں ہوا ہو گئی اور میں نے ایک جھٹکے سے دروازہ کھول دیا اور حیرانگی اور خوشی کی ملی جلی کیفیت سے پلکیں جھپکاتے ہوئے کہا۔

’یہ کیا؟ میں کوئی خواب دیکھ رہی ہوں یار؟‘

وہ تینوں ہنستے ہوئے اندر آتی چلی گئیں، لبنیٰ مجھ سے لپٹ گئی اور شائستہ مجھے ہنستے ہوئے دیکھنے لگی۔

’ہاں ہاں خواب ہی سمجھو، بس دیکھ لو تمھارے خوابوں میں بھی آنے لگے ہیں۔‘

عطیہ نے شور مچاتے ہوئے اندر آتے ہوئے کہا اور میرے بستر پر بچوں کی طرح چڑھ کر بیٹھ گئی۔

’تم امریکہ سے کب آئیں لبنیٰ، نہ کوئی نیوز نہ کوئی اطلاع؟‘ لبنیٰ ہنستی ہوئی میرے کاندھے سے ہٹی تو شائستہ بھی میری گلے سے لگ گئی۔

’اور تم شائستہ، کہاں ہو یار تم؟ سنا تھا تم شادی کے بعد کو لاہور شفٹ ہو گئی تھیں؟‘

میں نے لبنٰی کے ساتھ ساتھ شائستہ کی بھی خبر لی۔

'یار مجھے تو یقین ہی نہیں آ رہا۔' میں نے پھر پلکیں جھپکاتے ہوئے تینوں کی طرف دیکھتے ہوئے کہا۔

'یہ کیا صبح ہی صبح چمتکار ہو گیا؟ لگتا ہے۔'

'سورج مغرب سے نکل گیا۔' عطیہ، لبنٰی اور شائستہ نے میرے جملے کو بیچ سے اچک کر ایک ساتھ مزے لے کر زور سے کہا کہ مجھے ہنسی آ گئی۔ شائستہ اور لبنٰی بھی چڑھ کر میرے بستر پر ہی عطیہ کے ساتھ بیٹھ گئیں اور دونوں میری حیرانگی کے مزے لینے لگیں۔ میں صوفہ کھینچ کر بستر کے قریب لے آئی اور اُس پر اُکڑوں بیٹھ کر اُن کی طرف دیکھتے ہوئے کہنے لگی۔

'بتاؤ نا یار؟ یہ سب اچانک کیسے؟ وہ بھی اس وقت صبح کے سات بجے۔' میں نے رسٹ واچ دیکھتے ہوئے کہا۔

'کچھ نہیں یار، لبنٰی امریکہ سے اور شائستہ ملیشیا سے تین دن پہلے ہی آئی ہیں اور ان دونوں اہم ہستیوں کے پاس سوائے آج کے اور کوئی دن ہمارے لیے میسر نہیں تھا اس لیے میں نے سوچا ایک منٹ ضائع کیے بغیر ہی انھیں لے کر صبح ہی صبح تمھارے پاس پہنچ جاؤں اس سے پہلے کہ آپ بڑی بیگم صاحبہ آفس سدھار جائیں اور ہمارا آدھا دن آپ کو گھیرنے میں ہی گزر جائے۔'

عطیہ نے ایک ہی سانس میں سارا پلان اگل دیا۔

'اب آپ کے لیے بہتری اسی میں ہے کہ ابھی کے ابھی آفس فون کر کے کوئی بیماری کا بہانہ کریں اور تیار ہو جائیں تا کہ سارا دن ہم چاروں آوارگی کے لیے نکل سکیں۔'

'دیٹس گریٹ۔' میں نے ہنستے ہوئے کہا، 'یار یہ تم نے بہت اچھا کیا، عطیہ تم خاصی سمجھدار ہو گئی ہو، شادی کے بعد۔'

میں نے جملہ کسا جسے سُن کر شائستہ اور لبنٰی ہنسنے لگیں۔

’ہاں ہاں یہ سب ڈاکٹر صاحب کی کمپنی کا اثر ہے۔‘ عطیہ نے بھی بنا پروا کیے ہنستے ہوئے خود پر چوٹ کی۔

’ورنہ ہم تو عقل سے پیدل ہی پیدا ہوئے تھے نا؟‘

’اچھا اچھا بس، یہ بتاؤ لبنیٰ کیسا چل رہا ہے سب، علی بھائی کیسے ہیں؟‘ میں نے لبنیٰ کو دیکھتے ہوئے کہا۔

’سب ٹھیک ہیں، علی بھی ٹھیک ہیں اور عذیر بھی۔‘ شائستہ نے اپنے میاں کے نام کو جوڑتے ہوئے کہا۔

’یہ سب باتیں چلتی رہیں گی بس تم تیار ہو جاؤ تا کہ ہم گھر سے نکل سکیں۔‘

’اوکے بابا۔‘ میں نے ہنستے ہوئے کہا، ’پہلے تو آفس فون کر دوں، ورنہ وہاں تماشا ہو جائے گا۔‘

’اوہ ہو، کیا بات ہے جناب کی، بڑی جرنلسٹ بن گئی ہیں، چھٹی کر لی تو آفس بند ہو جائے گا۔‘ لبنیٰ نے ہنستے ہوئے مجھ پر چوٹ کی

ہُشت، میں نے ہونٹوں پر انگلی رکھ کر زور سے کہا اور آفس فون ملانے لگی۔

’جی، غنی صاحب، رؤف صاحب کو بتا دیجیے گا آج میں نہیں آ سکوں گی، میری طبعیت کچھ ٹھیک نہیں ہے۔‘

عطیہ، شائستہ اور لبنیٰ نے پُر شوق نگاہوں سے مجھے دیکھا اور فون بند ہوتے ہی کہا۔

’اللہ اکبر! کتنی جھوٹی ہے فاطمہ تو، اچھی خاصی بنی بٹی ہے اور کام چور کہہ رہی ہے، میں بیمار ہوں کام پر نہیں آ سکتی۔‘

تینوں نے مل کر ایک ساتھ آواز ملا کر کہا اور زور زور سے ہنسنے لگیں۔

’اچھا اچھا چلو زیادہ ہوشیاری نہیں‘، میں نے تھوڑا بن کر اپنی آنکھیں مٹکائیں اور ہنستے ہوئے کچن کی طرف انگلی کا اشارہ کرتے ہوئے کہا۔

’ذرا بڑی جرنلسٹ صاحبہ تیار ہو کر آتی ہیں اتنی دیر میں اگر آپ لوگوں کو کچھ ناشتہ پانی

چاہیے تو کچن وہاں ہے،'

''رہنے دیجیے ہم ناشتہ، لنچ، فلم، شاپنگ سب باہر کریں گے۔ بس آپ تیار ہو کر آ جائیے۔'' عطیہ نے لبنیٰ اور شائستہ کی طرف دیکھتے ہوئے کہا۔

''ہاں ہاں بس تم فٹافٹ تیار ہو جاؤ، ہماری فکر چھوڑو۔'' شائستہ نے عطیہ کے جملوں سے اپنا جملہ ملا دیا۔

کچھ ہی دیر میں ہم چاروں سہیلیاں عطیہ کی گاڑی میں بلڈنگ کے کمپاؤنڈ سے باہر نکل رہی تھیں۔ میں آج کی اس سہانی صبح پر دل ہی دل میں بہت خوش ہو رہی تھی کہ خدایا شکر مجھے بھی ایک بریک نصیب ہوا اور تھکن اُتارنے کا موقع بھی، ورنہ کب سے ایک روٹین میں پھنسی ہوئی تھی۔ عطیہ نے واقعی شائستہ اور لبنیٰ سے ملا کر مجھ پر احسانِ عظیم کیا تھا۔ میں پل پھر میں یونیورسٹی کی وہی ینگ سی طالبہ بن گئی تھی جو ہر ایک فکر سے آزاد دوستوں کے ساتھ گپیں لگاتی رہتی تھی۔

یونیورسٹی کے دور کا، ہم چار سہیلیوں کا یہ گروپ تھا جو ہمیشہ ایک دوسرے کے ساتھ ساتھ رہتا تھا۔ بیچلر سے ماسٹرز تک مسلسل چار برسوں تک ہم آپس میں دوست رہے حالانکہ ہمارے میجر سبجیکٹس الگ تھے مثلاً میں جرنلزم میں تھی اور شائستہ اور عطیہ سائکولوجی جبکہ لبنیٰ انگریزی ادب میں ماسٹرز کر رہی تھی مگر مجال ہے جو ہم کلاسز سے پہلے یا بعد میں ایک دوسرے سے نہ ملیں اور زمانے بھر کی گپ شپ نہ کریں۔ عطیہ اور شائستہ کی بات تو بیچلر میں ہی طے ہو گئی تھیں۔ عطیہ کو ڈاکٹر صاحب مل گئے تھے جو خود بھی سائیکیٹرسٹ بن رہے تھے اور شائستہ کی منگنی عذیر سے ہو گئی تھی جو سول انجینئرنگ کر رہے تھے۔ ماسٹرز کے آخری سمسٹر میں اچانک لبنیٰ کے لیے علی کا رشتہ آ گیا تھا جو اکنامسٹ تھے اور بوسٹن کی کسی ملٹی نیشنل کمپنی میں کسی ایگزیکیٹیو پوزیشن پر تھے۔ راتوں رات لبنیٰ اور علی کی شادی ہوئی اور وہ ماسٹرز کی ڈگری لیے بغیر ہی امریکہ چلی گئی۔ میرے معاملات الگ ہی رہے۔ ایک تو یہ کہ مجھے ارینج میرج میں کبھی دلچسپی نہیں تھی اور سب سے بڑھ کر یہ کہ میں نے جس دن سے یونیورسٹی میں داخل ہوئی تھی

اُس دن سے اب تک اسد کی محبت میں گرفتار تھی۔ میں ہی کیا اسد خود بھی میرا دیوانہ تھا، اُس کا دل پڑھائی لکھائی میں کم اور مجھ میں زیادہ لگتا تھا بلکہ لبنٰی اور عطیہ تو خیر سے ہمیشہ ہی اُس پر فقرہ چست کرتی تھی ، کہ اسد بھائی تو لگتا ہے فاطمہ پر پی ایچ ڈی کرنے یونیورسٹی آتے ہیں،' کہنے کو وہ لٹریچر میں ماسٹرز کر رہا تھا مگر جتنی بھی رومانوی شاعری اور افسانے تھے اُن کے ریفرنسز اُس کے محبت ناموں میں مجھے ملتے تھے۔ یوں دیکھا جائے تو ہم چار نہیں پانچ دوست تھے مگر اسد اور میں ایک ہی شخصیت کے دو نام تھے۔ شائستہ، لبنٰی اور عطیہ نے اس حقیقت کو شروع دن سے تسلیم کر لیا تھا کہ فاطمہ اور اسد بنے ہی ایک دوسرے کے لیے ہیں۔ یونیورسٹی کے دن ہمارے آئیڈیل دن تھے جس میں بے فکری تھی، دوستیاں تھیں، عشق تھا اور مستقبل کے خوابوں کے بجائے حال کے مزیدار بلکہ چٹخارے دار لمحات تھے مگر پھر ماسٹرز ہوتے ہی ایک کے بعد ایک دوست اپنی اپنی راہوں پر نکلتا چلا گیا۔ سب سے پہلے تو لبنٰی علی بھائی کے ساتھ راتوں رات امریکہ چلے گئی پھر عطیہ اور شائستہ کی بھی فوراً ہی شادی ہوگئی۔ شکر ہے کہ عطیہ تو شادی کے بعد بھی کراچی میں ہی رہی مگر شائستہ، عذید بھائی کے ساتھ چھ مہینے بعد ہی کوالالمپور چلی گئی۔ رہی میں تو میرا تو خیر سے امی کے انتقال کے بعد یوں بھی کوئی ٹھکانہ نہ تھا مگر شکر ہے مجھے جرنلسٹ کے طور پر ایک اچھی جاب مل گئی اور ساتھ میں رہائش بھی اور میری زندگی میں بھی ایک ٹھہراؤ آ گیا۔ میں نے چاہا کہ اسد اور میں شادی کر لیں مگر اسد کی مردانہ انا بیچ میں آ گئی کیونکہ لٹریچر کے ماسٹرز کے لیے کراچی میں کوئی جاب ملنا ناممکن تھا اور اُس کی ضد کہ میں جب تک جاب نہیں حاصل کر لوں گا، شادی نہیں کروں گا۔ اب اچانک اُسے جاب بھی ملا تو آئی ایس آئی میں، مجھے حیرانی تھی کہ بھلا لٹریچر کے آدمی کا آئی ایس آئی میں کیا کام؟ مگر خیر میں نے بھی سوچا چلیں اس بہانے ہماری زندگی کچھ آگے تو بڑھے گی، شادی بھی ہو جائے گی، جاب کا کیا ہے آج ہے تو کل کوئی اور۔۔۔۔

اچانک شائستہ نے مجھے زور سے ہلایا۔

'اوہ بہن، تمھاری بیٹھے بیٹھے کھو جانے کی عادت ابھی تک گئی نہیں کیا؟'

میں گاڑی میں بیٹھے بیٹھے ماضی سے حال میں آ گئی۔

'ارے یار بس یونیورسٹی کے دنوں میں کھو گئی تھی، کیا شاندار دن تھے وہ بھی۔'

میں نے ہنستے ہوئے کہا۔

'ہاں یار تمھیں یاد ہے نا، کس قدر مزا آتا تھا اُن دنوں۔'

شائستہ بھی میری طرح کچھ لمحوں کے لیے یونیورسٹی کے دور میں واپس جانے لگی۔

'میرا تو خیال ہے زندگی کے سب سے مزے کے دن طالب علمی کے ہی ہوتے ہیں۔'

لبنیٰ نے اگلی سیٹ پر بیٹھے بیٹھے کہا۔

'اور خاص طور پر کالج اور یونیورسٹی کے، کیونکہ ان دنوں ذرا چیزیں سمجھ میں آنی شروع ہو جاتی ہیں۔'

عطیہ نے لبنیٰ کے جملے کو مکمل کرنے کی کوشش کی۔

'اچھا سنو، پہلے کہیں اچھے سے ریسٹورنٹ میں گاڑی لے چلو تا کہ کچھ ناشتے کا بندوبست ہو سکے، بنا چائے یا کافی کے میری تو صبح ہی نہیں ہوتی۔'

میں نے عطیہ سے کہا،

'ہاں ہاں، مجھے سب پتہ ہے یار۔' فاطمہ، عطیہ نے نرسری کے سرخ سگنل پر گاڑی کی رفتار کم کرتے ہوئے کہا۔

'بائی دی وے ما بادولت آپ کو ابھی مار کو پولو لے کر چل رہے ہیں، بس دس منٹ میں پہنچ جائیں گے۔'

عطیہ نے سگنل پر گاڑی روک کر ہم سب کو بتایا۔

'ہاں وہ جو کلب روڈ پر ہے، پرل کانٹی نینٹل میں؟'

میں نے وہاں ایک دو بار ڈنر کیا تھا اس لیے مجھے اندازہ تھا وہ کس ریسٹورنٹ کا ذکر کر رہی تھی۔

———

کچھ ہی دیر میں ہم چاروں سہیلیاں مارکو پولو میں بیٹھے ناشتہ کر رہی تھیں ۔ ہمارے قصے تھے کہ ختم ہی نہیں ہو رہے تھے ۔ پہلے لبنٰی امریکہ کے قصے لے بیٹھی کہ کس طرح شادی کے بعد سے اب تک کے دن ایک دوسرے کے پیچھے بھاگ رہے تھے ۔ وہ علی کے ساتھ بہت خوش تھی بالکل اسی طرح شائستہ بھی عذیر کی تعریفیں کرتے ہوئے نہیں تھک رہی تھی ۔ سچ تو یہ ہے کہ میری تینوں ہی سہیلیاں اپنی اپنی زندگی سے بہت مطمئن اور خوش و خرم تھیں ۔ مجھے البتہ ہر تھوڑی دیر بعد اپنے بارے میں اندر ہی اندر ایک تشویش کی لہر اٹھتی ہوئی محسوس ہوتی تھی مگر میں نے اُس کو بہت ہی آسانی سے موج نہیں بننے دیا اور اپنی کلوز فرینڈز کی زندگی میں خود کو اس طرح سے گم کر لیا کہ میرا اپنا وجود یا اُس میں چھپی ہوئی بے چینی اُن کی آسائشوں سے بھری زندگی اور سکون و اطمنان میں بدل گئی ۔ ہم مارکو پولو سے نکلے تو تو پہلے کلفٹن کے ڈالمن مال چلے گئے اور پھر پورٹ گرانڈ آ گئے، وہاں خوب دل بھر کر میں نے بھی اُن کے ساتھ شاپنگ کی اور پھر پروگرام کے مطابق دو دریا آ گئے جہاں پہلے ہی ڈاکٹر صاحب نے عطیہ کے کہنے پر ہمارے لیے ڈنر ٹیبل بک کروائی ہوئی تھی ۔ کھانا ختم ہوا، چائے پی جانے لگی اور پھر اچانک باتوں ہی باتوں میں لبنٰی نے میری طرف دیکھتے ہوئے پوچھا۔

'فاطمہ، ہم سب کی تو خیر سے بہت ساری باتیں ہو گئی مگر تمھارا اسد کے ساتھ پھر کیا پلان ہے؟'

میں نے چونک کر عطیہ کی طرف دیکھا، 'پلان مطلب؟'

'یہی کہ کب تک تم یونہی اُس کا انتظار کرو گی؟ آئی مین یار ہر شے کی ایک لمٹ ہوتی ہے ۔ اب دیکھو نا ماسٹرز کر کے بھی ہمیں دو سال ہونے کو ہیں، کم وبیش ہماری ہر ایک دوست کی شادی ہو چکی ہے ۔'

'ہاں یہ تو ہے، میں نے اُس کی ہاں میں ہاں ملاتے ہوئے کہا مگر یار محبت میں کب کوئی لمٹ ہوتی ہے؟ اور میں نے تو آج تک سوائے اسد کے کسی کو اپنے لیے نہیں سوچا۔ اور خود اسد بھی آج تک وہیں ہے جہاں وہ پہلے دن تھا بلکہ سچ تو یہ ہے کہ ہم دونوں ابھی بھی

ایک دوسرے سے اتنا ہی پیار کرتے ہیں یا شاید اُس سے بھی زیادہ۔'

میں نے چائے کا گھونٹ لیتے ہوئے جواب دیا۔

'پھر بھی یار میں سمجھتی ہوں شادی ہو جائے تو زندگی زیادہ پریکٹیکل ہو جاتی ہے ورنہ محبت، عشق وغیرہ ہے تو بہت خوبصورت مگر بس فرق یہ ہے جیسے عشق اگر گھر کا نقشہ ہے تو شادی گھر کی عمارت۔'

لبنیٰ نے اپنے تئیں فلسفیانہ بات کرنے کی کوشش کی۔

'اور تم سمجھتی ہو، نقشے کے بغیر گھر بن جاتا ہے؟'

میں نے ہنستے ہوئے کہا۔

'ارے بس کرو یار لبنیٰ' عطیہ نے دخل اندازی کرتے ہوئے کہا۔

'یہ اپنی فاطمہ اور اسد کے معاملات ان باتوں سے کہیں زیادہ گہرے ہیں، مجھے پتہ ہے اسد فاطمہ کے بغیر رہ ہی نہیں سکتا اور نا ہی فاطمہ اُس کے بغیر ان کی محبت بیک وقت پلیٹونک اور رومانٹک ہے۔ سچ تو یہ ہے میں سمجھتی ہوں فاطمہ خوش نصیب ہے جو اُسے اتنا چاہنے والا انسان نصیب ہے بلکہ وہ بھی خوش نصیب ہے جو فاطمہ نے ہمیشہ کے لیے خود کو اُس کے لیے وقف کر دیا ہے۔ ایسا کہاں ہوتا ہے آج کی اس مادی دنیا میں؟'

میں نے کھڑکیوں سے چائے کے کپ سے نظر اُٹھا کر عطیہ کی طرف دیکھا اور کچھ بھی کہے بغیر پھر سے چائے کے چھوٹے چھوٹے گھونٹ لینے لگی۔ میں نے دیکھا اس دوران شائستہ نے کچھ نہیں کہا، بس چپ چاپ مسکراتے ہوئے میری، لبنیٰ کی اور عطیہ کی باتیں سنتی رہی۔

دن گزار کر جب میں گھر پہنچی تو تھک کر بھی تروتازہ ہی تھی۔ عطیہ کی طرف سے پورے دن کی پارٹی بڑی ہی لاجواب ثابت ہوئی۔ صبح جس طرح آندھی طوفان کے ساتھ وہ کمرے میں آئی تھی اُسی ہنگامے کے ساتھ وہ لبنیٰ اور شائستہ دونوں کو ساتھ لے کر چلی گئی۔

میں کمرے میں آ کر کچھ دیر تو یونہی سنگھار میز کے سامنے کھڑی خود کو تکتی رہی اور پھر بستر پر جانے کے بجائے لیپ ٹاپ لے کر ریڈنگ ٹیبل کے سامنے بیٹھ گئی۔ رات کے تقریباً دس بج چکے تھے، گھڑی کی سوئیاں اپنے مرکز کے گرد بالکل اسی طرح اپنا دائرہ مکمل کرنے میں جٹی ہوئی تھیں جس طرح میں ہمیشہ سے اسد کے گرد، اور پھر یہ خیال گھڑی کے حلقے سے نکل کر میرے دل کے حلقے میں پھنستا چلا گیا مگر چند ہی لمحوں میں وہاں سے نظر چُرا کر نکلا اور اسد کے دل میں جانے کی راہیں ڈھونڈنے لگا۔

اور پھر میری انگلیاں لیپ ٹاپ کے کی بورڈ پر ناچنے لگیں۔ کچھ ہی دیر میں، میں نے ٹیگور کے لفظوں میں اپنے پُر ملال دل کا حال اسد کو بھیج دیا۔

اسد،

میرے محبوب تو
سب کے پیچھے کھڑا ہے کہاں
خود کو پر چھائیوں میں چھپائے ہوئے
گرد اور دھول اڑاتی ہوئی راہ پر
لوگ پیچھے تجھے کرتے ہی جاتے ہیں
پاس سے تیرے ہو کر گزر جاتے ہیں
تجھ کو گرد انتے ہیں فضول

میں یہاں پر
کئی گھنٹوں سے
منتظر ہوں کھڑی
ہاتھ میں سنبھالے ہوئے
تیرے نذرانے کو
راہ چلتے ہوئے لوگ

پھولوں کو ایک ایک کر کے مزے

لے رہے ہیں

اور میری ڈالی

خالی ہوئی جاتی ہے

صبح کا وقت جا تا رہا

دوپہر بھی ڈھلی

شام کے سائے میں نیند سے

میری آنکھیں تو بوجھل ہوئی جاتی ہیں

لوٹتے گھر کو سب لوگ

میری طرف دیکھ کر مسکراتے ہیں

شرمندہ مجھ کو کیے جاتے ہیں

اور میں

جیسے بھیک مانگی لڑکی کوئی

کھینچ لیتی ہوں چہرے پہ بس دامن اپنا

پوچھتے جب وہ ہیں

کیا ہے مطلوب مجھ کو

تو میں اپنی آنکھیں جھکا لیتی ہوں

میں جواب اُن کی باتوں کا

دوں بھی تو کیا

واقعی ان کو کیسے بتاؤں بھلا

تیری آمد کی میں منتظر ہوں یہاں
شرم سے میں یہ کیسے کہوں
تو نے آنے کا وعدہ کیا مجھ سے ہے
اور یہ مفلسی سینت رکھی ہے میں نے
سمجھ کر جہیز
آہ! اس فخر کو
اپنے دل کی تہوں میں چھپائے ہوئے
منتظر ہوں یہاں

اور یہاں گھاس پر بیٹھ کر
ایک ٹک آسماں کو ہی تکتے ہوئے
تیری آمد کا میں
خواب ہوں دیکھتی
ہر طرف جگمگاتی ہوئی روشنی
جھنڈیاں تیرے رتھ پر سنہری ہیں لہراتی
راستے میں کھڑے لوگ ہیں دیکھتے
اپنے آسن سے نیچے اترتا ہے تو
فخر سے
تا کہ اوپر اٹھائے مجھے
اور چیتھڑے پہنے بھیک منگی لڑکی کو
پہلو میں اپنے لے کر بٹھائے
شرم اور فخر سے

میں تو کانپ اُٹھتی ہوں

جیسے لہراتی ہو بیل کوئی

خزاں کے تھپیڑوں کے آگے

مگر وقت اُڑتا چلا جا رہا ہے

ترے رتھ کے پہیوں کی آواز

ابھی تک سنائی نہیں دی

کئی جھانکیاں

شور کرتے ہوئے کامرانی کا اپنی

مرے سامنے سے نکل ہیں چکی

تو کیا صرف تم ہو

جوان سب کے پیچھے

کسی سائے میں

ہو یوں تنہا کھڑے

تو کیا صرف میں ہوں

جو روتی ہوں

اور منتظر ہوں تری

دل میں ملنے کی

بیکار حسرت چھپائے ہوئے

تمھاری،

فاطمہ

•••

(۱۱)

آخر بیماری ہے تو کم از کم دو روز تو ضرور ہے، اب اس قدر جلدی بھی کیا ہے ٹھیک ہونے کی؟ یہ سوچ کر اگلے دن میں نے جان بوجھ کر آفس فون نہیں کیا تا کہ کل کے بہانے کو سچ ثابت ہونے دوں، اور پھر دیر تک بستر پر لیٹی رہی اور اسد کے بارے میں سوچتی رہی۔ آنکھیں پھر سے بند کیں تو کل کا سارا دن ایک لمحہ میں اُتر کر میری نظروں میں ٹھہر گیا جب لبنیٰ نے مجھ سے اچانک پوچھ لیا تھا کہ میں کتنا وقت اور اسد کا انتظار کروں گی؟ اور میں اُس وقت لفظوں میں وقت کو ڈھونڈ رہی تھی کہ کس طرح میں لبنیٰ کو کہتی کہ میرے لیے تو وقت اُسی دن ٹھہر گیا تھا جس دن وہ میری زندگی میں آیا تھا۔ میری گھڑی کی سوئیاں تو کب کی اپنے اور اُس کے درمیان کے فاصلے کو نا پنے والے سیکنڈوں اور منٹوں سے آزاد ہو کر محض کیو پڈ کے عشقیہ تیروں میں بدل گئی تھیں، جنھوں نے میرے دل کو دل کی جگہ محض محبت کے زخموں سے بدل دیا تھا۔ میں تو اس لائق بھی نہیں رہی ہوں کہ چاہتے ہوئے بھی اپنے دل کے زخموں کا حال اسد کو دکھا سکوں، تبھی تو اپنے پیارے شاعر ٹیگور سے لفظ اُدھار لے کر اُسے بھیج دیتی ہوں کہ مجھے پتہ ہے کہ اُس کے پُر اثر لفظوں اور میرے پُر ملال خیالوں کی تاثیر رائیگاں نہیں جائے گی۔ میں یونہی دنیا ما فیہا سے بے خبر اپنے خیالوں کی موجوں میں پھنسی ہوئی عشق کے دریا میں بہے جا رہی تھی کہ اچانک بیڈ سائیڈ پر رکھے ہوئے موبائل کی آواز نے مجھے واپس کمرے میں بلا لیا۔ میں نے لیٹے لیٹے ہی ہاتھ بڑھا کر موبائل اٹھایا تو اسکرین پر زوسیہ لکھا ہوا دکھائی دیا، میں نے ہیلو کہا تو دوسری طرف سے زوسیہ کی آواز سنائی دی۔

’’کیسی ہو فاطمہ؟‘‘

’’جی میں ٹھیک ہوں، آپ کیسی ہیں؟‘‘

میں نے بستر پر بیٹھتے ہوئے جواب دیا اور ساتھ ہی اُس کا حال بھی پوچھ لیا۔

’’میں اچھی ہوں، تم سے کل بات نہیں ہوئی اور میں تمہارے بارے میں سوچتی رہی، کئی بار سوچا تمہیں کال کروں مگر پھر اس خیال سے باز رہی کہ ممکن ہو تم آفس میں مصروف ہو۔‘‘

ذوسیہ اپنے مخصوص دھیمے لہجے میں بات کرتی چلی گئی۔

’’نہیں ایسا نہیں تھا، اصل میں کل اچانک میری یونیورسٹی کے زمانے کی سہیلیاں میرے پاس آگئی تھیں اور ہم مل کر اپنے اُن دنوں کو سے لی بریٹ کر رہے تھے۔ میرا سارا دن اُن کے ساتھ آوٹنگ اور شاپنگ میں گزر گیا‘‘

میں نے ذوسیہ کو کل کے دن کی خوبصورت مصروفیت سے آگاہ کر دیا۔

’’یہ بہت اچھا کیا تم نے، پرانے دوست پرانی وائن کی طرح ہوتے ہیں اُن کے نشے سے ہم کبھی بھی باہر نہیں نکل پاتے ہیں اور وہ جب جب ملتے ہیں تو اور بھی مزا دیتے ہیں۔ ہمارے یہاں پالش میں کہا جاتا ہے۔

Nie dla wszystkich skrzypce graja

’’یہ کہ وائلین ہر ایک کے لیے بجایا نہیں جاتا۔‘‘

’’سچی دوستی بھی چند انسانوں کے لیے ہوتی ہے۔ تم اپنے ان جیولز کو ہمیشہ سنبھال کر رکھنا، ان سے قیمتی شے دنیا میں کوئی نہیں ہے۔‘‘

ذوسیہ نے اپنی خوبصورت باتوں سے میری صبح کو اور بھی سجا دیا تھا۔

’’تو ابھی تو تم آفس جاؤ گی؟ یا تم آفس میں ہی ہو؟‘‘

ذوسیہ نے پوچھا۔

’’نہیں، میرا آج آفس جانے کا ارادہ نہیں ہے، میں گھر پر ہی ہوں۔‘‘

میں نے جواب دیا۔

'تو پھر تم میری طرف آ جاؤ، میں تمھیں پالش گولا بی رول کھلاؤں گی اگر تم آج ذرا مختلف قسم کا لنچ انجوائے کرنے میں دلچسپی رکھتی ہو'

'مجھے نہیں پتہ تمھیں فوڈ کے نئے ذائقے ٹرائی کرنے میں کتنا مزا آتا ہے؟'

ذوسیہ نے مجھے باضابطہ لنچ کی دعوت دے دی اور میں نے فوراً ہی قبول کر لی کیونکہ مجھے واقعی نئے طرح کے کھانوں میں بہت مزا آتا تھا۔ کبھی کبھار اسد اور مجھ پر اچانک مختلف طرح کے کھانے کا جنون چڑھتا تو ہم ڈھونڈ ڈھانڈ کر اٹالین، میکسیکو اور ٹرکش ریسٹورنٹس تک پہنچ ہی جاتے تھے مگر ایسا کم ہی ہو پاتا تھا کیونکہ کراچی میں اول تو ایسے ریسٹورنٹس کی تعداد بہت ہی کم تھی اور اگر کہیں تھے بھی تو خاصے مہنگے اور زیادہ تر شہر کے پوش ترین علاقوں میں تھے۔

فون بند کر کے میری رہی سہی نیند بھی اُڑ گئی اور میں ذوسیہ کے گھر جانے کے لیے ذہنی طور پر خود کو تیار کرنے لگی۔

———

ذوسیہ کے گھر پہنچی تو وہ مجھے اپنے ساتھ ساتھ کچن میں لے آئی۔ میں نے دیکھا وہ باضابطہ کوکنگ ایپرن باندھے ہوئی تھی اور اُس کے ہاتھوں سے ٹماٹر، پیاز اور مشروم کی خوشبو آ رہی تھی۔ پچھلی کئی ملاقاتوں کے دوران میں نے کبھی ذوسیہ کے چہرے پر اس قدر سکون اور خوشی نہیں دیکھی تھی۔ اس وقت ذوسیہ کہیں سے بھی پچھتر برس کی بوڑھی عورت نہیں لگ رہی تھی بلکہ وہ اپنی عمر سے کم از کم دس برس چھوٹی لگ رہی تھی۔ وہ جس قدر پھرتی سے کچن میں اپنا کام نمٹا رہی تھی وہ قابل دید تھا۔ ایک طرف چولہے پر ایک برتن میں بند گوبھی اُبل رہی تھی تو دوسری طرف وہ ایک فرائی پان میں باریک کٹی ہوئی پیاز، مشروم اور لہسن زیتون کے تیل میں بھون رہی تھی۔ میں نے دیکھا اس دوران وہ ہاتھ روک کر پلاسٹک کے ایک

صاف ستھرے سے برتن میں باریک پِسا ہوا قیمہ، ٹماٹر پیسٹ، چاول، دھنیا، نمک، کالی مرچ وغیرہ کو بھی ساتھ ہی ساتھ چمچے سے ملاتی جا رہی تھی۔ ذوسیہ کا کھانا پکانے کا انداز کسی پیشہ ورانہ شیف کی طرح کا تھا جو مجھے بہت دیر تک خاموش نہیں رکھ سکا اور بالآخر میرے منھ سے یہ جملہ نکل ہی گیا۔

’ذوسیہ کیا آپ زندگی میں کبھی شیف تھیں؟‘

’میں نے اپنی زندگی کی سات آٹھ دہائیوں میں زندہ رہنے کے لیے بہت کچھ کیا ہے فاطمہ، وہ بھی جو میں کرنا چاہتی تھی اور وہ بھی جو مجھے کبھی نہیں کرنا چاہیے تھا، مگر کبھی کبھار ہم اتنے خوش نصیب نہیں ہوتے کہ صرف اپنی مرضی کا ہی کام کر سکیں مگر ہاں یہ پکانے والا کام اُن کچھ کاموں میں سے ایک تھا جنہیں میں خوب انجوائے کرتی تھی۔‘

ذوسیہ نے میری طرف نظر اُٹھائے بغیر ہی میری بات کا جواب دیا اور پھر فرائی پان کے مصالحے کو پلاسٹک کے کٹورے میں انڈیل کر اُس میں تیار قیمے وغیرہ کے ساتھ ملانے لگی۔ اس کے بعد ذوسیہ نے اُبلی ہوئی بند گوبھی کے پتوں کو ایک ایک کر کے نکال کر ٹرے میں پھیلایا اور پھر اُس میں کٹورے کا مصالحہ بھر کر رول بنانے لگی۔ کچھ ہی دیر میں ٹرے میں تقریباً ایک درجن گولا بکی رول اوون میں پکنے کے لیے تیار ہو چکے تھے۔

’اچھا اب یہ ایک ڈیڑھ گھنٹے میں اوون میں تیار ہو جائیں گے اور مجھے امید ہے تم اس کا ذائقہ بہت عرصے تک اپنی زبان پر محسوس کرو گی۔‘

ذوسیہ نے ٹرے کو اوون میں کھسکاتے ہوئے اُس کے ٹمپریچر کو 360 پر فکس کرتے ہوئے کہا۔

’چلو آؤ جتنی دیر میں یہ پک کر تیار ہوں گے ہم کیوں نا گھر کے بیک یارڈ میں پڑی آرام کرسیوں پر بیٹھ کر باتیں کرتے ہیں؟ میں چاہتی ہوں تم آج مجھے کچھ اپنے بارے میں بتاؤ اگر تم اپنی زندگی کو مجھ سے شیئر کرنا چاہتو تو؟‘

’میری زندگی میں ایسا کچھ خاص نہیں ہے ذوسیہ، بہت ہی سادا سا ہے سب کچھ۔‘

ایک ہلکی سی مسکراہٹ کے ساتھ یہ کہتے ہوئے زوسیہ کے ساتھ ساتھ چلتی ہوئی کچن سے ہوتی ہوئی ایک چھوٹی سی راہداری سے گزر کر بیک یارڈ کی طرف آ گئی۔ میں نے دیکھا زوسیہ کا چھوٹا سا گھر محض ایک لیونگ روم، بیڈروم اور کچن پر ہی مشتمل تھا۔ راہداری کے ایک جانب ایک بیڈروم تھا تو دوسری طرف ایک چھوٹی سی کپڑوں کی الماری، اسٹور روم اور باتھ روم تھا۔ وہیں راہداری اور بیک یارڈ کے دروازے کے قریب دیوار کی ایک شیلف میں پرانے یورپین اسٹائل کی واشنگ اور اُس پر ڈرائر مشین بھی رکھی ہوئی تھی جس کے ساتھ پلاسٹک کے باکسز میں قرینے سے کپڑے اور چادریں تہہ کر کے رکھی ہوئی تھیں۔ زوسیہ کا گھر اُس کے مزاج کی طرح آرگنائز اور کمپوز تھا۔ مجھے لگا جس طرح سے زندگی نے سختی اور بدصورتی سے اُسے بکھیرنے کی کوشش کی تھی تو اُس نے بھی جواب میں اُسی نرمی اور خوبصورتی سے زندگی کو سمیٹ لیا تھا۔ راہداری کے فرش پر بھی ایک پرانے دور کا مغربی غالیچہ بچھا ہوا تھا جس کے پھولوں کی رنگت بھی وہی تھی جو لیونگ روم کے غالیچے کی تھی، شاید یہ غالیچہ ایک ہی وقت گھر کے مختلف حصوں میں فرش پر بچھایا گیا تھا۔ راہداری کی دیواروں پر کہیں کہیں کچھ تصویریں بھی لٹکی ہوئی تھیں جن میں کہیں زوسیہ تو کہیں کچھ اور کہیں ویسٹرن لوگ اُس کے ساتھ نظر آ رہے تھے، تصویریں پرانی اور ٹیکنیکلر تھیں مگر اُن کے فریم خوبصورت اور دلفریب تھے جن کی ساخت یورپین انداز کی تھی، ان تصویروں کی وجہ سے بھی راہداری میں ایک گریس سا پیدا ہو گیا تھا۔

میں جونہی اُس کے ساتھ ساتھ گھر کے بیک یارڈ میں آئی، میری تو آنکھیں حیرت سے کھلی رہ گئیں۔ گھر کا یہ حصہ بھی زوسیہ کے سلیقے کی مثال تھا۔ بیک یارڈ کے ایک کونے میں سبزیوں کی کیاریاں تھیں جنہیں لکڑی کے فریمز میں کچھ اس طرح سے تقسیم کیا گیا تھا کہ کم جگہ ہونے کے باوجود وہاں کم و بیش گھر میں ضرورت کی ہر ایک تازہ سبزی نظر آ رہی تھی، سرخ و سبز ٹماٹر، سلاد کے پتے، لوبیا، مولی، توریاں، چقندر، آلو، گاجریں، دھنیا، پودینا، چھوٹی بڑی ہری اور لال مرچیں، پالک، وہاں کیا نہیں تھا جو زوسیہ نے گھر میں اُگایا ہوا نہیں تھا۔ ایک

چھوٹی سی گھاس کی راہداری تھی اور اُس کے اردگرد پھیلے ہوئے باغیچے کے بیچوں بیچ میں دو تین آرام دہ بید کی بُنی ہوئی گارڈن چیئرز اپنی سائیڈ اور سینٹرل ٹیبل کے ساتھ ایک رنگ برنگی کپڑے کی چھتری کے نیچے رکھی ہوئی تھیں۔ بیک یارڈ کی دیواروں اور گھاس کی راہداری کے کناروں پر موتیا، گلاب اور چمبیلی کے چھوٹے بڑی گملے قرینے سے رکھے ہوئے تھے۔ ذوسیہ کے گھر کے اِس حصہ میں اس قدر فطری سکون اور ٹھنڈک تھی کہ یہاں آتے ہی لمحے بھر میں میرا مزاج تر و تازہ ہو گیا تھا۔ میں چُپ چاپ اِدھر اُدھر دیکھ رہی تھی مگر اندر ہی اندر سوچ بھی رہی تھی کہ زندگی گزارنے کا یہ رخ مجھ سے ابھی تک اوجھل کیوں تھا؟ میں خود آخر فطرت سے اتنی دور کیوں ہوں؟ صبح شام کی اس مشینی زندگی میں میرے ساتھ تو صرف مشین ہی رہ گئی ہے، زندگی تو بس کہیں مجھ سے مِس ہوتی چلی جا رہی ہے۔ مجھے لگ رہا تھا ذوسیہ کا چند دنوں کا ساتھ مجھے شاید دوبارہ پیدا کر رہا ہے، وہ ایک طرف تو اُس کے تاریک ترین راستوں اور گہری ترین کھائیوں سے مجھے گزار رہا تھا تو دوسری طرف روشن ترین راہوں اور بلند ترین مقامات پر مجھے پہنچا بھی رہا تھا۔

'میری زندگی میں ایسا کچھ خاص نہیں ہے ذوسیہ جو شیئر کیے جانے کے لائق ہو۔'

میں نے گارڈن چیئر پر بیٹھتے ہوئے اُس سے کہا۔

'ایک اِمی تھیں جو چند سال پہلے کینسر سے چل بسیں۔ میں اُن ہی کے ساتھ 1990 میں بنگلہ دیش سے کراچی منتقل ہوئی تھی۔ اُس وقت میری عمر بمشکل دو یا تین برس تھی۔ اِمی بہت غریب تھیں وہ لوگوں کے گھروں میں چھوٹے موٹے کام کر کے گزارہ کرتی تھیں مگر میرے لیے اُنھوں نے کچھ بڑے خواب بُن لیے تھے، وہ مجھے پڑھانا چاہتی تھی۔ شاید اسی وجہ سے میں بھی پڑھتی چلی گئی اور یوں میں نے دو سال پہلے کراچی یونیورسٹی سے جرنلزم میں ماسٹرز کیا اور اب آج کل ایک بڑی نیوز ایجنسی میں ڈائریکٹر اور ایڈیٹر کی جاب کرتی ہوں۔'

میں نے ایک ہی سانس میں اپنی پوری زندگی کی سانسوں کا تذکرہ کر دیا۔

'اور تمھاری شادی ہو گئی؟ یا ابھی اپنے سپنے کے شہزادے کو ڈھونڈ رہی ہو؟' ذوسیہ نے

مسکراتے ہوئے پوچھا۔

'جی میں یونیورسٹی کے زمانے سے ہی اسد کو پسند کرتی ہوں۔ ہم جلد ہی شادی کریں گے بس آج کل وہ نوکری کی وجہ سے شہر سے باہر ہے۔'

میں نے ذوسیہ کو اپنی زندگی کے رومانوی حصے سے بھی آگاہ کر دیا۔

'گڈ، تم ایک خوش قسمت لڑکی ہو اور مجھے امید بھی ہے اور میری دعا بھی کہ تم ہمیشہ یونہی خوش قسمت رہو،'

ذوسیہ کی بات سُن کر میں دھیمے سے مسکرا دی۔

'تو تمہیں میرا چھوٹا سا بیک یارڈ اچھا لگا؟'

ذوسیہ نے ارد گرد دیکھتے ہوئے کہا۔

'جی بہت ہی اچھا، میرا خیال ہے آپ نہ صرف ایک بہت ہی اچھی شیف ہیں بلکہ گارڈنر بھی۔'

میں نے اُس کی پھر تعریف کی۔

'ہاں بعض اوقات زندگی سخت ترین واقعات کی وجہ سے بیمار ہونے لگتی ہے تو قدرت اُس کے علاج کے لیے نت نئے ذرائع بھی پیدا کرنے لگتی ہے۔' ذوسیہ نے آہستہ سے کہا۔

دیکھتے ہی دیکھتے باتوں میں وقت کا پتہ ہی نہ چلا اور ذوسیہ مجھ سے ایکسکیوز کر کے کچن میں واپس جانے کے لیے اُٹھنے لگیں جس پر میں نے ضد کی کہ میں بھی کچن میں اُس کا ہاتھ بٹانا چاہتی ہوں۔ مجھے اس بات کو سوچ کر بھی عجیب لگ رہا تھا کہ ذوسیہ میرے لیے کھانا بنائے اور میں آرام سے بیٹھ کر انتظار کروں، یوں بھی میرا اِس طرح یہاں بیک یارڈ میں تنہا بیٹھنا بے معنی سی بات تھی۔ کچن میں پہنچ کر ذوسیہ نے اوون سے ٹرے نکالی تو گولابکی رول مہکتی ہوئی خوشبو کے ساتھ تندور ہو چکے تھے۔ اُن سے نکلتے ہوئے دھوئیں کی وجہ سے پورا کچن مہک رہا تھا۔ ذوسیہ نے انھیں نکال کر پلیٹوں میں سجایا اور ساتھ ہی بھاپ نکلتے ہوئے چھلکوں کے ساتھ اُبلے ہوئے آلو کے ساتھ گاجر، کھیرا، چقندر اور سلاد بھی سجا دی۔ ٹماٹر کا

گاڑھا ساس اُس نے رول پر چھڑک کر پلیٹ میری طرف بڑھائی اور کہا۔

’’چلو ڈائننگ ٹیبل پر چل کر بیٹھتے ہیں، کانٹے، چمچ اور سافٹ ڈرنک وہیں پر ہیں۔ ویسے بائی دی وے، اگر تم چاہو تو ان رولز کو گرم گرم نان کے ساتھ بھی ٹرائی کر سکتی ہو، یہ ابلے ہوئے آلو اور نان دونوں کے ساتھ بہت مزا دیتے ہیں۔‘‘

میں نے سر کے اشارے سے نہیں کیا اور کہا۔

’’نہیں، میں تو اسی طرح لوں گی، میرا خیال ہے ابلے ہوئے آلوؤں، سلاد اور رول کا بہتر کامبینیشن ہے۔‘‘

کچھ ہی دیر میں ہم دونوں کے کانٹوں اور چمچوں کی آوازوں سے ڈائننگ روم میں ایک ہلکی پھلکی موسیقی کا سماحول بن گیا تھا اور میں سوچ رہی تھی کہ کل کے مٹن روسٹ، چکن اور بریانی جیسی ثقیل غذا کے بعد آج کی یہ لائٹ صحت مند غذا میرے معدے کے لیے کسی رحمت سے کم نہیں ہے۔ کھانے کے بعد میں نے ذوسیہ اور اپنے لیے سبز چائے بنائی اور انھیں لے کر ہم دونوں ڈائننگ روم سے نکل کر لیونگ روم کے جہازی صوفوں پر آ کر بیٹھ گئے اور میں دل ہی دل میں ذوسیہ کی ڈائری کے اگلے صفحات کو سننے کی امید باندھنے لگی۔

اور پھر کچھ ہی دیر میں میری یہ خواہش میرے لبوں سے لفظ بنے بغیر ہی ذوسیہ کے دل میں چپکے سے اُتر گئی اور ذوسیہ نے دھیمے سے اپنی ڈائری اٹھائی اور اُس میں اڑے ہوئے صفحوں میں سے ایک صفحہ نکال کر اُسے پڑھتے ہوئے ایک بار پھر چھتّر برس پہلے کی ہولناک دنیا میں کھوتی چلی گئی۔

———

’’سلینا کو جب ہوش آیا تو وہ ہمیشہ کے لیے ہوش کھو چکی تھی۔ وہ ایک زندہ لاش کی طرح کمرے کے کونے میں پڑی دیواروں کو تکتی رہتی تھی۔ میں کچھ بھی لفظ اُس کے کانوں سے ٹکرا کر مجھ تک لوٹ آتے تھے مگر یہ حال ایک سلینا کا نہیں تھا بلکہ اُس کیمپ میں

موجود ہر شخص سیلینا ہی بن چکا تھا، وہ مٹی کے ایسے پتلے بن چکے تھے جن کے چہرے انسانی تاثرات سے عاری تھے۔ اُن کی آنکھیں خشک ہو چکی تھیں اور اُن کے بدن روحوں سے خالی ہو چکے تھے۔ بہت سارے کھولے کھلے جسموں پر مشتمل مرد اور عورتیں کیمپ میں ادھر ادھر پڑے ہوئے تھے جن کے ڈھانچے چمنیوں کی گیس کے منتظر تھے تا کہ اپنی اپنی بڑی قبروں کا حصہ بن کر زمین کی کھاد بن سکیں۔ اُن کا یہ انتظار کچھ ایسا طویل بھی نہیں ہو پاتا تھا کیونکہ روزانہ ہی کچھ لوگ چمنیوں سے نکلنے والی گیس سے مارے جاتے اور روزانہ ہی انھیں نئی قبروں میں پھینک دیا جاتا تھا۔ میرا دماغ بھی اُن تمام کیمپ کے لوگوں کی طرح سُن ہو چکا تھا مگر پھر بھی نہ جانے کیوں مجھے لگتا تھا جیسے میں یہاں یہ سب منظر دیکھنے کے لیے آئی ہوں اور میرا نصیب شاید ان سب سے مختلف ہونے والا ہے۔ کاش! مجھے پتہ ہوتا کہ یہ مختلف نصیب اُن کے نصیبوں سے زیادہ ہولناک بھی ہو سکتا تھا۔ کاش! میں جان سکتی کہ ان کیمپوں کے چھتوں میں لگی ہوئی چمنیوں کی گیس سے گھٹن پیدا کر نے والی ایک موت اُس زندگی سے کہیں بہتر تھی جس کی فضاؤں میں پھیلی ہوئی کھلی ہوا سے میری روح کو بار بار مرنا تھا۔ اور پھر جب میں نے ایک شام سیلینا کے بدن کو بھی اُسی طرح بہت سارے نازی فوجیوں کو بھنبھوڑتے ہوئے دیکھا تو مجھے بے اختیار اپنی امی یاد آ گئیں اور میں چیختے روتے ہوئے کیمپ سے باہر بھاگی اور ایک کپڑے میں اپنے سر کو چھپا کر دیوار سے لگ کر بیٹھ گئی۔ اُس وقت میں تو ریت کی وہ تمام آیتیں دل میں دہراتی چلی گئی جو میں ممّا اور پپا کو پڑھتے ہوئے دیکھتی تھی۔ میرا ننھا سا دل خوف سے کانپ رہا تھا مگر اُس سے نکلنے والی آہیں کیمپ کی دیوار کو دیوار گریہ کی طرح میرے آنسوؤں سے تر کر رہی تھیں۔ شاید وہ لمحہ میری دعاؤں کی قبولیت کا لمحہ تھا کیونکہ سیلینا کی موت کے اگلے دن سے آسمان پر ہر طرف سے خون کی بارش اور زمین پر چاروں جانب سے آگ پھیلنی شروع ہو گئی تھی۔ میں نے دیکھا پورا آسمان جنگی جہازوں کے بادلوں سے چھپ گیا تھا اور شہر کی ساری سٹرکیں ریڈ آرمی کے ٹینکوں اور بکتر بند گاڑیوں کی آوازوں سے کانپ رہی تھیں۔ کیمپوں کی دیواریں بموں کے دھماکوں کی آوازوں سے لرز رہی تھیں

اور گلیوں اور میدانوں میں پھیلے ہوئے دھوئیں کے بادلوں کی وجہ سے کچھ نظر نہیں آ رہا تھا۔ سڑکوں پر مورچے لگائے کہیں نازی فوجی مزاحمت کرتے ہوئے ریڈ آرمی پر گرینیڈ پھینک رہے تھے تو کہیں اندھا دھند گولیاں برسا رہے تھے مگر جلد ہی ایلائنز فورسز کے حملوں کی شدت سے نازی فوجی جانیں بچانے کے لیے بالکل اسی طرح بھاگنے لگے تھے جس طرح چند برسوں سے نہتے یہودی اُن کے ظلم سے خوفزدہ ہرنوں کی طرح بھاگتے پھر رہے تھے۔ شاید خداوند کے صبر کا پیمانہ لبریز ہو چکا تھا اور انصاف کا دن آ چکا تھا، مجھے نہ جانے کیوں یہ لگ رہا تھا کہ یہ سب میرے رونے اور دعائیں مانگنے سے ہوا تھا کیونکہ اُس شام میں نے روتے ہوئے تو ریت کی یہ آیت دل میں بار بار پڑھی تھی۔

Jestes moja kryjówka; uchronisz mnie od
klopotów i otoczysz piesniami wybawienia. Selah

'خداوند تم ہی مجھے ان ظالموں سے چھپاؤ گے، مجھے تکالیف سے بچاؤ گے اور مجھے نجات کی آیتوں سے گھیر لو گے۔ سیلہ'

مگر میرے لیے ہی یہ حقیقت بہت ہی مختلف ثابت ہوئی کیونکہ کچھ ہی دیر میں باہر ہونے والے سڑکوں، گلیوں اور عمارتوں کے دھماکے کیمپ کے ارد گرد اور اندر بھی ہونے لگے۔ نازیوں نے کیمپوں میں مورچے بنا کر فائرنگ شروع کر دی تو بموں اور گرینیڈز کی آوازوں سے کیمپ کی چھت اور دیواریں لرزنے لگیں اور پھر کچھ ہی دیر اُس کی چھت چمنیوں کے ساتھ ہوا میں اُڑتی چلی گئی، دیواریں زمین بوس ہو گئیں کیمپ کے لوگ اور نازی فوجی ایک دوسرے پر گرنے لگے، آگ، دھواں، ملبہ، چیخیں اور زہریلی گیسوں نے کچھ ہی دیر میں ہر شے کو نگل لیا جس میں میں بھی شامل تھی۔۔۔ نہ جانے کب تک؟'

— — — —

'اور جب میری آنکھ کھلی تو میں باویریا میں تھی۔ مجھے نہیں پتہ میں پولینڈ سے جرمنی کیسے پہنچ گئی تھی؟ بس اتنا یاد ہے میرا قد پہلے سے لمبا، بال کچھ اور سنہری اور جسم نوجوان

لڑکیوں جیسا ہو رہا تھا مگر ہاتھ میں دبلی سی تھی اور میری آنکھوں کے نیچے ہلکے سے سیاہ حلقے تھے۔ میں کمرے میں دیوار کے سہارے سے کھڑی تھی اور میرے دونوں ہاتھ کمر کے پیچھے کرتے کے بندھے ہوئے کپڑے کے بیلٹ سے کھیل رہے تھے۔ میں لمبے موزے پہنے ہوئی تھی اور میرا ایک جوتے کا تسمہ کھلا ہوا تھا اس لیے میں کھڑے کھڑے کبھی پاؤں جوتے میں گھساتی تو کبھی نکال رہی تھی۔ میرے برابر میں جوہان کھڑا تھا جو میری طرح دبلا اور نیلی آنکھوں والا تھا، اُس کے بال ریڈش براؤن اور تھنگریا لے تھے وہ مجھ سے شاید دو ایک سال چھوٹا تھا۔ سامنے صوفے پر دو پچپن ساٹھ کے میاں بیوی بیٹھے ہوئے تھے جو کھیتوں میں کام کرنے والے کسان لگ رہے تھے اور سامنے کرسی پر ایک نوجوان شخص خاکی وردی پہنے ہوئے اُن سے جرمنی میں باتیں کر رہا تھا۔ میرے خیال میں وہ کوئی گورنمنٹ کا آدمی تھا شاید کوئی ویلفیئر آفیسر یا کوئی ملٹری مین جو ہمارے بارے میں اُن دونوں سے معلومات لے رہا تھا۔ اُس کا خیال تھا کہ ہم دونوں اُن دونوں میاں بیوی کے اصل بچے نہیں تھے بلکہ چرائے ہوئے پولش لے پالک تھے جنھیں جرمینائز کرنے کے لیے جنگ کے دوران یہاں منتقل کیا گیا تھا۔ وہ شخص ہم دونوں سے بھی کبھی کوئی بات کرتا تھا اور پھر جب ہم کچھ کہتے تو وہ اُس کی تصدیق ہمارے نئے ماں باپ سے کرتا تھا۔

'کیا آپ جانتے ہیں ان کے پیدائشی والدین کون ہیں؟'

Wussten sie, wer ihre leiblichen Eltern waren?

آفیسر نے اُن دونوں میاں بیوی سے پوچھا۔

'وہ مر چکے ہیں۔'

Sie sind tot

عورت نے جواب دیا، تو میں نے پلٹ کر جوہان کی طرف دیکھا جو میرے برابر میں کھڑا لاپروائی سے اپنے جوتوں کی نوک سے فرش کو کریدنے میں مصروف تھا۔

'تم کیسے جانتی ہو کہ ان بچوں کے ماں باپ مر چکے ہیں؟'

Woher wusste sie, dass die Eltern der Kinder
tot waren?

آفیسر نے عورت کو دیکھتے ہوئے پوچھا۔

'وہ کہتے ہیں۔'

Sie sagten uns

عورت نے اسی لہجے میں جواب دیا۔

'وہ، کون ہیں؟'

?Wer sind sie

آفیسر نے وہ پر زور دیتے ہوئے پوچھا۔

'وہ، دوسرے لوگ۔'

die anderen Leute

عورت نے مبہم لہجے میں جواب دیا۔

'ہزاروں مشرقی یورپ کے لوگ اپنے کھوئے ہوئے بچوں کو ڈھونڈ رہے ہیں۔'

Tausende osteuropäische Eltern suchten nach
vermissten Kindern

مشرقی یورپ۔ مشرقی یورپ،

Osteuropa-Osteuropa

عورت نے اس لفظ کو نفرت سے کئی بار نگلا اور کہا۔

'ہمارے بچوں کا مشرق سے کوئی لینا دینا نہیں ہے، یہ جرمن یتیم بچے ہیں، ان کی شکلوں کی طرف دیکھو'

Unsere Kinder haben nichts mit "Osten" zu tun.
Sie sind deutsche, deutsche Waisenkinder. Sie
müssen sie nur ansehen

اس بار اُس عورت کے خاوند نے تقریباً چیختے ہوئے کہا۔

'جذباتی ہونے کی ضرورت نہیں۔'

Keine Notwendigkeit, emotional zu sein

لگتا تھا آفیسر کو عورت کے خاوند کا زور سے مخاطب ہونا پسند نہیں آیا، یہ دیکھ کر عورت نے اپنے خاوند کے ہاتھ پر اپنا ہاتھ رکھ دیا۔

'تم لوگ جانتے ہی ہو گے کہ رومانیہ اور یوگوسلاویہ کی طرح پولینڈ سے بھی لاکھوں بچوں کو یہاں لایا گیا تھا تاکہ جنرل گریفلٹ کی لیبورن سوسائٹی کا خواب پورا ہو سکے۔'

Sie wissen, wie Rumänien und Jugoslawien
wurden Millionen von Kindern aus Polen hierher
gebracht, um zu germanisieren, um den Traum
der Lebensborn-Gesellschaft von General
Greifelt zu erfüllen.

آفیسر وہیں نہیں رُکا بلکہ رحم دلی سے ہم دونوں کی طرف دیکھتے ہوئے بولتا چلا گیا۔
'آہ، انسانی تاریخ میں نسل کشی کی یہ ایک بدترین مثال ہے۔'

Ah, dies ist das schlimmste Beispiel für Völkermord

in der Geschichte der Menschheit

جس پر عورت کے خاوند نے پھر سے اپنی بات کا دفاع کرنے کی کوشش کی۔
'یہ سچ ہے لیکن یہ بچے مشرقی علاقوں میں پائے گئے تھے، لیکن یہ جرمن یتیم بچے تھے، انھوں نے ہمیں یہ بات بالکل واضح طور پر بتائی تھی۔'

Es ist wahr, aber diese Kinder wurden in den
östlichen Gebieten gefunden, aber sie waren
deutsche Waisenkinder. Das haben sie uns sehr
deutlich gesagt

'کیا تم لوگ یہاں خوش ہو؟'

Bist du glücklich hier?

اس بار آفیسر نے ہم دونوں کی طرف دیکھتے ہوئے پوچھا۔

ہم دونوں نے اپنے نئے ماں باپ کی طرف دیکھا اور ہاں میں سر ہلا دیا۔

'کیا تم اسکول جاتے ہو؟'

gehst du zur Schule

ہم دونوں نے ایک بار پھر اپنے نئے ماں باپ کی طرف دیکھا اور ہاں میں سر ہلا دیا۔

'کیا تم کھیتوں میں کام کرتے ہو؟'

Arbeitest du auf dem Bauernhof?

'کبھی کبھی' جوہان نے آہستہ سے بڑبڑایا۔

manchmal

آفیسر نے ایک بار پھر ہم دونوں کی طرف دیکھا اور پھر ہمارے نئے ماں باپ کی طرف اور پھر اپنی گود میں رکھے ہوئے مختلف فارمز کو سمیٹ کے اپنے چمڑے کے سیاہ بیگ میں بھر کر یہ کہتا ہوا اُٹھ کھڑا ہوا۔

'میں اس کارروائی کو مکمل کرنے کے لیے ایک بار پھر آپ لوگوں کو تکلیف دوں گا'۔

Ich kann Sie erneut stören, um diesen Prozess abzuschließen

آفیسر کے جانے کے بعد عورت نے اُٹھ کر دروازے کی کنڈی اندر سے لگا دی اور ہم دونوں کی طرف دیکھتے ہوئے اس بار پولش میں کہا۔

'تم ہمارے ہو، ہمارے ہی رہو گے۔ اب اپنے اپنے کمروں میں جاؤ اور سونے کی تیاری کرو، مت بھولو تمھیں صبح سویرے اُٹھ کر کھیتوں میں بھی کام کرنا ہے'۔

Jestes nasz, bedziesz nasz. Teraz idz do swoich
pokoi i przygotuj sie do lózka. Nie zapomnij o
pracy w polu wczesnie rano.

اس بات کو سن کر مجھے کچھ خاص حیرت محسوس نہیں ہوئی شاید چند مہینوں یا برسوں کے کئی ایک واقعات میری یادداشت میں دھیرے سے نکل گئے تھے یا بس عادت کا حصہ بنتے جا رہے تھے مگر کچھ نیا بھی ہو رہا تھا جس کا ذکر اب تک میں صرف خود سے ہی کر پا رہی تھی۔ یہ ایک نیا

احساس تھا جو میرے سونے کے بعد مجھے اکثر گہری نیند سے جگا دیتا تھا۔ یہ احساس اُن سرسراتے ہوئے ہاتھوں سے پیدا ہوتا تھا جو آدھی رات کو میرے کمبل میں اچانک گھس جاتے تھے اور میرے بدن کے مختلف حصوں کو چھونے میں مصروف ہو جاتے تھے۔ وہ کبھی میرے نوجوان سینے کی گولائیوں کو ٹٹولتے تو کبھی میری رانوں کے درمیان کے حصے میں رینگتے تھے۔ میں نیند کی حالت میں انھیں جھٹکتی تو وہ کچھ دیر رُکنے کے بعد پھر سے میرے جسم کے نشیب و فراز کی پیمائش میں لگ جاتے اور اگر گھبرا کر میں اُٹھ جاتی تو جھٹکے سے میرے بستر کے پاس سے نکل کر کمرے سے غائب ہو جاتے۔ یہ سلسلہ شاید کئی دنوں سے چل رہا تھا اِسی لیے اس رات بھی میرے سونے کے بعد شروع ہو گیا تھا۔

رات میں میری آنکھ کھلی تو مجھے پہلے پہلے تو شک ہوا کہ یہ ہاتھ جوہان کے ہوں گے کیونکہ اُس کا کمرہ میرے کمرے کے ساتھ ہی تھا مگر پھر رات میں میری تو چیخیں ہی نکل گئیں جب وہ اپنے پورے وزن کے ساتھ میرے نازک سے بدن پر سوار ہو گیا اور اس سے پہلے کہ میری رونے کی آوازیں کمرے سے باہر نکل پاتی اُس نے میرے ہاتھوں اور منھ کو سختی سے پکڑ لیا اور میرے کپڑے اتار کر مجھے لہو لہان کرتا چلا گیا۔

اُس رات میں نے دیکھا وہ شخص جوہان نہیں تھا بلکہ۔۔۔ میرا اپنا والا کسان باپ تھا۔

•••

(۱۲)

اُس شام جب میں ذوسیہ کے یہاں سے واپس گھر پہنچی تو میرا دماغ سُن ہورہا تھا۔ ذوسیہ کے ساتھ ہر ملاقات خوشگواری سے شروع ہوتی تھی اور سخت ترین ڈپریشن پر ختم ہوتی تھی۔ ہر ملاقات کے بعد میرا دل یہ کہتا تھا کہ مجھے اب ذوسیہ کے ڈائری کے صفحات نہیں سننے چاہئیں۔ اُس کے صفحات میں چھپے ہوئے قصے کہنے کو اُس کی زندگی کے گزرے ہوئے واقعات تھے مگر وہ جب کاغذ سے باہر آتے تھے، نیز بن کر دل کو چھلنی کر دیتے تھے۔ وہ کہنے کو ماضی کی مری ہوئی کہانیاں تھیں مگر وہ جونہی اُس ڈائری سے نکلتی تھیں کئی منھ کے اژدھے بن کر زندہ ہو جاتی تھیں اور اپنے ہی کرداروں کو سالم نگلنا شروع کر دیتی تھیں۔ مجھے ذوسیہ سے ملنا اچھا لگتا تھا کیونکہ میری روح کو اس سے راحت ملتی تھی مگر زوسیہ سے مل کر جب بھی میں گھر آتی تھی میری روح جلتے ہوئے انگاروں پر لوٹنے لگتی تھی۔ میں اُس سے مل کر تلخ و شیریں احساسات کی انتہاؤں کے بیچ آ پھنسی تھی اور اس کے چنگل سے آزادی بھی چاہتی تھی مگر مجھے پتہ تھا کہ یہ نجات اُس پُل صراط سے گزرے بغیر ناممکن تھی جس کے ہر قدم پر ذوسیہ کی زندگی کے عذاب گڑے ہوئے تھے۔ میں نے کچھ دیر کے لیے اپنے ذہن کی تمام کھڑکیوں اور دروازوں کو بند کر دینے میں ہی عافیت سمجھی اور کپڑے بدل کر لیپ ٹاپ کے سامنے آ کر بیٹھ گئی۔ ای میل چیک کی تو اسد کا جواب آیا ہوا تھا جو اُس نے ٹیگور کی نظم کے جواب میں اُسی کی ایک نازک سی نظم کی صورت میں بھیجا تھا۔ شاید وہ میرے انتظار کے کرب کو محسوس کر رہا تھا اور اب میری محبت کے دیے سے اپنے من کے آنگن کو روشن دیکھنا چاہتا تھا۔ سچ تو یہ ہے

کہ ہم دونوں ہی تنہائی کے کرب میں مبتلا تھے اور ایک دوسرے کی جستجو میں ہر لمحہ ڈوبے ہوئے تھے۔ میں نے ایک گہری سانس لی اور اُس کی بھیجی ہوئی نظم کو آنکھوں سے اپنے دل میں اُتارتی چلی گئی۔

ڈھال پر خالی تنہا ندی کے

جہاں گھاس کے جھنڈ لہرا رہے تھے

یہ پوچھا تھا میں نے

حسینہ!

دیے کو چھپائے یوں آنچل میں

تنہا کہاں جا رہی ہو؟

مرا گھر ہے تاریک و تنہا

مجھے روشنی اپنی دے دو

تو اک لمحے کو اُس نے

کجلائی آنکھوں کو اوپر کیا

اور میری طرف دیکھ کر

شام کی اوٹ سے یہ کہا

میں ہوں آئی ندی پر

کہ جب روشنی دن کی مغرب میں

چہرہ چھپا لے گی اپنا

حوالے کروں گی میں موجوں کے

اپنے دیے کو

اکیلا کھڑا گھاس کے جھنڈ میں میں

رہا دیکھتا

ٹمٹماتے دیے کو

جو موجوں میں

ہچکولے کھاتے ہوئے بڑھ رہا تھا

تو گہری ہوئی رات کی خامشی میں

یہ پھر میں نے پوچھا اُس سے

حسینہ تمھارا یہ گھر

روشنی سے بھرا ہے

تو پھر تم دیا یوں اُٹھائے

کہاں جا رہی ہو

مجھے روشنی اپنی دے دو

تو اک لمحے کو اُس نے

کجلائی آنکھوں کو اوپر کیا

مجھ کو مشکوک نظروں سے دیکھا

آخرش یہ کہا

اس لیے میں یہاں آئی ہوں

آسماں کو کروں نذر اپنا دیا

میں وہیں پر کھڑا دیکھتا رہ وہ دیا

بے سبب اُس بیاباں میں جلتا ہوا

نصف تاریک شب میں

کہ جب چاندنی کا نہ تھا کوئی ریزہ

یہ پوچھا تھا میں نے
حسینہ تمہیں جستجو کس کی ہے
اس دیے کو سنبھالے ہوئے
یوں کہاں جا رہی ہو؟
مرا گھر ہے تاریک یکسر اکیلا
مجھے روشنی اپنی دے دو
رکی ایک لمحے کو وہ
سوچ کر کچھ اندھیرے میں گھورا
وہ بولی
دیا میں ہوں لائی
کہ شامل کروں اس کو میں
جشن میں روشنی کے یہاں
میں وہیں پھر کھڑا دیکھتا ہی رہا
بھیڑ میں جگمگاہٹ کی کھوتا ہوا

نظم پڑھ کر میرے اندر ایک سکون کی لہر اُترتی چلی گئی۔ مجھے لگا جیسے اس نظم نے بیک وقت اسد کی جدائی پر میرے بے چین دل اور ذوسیہ کی درد بھری داستان سُن کر پیدا ہونے والے ڈپریشن دونوں کے لیے تریاق کا کام کیا۔ میں کچھ دیر کے لیے کرسی پر آنکھیں بند کر کے بیٹھی ہوئی دھیمے دھیمے سانس لیتی رہی اور نظم کے ہر ایک لفظ سے اپنے خلیوں کو سیراب کرتی رہی۔ کچھ ہی دیر بعد جب میں نے آنکھیں کھولیں تو اسد کے بعد کی ایک ای میل کے سبجیکٹ پر نظر پڑی اور میں نے اُسے فوراً کلک کر دیا۔ یہ ای میل بنگلہ دیش ہائی کمیشن سے تھی جس میں مجھے اطلاع دی گئی تھی کہ وزٹ ویزے کے لیے میری درخواست منظور ہو گئی ہے اور مجھے ہائی کمیشن آفس میں پاسپورٹ، تصاویر اور فیس جمع کروانے کی تاکید

کی گئی ہے۔ مجھے لگا جیسے یہ کام وقت سے تھوڑا پہلے ہی ہوگیا ہے کیونکہ مجھے اِس ای میل کی توقع چند ہفتوں کے بعد کی تھی اور پھر میں نے ابھی تک اپنے آفس میں چھٹیوں کے لیے بھی بات نہیں کی تھی۔ میں نے سیل فون اُٹھایا تو مجھے وہاں کئی میسیجز بھی مل گئے جن میں ایک عطیہ اور دو شائستہ کے تھے، شائستہ نے ایئرپورٹ سے خدا حافظ کا میسج ریکارڈ کرایا تھا اور عطیہ نے یونہی باتیں بنانے کے لیے فون کیا تھا۔ ایک میسج آفس سے میرے باس رؤف صاحب کا تھا جنھوں نے میری خیریت پوچھی تھی اور باتوں ہی باتوں میں میرے کام کے جمع ہونے کا تذکرہ بھی کیا تھا۔ یہ میسج سُن کر میں نے رؤف صاحب کو فوراً نمبر ملایا، اپنی طبیعت کی بہتری کا بتایا اور یہ بھی کہ میرا کل آفس دوبارہ جوائن کرنے کا ارادہ ہے جسے سُن کر اُنھوں نے سکون کا سانس لیا۔ سیل فون سے فارغ ہو کر میری نظر وال کلاک پر پڑگئی تو میں حیران ہوگئی کیونکہ ابھی بھی شام کے چھ ہی بجے تھے۔ کچن میں جا کر کھانا بنانے کی مجھے ضرورت نہیں تھی اس لیے کہ ذوسیہ نے مجھے گھر سے نکلتے وقت تقریباً آدھے درجن گولا کبی رول، اُبلے ہوئے آلوؤں اور سلاد کے ساتھ پیک کر دیے تھے۔ اچانک مجھے عطیہ کا خیال آیا اور میں نے اُسے فون ملا دیا۔

'سنو عطیہ پولش گولا کبی رول کھاؤ گی؟'

میں نے ایک دم سے پوچھ لیا تو اُس نے حیرانی سے کہا۔

'یہ کیا بلا ہے؟'

'یہ بڑی مزے کی بلا ہے، تم کھاؤ گی تو انگلیاں چاٹتی رہ جاؤ گی۔'

میں نے اُس سے ذوسیہ کے گھر ہونے والے لنچ کا ذکر کیا تو اُس نے مجھے فوراً گھر آنے کے لیے کہہ دیا، وہ تو یوں بھی ہم چاروں سہیلیوں میں نت نئے کھانے پکانے اور انھیں ٹرائی کرنے میں مشہور تھی۔ اِدھر میں بھی شام کے وقت گھر میں بیٹھ کر بور نہیں ہونا چاہتی تھی۔ ذوسیہ کا قصہ سُن کر جو طبیعت میں بھاری پن آیا تھا اُس کا بہترین علاج عطیہ کے گھر پہنچ کر گپیں لگانا تھا اس لیے میں نے ذوسیہ کا دیا ہوا کھانے کا پیکٹ اُٹھایا، دروازے کو

لاک کیا اور دوبارہ گاڑی کمپاؤنڈ سے باہر نکال لی۔

۔۔۔

میں جب عطیہ کے گھر پہنچی تو وہاں تو پوری محفل سجی ہوئی تھی۔ بے وقوف عطیہ نے مجھے سیل فون پر بتایا بھی نہیں کہ اُس کے یہاں آج ڈاکٹر صاحب کے دو دوست اور اُن کی فیملیز کھانے پر مدعو تھیں اور میں تو یوں ہی گھر کے کپڑوں میں ہی اُٹھ کر وہاں پہنچ گئی تھی مگر خوشی اس بات کی تھی کہ وہاں موجود سب ہی لوگ بہت ہی بے تکلف اور گپ لگانے کے موڈ میں جمع ہوئے تھے۔ میں بھی اُن میں بہت ہی آسانی سے گھل مل گئی، جلد ہی سیاست پر باتیں شروع ہو گئیں اور ہر شخص کشمیر کے مسائل پر باتیں کرنے لگا۔ مجھے لگا وہ سب کشمیر میں ہونے والی زیادتیوں پر فکرمند تھے، اچانک ایک صاحب کے منھ سے ایک جملہ نکلا۔

''سرحد پار کی حکومت ہمارے کشمیری بھائیوں کو کشمیریوں سے انڈیا نائز کر رہی ہے۔ وہ آبادی کے تناسب کو تبدیل کر کے کشمیر میں اپنا کنٹرول چاہتی ہے۔''

یہ جملہ سن کر میں پل بھر میں ذو سیہ کی دنیا میں پھر سے چلی گئی شاید ذو سیہ کی زندگی کی کر بناک اداس کہانی یوں آسانی سے ٹیگور کی نظم اور عطیہ کی دلچسپ ملاقات سے اپنے اثرات ختم نہیں کر سکتی تھی۔ وہ میرے تحت الشعور میں تہہ در تہہ جذب ہوتے ہوئے میری روح میں اُتر گئی تھی اور محض موڈ کے بہلانے سے اپنا وجود زائل نہیں کر سکتی تھی اور پھر دیکھتے ہی دیکھتے مجھے لگا جیسے کشمیر وار سا کے گھیٹو ز میں بدلتا جا رہا ہے اور بہت ساری ٹرینیں کشمیری بچوں، مردوں اور عورتوں کو وہاں بنائے گئے پاسزو کے کیمپوں میں چمنیوں میں ڈالنے کے لیے پہنچار ہی ہیں۔ میں نے ایک جھر جھری لی اور واپس ڈائننگ ٹیبل پر آ گئی۔ کچھ لمحوں بعد میں نے وہاں بیٹھے مہمانوں سے ایکسیوز کیا اور عطیہ کے گھر کی بالکنی میں آ کر کھڑی ہو گئی اور چپ چاپ آسمان پر اُڑتے ہوئے پرندوں کے غول کو ایک دوسرے کے پیچھے جاتے ہوئے تکنے لگی۔ میں نے دیکھا اُن میں شامل بڑے بڑے پرندوں نے اُڑان کے دوران اپنے چھوٹے

پرندے کو چاروں طرف سے گھیر اہوا تھا تا کہ اُن کے بچے اس سفر کے دوران اُن سے دور ہو کر کہیں کھو نہ جائیں۔

————

رات جب گھر واپس پہنچی تو ذہن ایک بار پھر اُسی دنیا میں چلا گیا جہاں عطیہ کے گھر جانے سے قبل تھا۔ سونے کے لیے لیٹی تو آنکھوں سے نیند اُڑ چکی تھی اور لاتعداد آوارہ خیالات تتلیاں بن کر میرے ذہن پر منڈلا رہے تھے۔ ہر ایک خیال اپنے اندر رنگوں کی نئی دنیا بسائے ہوئے تھا اور ہر ایک رنگ اپنے ہونے کی وجہ پوچھ رہا تھا۔ سوال کبھی اس قدر بڑے ہو جاتے کہ پوری کائنات آسانی سے اُس میں سما جائے اور کبھی اتنے چھوٹے کہ نظر میں ہی نہیں آتے تھے۔ کبھی تو وہ بڑے بڑے پرندے بن کر سارے آسمان کو اپنے پروں میں چھپا لیتے تو کبھی اُن کے چھوٹے سے بچے پرندے بن کر اُڑان کے دوران ان کے کھو جانے کے خوف سے روتے ہوئے دکھائی دیتے تھے۔ کبھی کبھی تو وہ اپنے خوبصورت رنگ ہی نہیں شکلیں بھی بدل لیتے تھے، وہ کبھی اچانک ذوسیہ بن جاتے تھے تو کبھی امی بن کر میرے گرد منڈلاتے اور دور چلے جاتے تھے۔ وہ کبھی سلینا تو کبھی ذوسیہ کی ماما بن کر نازی فوجیوں کے سامنے اپنی عزتوں کے لیے دونوں ہاتھ جوڑ کر دہائیاں دیتے ہوئے دکھائی دیتے تھے تو کبھی کسی وحشتناک کسان باپ کی صورت میں ڈھل کر شیطان بن جاتے تھے جو اپنی منھ بولی بیٹی کے ساتھ ہی زنا کر رہا ہوتا تھا۔ وہ کبھی زمین کے بدن میں ماں بن کر اُترنے کی کوشش کرتے مگر پھر جلد ہی اُن کے اندر مسلمان، ہندو، یہودی، جموں کشمیر، لداخ، پولینڈ، یوگوسلاویکیہ اور رومانیہ کے گھیٹوز بنتے چلے جاتے جن پر دندناتے ٹینک، اُڑتے جنگی جہاز اور گرتے بموں کے گولے شیطان بن کر اُنھیں کیمپوں میں ڈال دیتے اور چھتوں سے چمنیوں کے ڈھکن کھول دیتے۔ بے رحم خیالات کی ایک نہ ختم ہونے والی ٹرین تھی جو بنا کسی اسٹیشن پر رُکے دوڑتی چلی جا رہی تھی جس میں ذوسیہ جیسی بہت ساری لڑکیاں سوار تھیں اور بہت

سارے روسی ریڈ آرمی والے بھی، جو انھیں مال غنیمت سمجھ کر ڈبوں میں بھر بھر کر اپنے ساتھ لے کر جا رہے تھے۔

'مگر ذوسیہ وہ تو یورپ میں نازیوں پر قبضہ ختم کرنے آئے تھے پھر یہ سب کیسے ہوا؟'

میں نے جب ذوسیہ سے دوپہر میں پوچھا تھا تو اُس وقت ذوسیہ نے میری بات کا جواب دینے کے بجائے اپنی ڈائری کا صفحہ آگے پڑھنا شروع کر دیا تھا۔

'ریپ کے بعد جب میری آنکھ باوریا کے ایک قریبی ہسپتال میں کھلی تو وہاں موجود سوشل سروسز نے علاج کے بعد مجھے وقتی طور پر ایک شیلٹر ہاوس میں پہنچا دیا جہاں مجھ جیسی لاتعداد لے پالک لڑکیوں کو ریپ اور فزیکل زیادتیوں کے بعد پہنچا دیا جاتا تھا۔ مگر ہم سب میں ایک بات بڑی یکساں تھی کہ وہاں موجود سب کا تعلق مشرقی یورپ سے تھا اور یہ وہ زیادہ تر یہودی اور جپسی تھیں جنھیں اغوا کر کے جرمینایز کیا گیا تھا تا کہ اُن کی نسل کو بہتر نسل میں تبدیل کیا جا سکے۔'

یہ پڑھ کر ذوسیہ نے ایک تلخ مسکراہٹ سے مجھے دیکھتے ہوئے طنز سے کہا۔

'ہم مفت کا مال تھے فاطمہ، جس کے بھی ہاتھ آئے وہ لے اُڑا اور ہمارے ساتھ تو خوب ہی ہوا، ماما پر ظلم حملہ آوروں نازیوں نے کیا تھا اور مجھ پر ظلم محافظ ریڈ آرمی نے کیا۔ مجھے تو کبھی یہ خیال بھی نہیں آیا تھا کہ میں نے پاسز و کے کیمپ کی دیوار سے لپٹ کر جو روتے ہوئے دعا مانگی تھی اس کی مجھے یہ المناک تعبیر ملے گی۔'

'مطلب؟' میں نے ڈرتے ڈرتے پوچھا، شاید مجھ میں مزید جاننے کی ہمت ٹوٹتی جا رہی تھی۔

'مجھے اور کچھ اور لڑکیوں کو روسی فوجیوں نے اغوا کر لیا اور اپنے ساتھ فوجی کیمپوں میں لے گئے۔ میں تو صرف پندرہ سولہ سال کی ہی تھی اور وہاں درجنوں فوجی تھے۔ انھوں نے لڑکیوں کو آپس میں بانٹ لیا تھا اور کبھی اکیلے اور کبھی مل کر زنا کرتے تھے۔ کئی ہفتوں کے بعد جب اُن کا دل بھر گیا تو مجھے برلن کے طوبہ خانوں اور کوٹھوں میں پھینک دیا گیا۔ چند ہی

برسوں بعد، میں وہاں کے اندھیروں میں تاریکی کی ایسی شکل بن گئی جس میں میرا چہرہ اس قدر ڈراونا ہو گیا تھا کہ مجھے خود کو دیکھتے ہوئے بھی ڈر لگتا تھا۔

ذوسیہ نے گہری سانس بھر کر مجھے دیکھا اور پھر کمرے کی کھڑی کو تکتے ہوئے کہا۔

''میں اس دور میں زندہ نہیں تھی بلکہ ایک مری ہوئی روح بن چکی تھی۔ میری زندگی کی ڈائری کے وہ اوراق بالکل کورے ہیں، تمھیں سنانے کے لیے میرے پاس کچھ نہیں سوائے یہ کہ ایک دن میں کسی نامعلوم شخص سے حاملہ ہو گئی اور میں نے بچے کو گرانے کے بجائے ہمیشہ کے لیے یورپ کو خیر باد کہنے کا فیصلہ کر لیا۔''

•••

(۱۳)

اگلا دن آفس میں بے حد مصروف گزارا۔ روؤف صاحب کا کہنا ٹھیک ہی تھا واقعی دو ہی دن میں بہت سے کالمز ایڈیٹنگ کے لیے جمع ہوگئے تھے۔ میری انگلیاں پھرتی سے کمپیوٹر کی اسکرین پر چل رہی تھیں، کالمز کے پیراگراف میری آنکھوں کے سامنے ایک کے پیچھے ایک جیسے کسی ٹرین کی طرح دوڑ رہے تھے۔ میری حتی الامکان کوشش تھی کہ دو دن کے اس جمع شدہ کام کا ایک بڑا حصہ آج نہ صرف ختم کردوں بلکہ اگر ہوسکے تو آج آفس کے بعد اپنا پاسپورٹ اور تصاویر وغیرہ بنگلہ دیش ہائی کمیشن کو ویزہ کے لیے اسلام آباد ڈی ایچ ایل سے کوریئر کردوں۔ ایک خیال یہ بھی تھا کہ کہیں روؤف صاحب عین وقت پر مجھے ہفتے بھر کے لیے بنگلہ دیش جانے میں کوئی مشکل نہ کھڑی کردیں اس لیے میں سوچ رہی تھی کہ جانے سے قبل اگر کوئی کام ایڈوانس میں بھی کرنا پڑ جائے تو میں نمٹا دوں۔ خیر، دیکھتے ہی دیکھتے آفس میں کام کرتے ہوئے شام ہوگئی اس لیے میں نے ہائی کمیشن والا کام کل پر ڈال دیا۔ آفس سے نکلتے ہوئے مجھے ایک لمحے کے لیے ذوسیہ کا خیال آیا کہ کیوں نہ اُس سے ملتے ہوئے گھر چلی جاؤں مگر پھر اس خیال سے کہ کل ہی تو اُس سے ملی تھی اور پھر بغیر اطلاع دے کر اُس کے یہاں اس طرح جانا ٹھیک نہیں ہے۔ مغرب کے لوگ تو یوں بھی ان باتوں کا بہت خیال رکھتے ہیں۔

آفس سے نکل کر پارکنگ میں پہنچ کر ابھی میں گاڑی اسٹارٹ ہی کر رہی تھی کہ مجھے دوسری جانب روؤف صاحب اپنی گاڑی نکالتے ہوئے دکھائی دیے، انھوں نے مجھے دیکھتے

ہی ہاتھ ہلانا شروع کر دیا تو مجھے لگا جیسے وہ مجھ سے کچھ کہنا چاہ رہے ہیں۔ میں نے مین گیٹ کی طرف گاڑی لے جانے کے بجائے گاڑی اُن کی طرف موڑ لی۔ وہ مجھ سے کہنے لگے کہ اگلے ہفتے وہ آفس نہیں آسکیں گے کیونکہ اُنھیں ٹی وی چینل کے سلسلے میں میرے اسے میٹنگ کے لیے اسلام آباد جانا تھا۔ اس لیے آفس کا سارا کام مجھے ہی سنبھالنا ہوگا۔ میں نے دل میں سوچا، چلو یہ بھی اچھا ہی ہے اب کم از کم مجھے بنگلہ دیش جانے کے لیے چھٹی لینے میں اُن سے پرابلم نہیں ہوگی۔ میں نے یہ سُن کر فوراً ہی کہا،

’’جی، جی آپ بالکل فکر نہ کریں، میں سب دیکھ لوں گی۔‘‘

میرا جواب سُن کر اُن کے چہرے پر ایک دم سے مسکراہٹ پھیل گئی، مجھے یوں لگا جیسے اُن کے دل کا بوجھ ہلکا ہو گیا۔

رؤف صاحب کی بات سُن کر مجھے خیال آیا کہ کیوں نہ آفس کا کچھ کام اب گھر پر بھی نمٹا دوں، ویسے بھی آج شام میرا کوئی خاص پروگرام نہیں تھا۔ یہ سوچ کر میں نے پارکنگ میں گاڑی دوبارہ کھڑی کی اور واپس لفٹ لے کر دوبارہ اپنے آفس گئی اور وہاں سے کچھ پیپر زسمیٹ کر گاڑی میں رکھ لیے۔ جب میں گھر پہنچی تو مجھے لگا جیسے میرا دماغ دن بھر کے کام کے بعد بھی کافی پُرسکون ہے مگر جب کام کی نیت سے بیٹھی تو محسوس ہوا دن بھر کے کام کے بعد کافی تھک چکی ہوں اور اس وقت مزید کام کرنا مشکل ہے۔

میں نے لیپ ٹاپ بند کیا اور بستر پر آ کر بیٹھ گئی۔

پھر آنکھیں بند کر کے اپنے بارے میں سوچنے لگی کہ آخر میں کون ہوں؟

کیا حقیقت ہے میری؟

کہاں سے آئی ہوں؟

کہاں جاؤں گی؟

یہ کون لوگ ہیں جو میرے اردگرد ہیں؟

یہ کیا جگہ ہے؟

اور پھر ذوسیہ؟ مجھے وہ یاد آ گئی۔

وہ بھی تو میری طرح نا معلوم سے نامعلوم کی طرف ایک انجانے سفر میں مصروف ہے۔ میرا دل اندر ہی اندر بیٹھنے لگا۔ مجھے لگا جیسے میری تنہائی ہی میری دشمن ہے، وہ مجھے ہمیشہ انجانے راستوں پر دھکیل دیتی ہے اور مجھے منزل کو ڈھونڈنے کی جستجو میں لگا دیتی ہے۔ مجھے یاد آیا جب ذوسیہ مجھے پہلی بار ملی تھی تو اُس نے مجھ سے پوچھا تھا کہ تاریخ کے ٹوٹے ہوئے سروں کو جوڑنے سے مجھے کیا ملے گا؟ اور میں نے اپنے طور پر بڑے ہی اعتماد سے اُس سے کہا تھا، تکمیل۔ اب میں سوچ رہی ہوں کیا واقعی؟

مجھے تو لگ رہا ہے جیسے میرے اندر اطمینان کی جگہ بے چینی پھیلتی جا رہی ہے۔

ہو سکتا ہے اس پورے قصہ کو جان کر میں کہیں نا مکمل ہی نا رہ جاؤں ہمیشہ کے لیے۔ زندگی کے چند کھوئے ہوئے صفحات جو آپس میں مل کر زندگی کے معنی کو اگر بے معنی کر گئے تو؟

میں اُس بے معنویت کو لے کر کہاں جاؤں گی؟

حادثات کے بغیر جو زندگی میں خوش فہمی یا غلط فہمی کا غبار پھیلا ہوتا ہے اُس سے کم از کم وہ اس قدر تو خوبصورت ہو ہی جاتی ہے کہ سفر آسان ہو جاتا ہے اور اِدھر میں ہوں جو زندگی کو حادثات میں اُتر اہوا پا کر راستہ بنانے میں لگی ہوئی ہوں۔ اب نہ جانے یہ راستہ کسی تاریک کھائی میں اُترتا ہے یا کسی روشن چڑھائی کا پتہ دیتا ہے؟

اور پھر جو زندگی کی حقیقت جان کر وہ نظروں ہی سے اُتر گئی تو؟

اور جو جاننے کا عمل اُس منزل کا پتہ دے دے جس کی مجھے تلاش بھی نہیں تھی تو؟

اَن گنت سوالات میں گھری مجھے اچانک نیند آ گئی اور میں نے خواب میں ایک اجنبی شخص کو دیکھا جس نے مجھے دور سے کہا، میں تمہارا باپ ہوں۔ میں دوڑتی ہوئی اُس تک لپکی مگر وہ پلک جھپکتے میں نظروں سے اوجھل ہو گیا۔ صبح جب میری آنکھ کھلی تو میرے لاکھ یاد کرنے کے باوجود بھی مجھے خواب میں نظر آنے والے باپ کی شکل یاد نہیں آئی۔

اگلے چار پانچ روز مجھے آفس میں سر کھجانے تک کی فرصت نہیں ملی کیونکہ رؤف صاحب کی ذمہ داریوں سے نمٹنے کا مطلب دن بھر میری کلائنٹس سے کانٹیکٹ اور میٹنگیں، آفس کے تمام ڈپارٹمنٹس کی پرفارمنس پر فیڈ بیک، بزنس کا پرا پر چیک اینڈ بیلنس اور پھر اُس کے اوپر میری اپنی ذمے داریاں جس میں کالمز، نیوز اور آرٹیکلز وغیرہ کی ایڈیٹنگ، یہ سب کچھ اتنا زیادہ ہوتا کہ مجھے اکثر گھر پہنچتے رات کے آٹھ سے نویح جاتے تھے۔اس کے بعد بھی بات ختم نہیں ہوتی تھی کیونکہ روزانہ رات گھر آ کر رؤف صاحب کو کال کر کے دن بھر کی کارروائی بتاتی، ضروری مشورے لیتی، اگلے دن کے لیے نوٹس اور چیک لسٹ بناتی اور کچھ نہ کچھ ایڈیٹنگ کا کام نمٹاتی تھی۔ آج بالآخر ویک اینڈ آیا تو میں نے سکھ کا سانس لیا، صبح دیر تک سوتی رہی اور جب گیارہ بجے بستر سے نکلی تو پہلا خیال ذوسیہ کا آیا کیونکہ پچھلے پورے ہفتے اُس سے بات کرنے کا وقت ہی نہیں مل پایا تھا۔ ذوسیہ نے فون اٹھایا تو مجھے اُس کی آواز میں ویسی ترو تازگی نہیں ملی جیسی عموماً ملتی تھی۔ میرے پوچھنے پر اُس نے بتایا کہ چند دنوں سے اُس کی طبیعت ٹھیک نہیں تھی، وابھی ملنے کے موڈ میں قطعی نہیں تھی۔ جمعہ کو جو پوسٹ میل آئی تھی اُس میں میرا پاسپورٹ بھی تھا جس میں میرا ایک مہینے کا بنگلہ دیش کا ویزہ لگا ہوا تھا۔ میں نے سوچا کیوں نہ اسی پیر کو فلائیٹ بک کرا لی جائے، میری تھکن بھی اُتر جائے گی اور رؤف صاحب سے چھٹی بھی آسانی سے مل جائے گی۔ یوں بھی وہ میرے ہفتے بھر کی میری پرفارمنس سے بہت خوش تھے اور رے لہجے میں مجھے کچھ دن آرام کا مشورہ بھی دے چکے تھے کہ بیماری کے دو دن بعد ہی میں نے ہفتے بھر آفس میں لمبی شفٹوں میں رہ کر دہرا کام نمٹا دیا تھا۔ میں نے ائیر لائن اور ہوٹل پر ریسرچ کرنے سے پہلے رؤف صاحب کو کال کر کے اگلے ہفتے کے لیے چھٹی کی بات کی اور انھوں نے میرا جملہ مکمل ہونے سے پہلے ہی کہا۔

'فاطمہ اگر آپ مجھے نہ بھی کہتی تو میں آپ سے درخواست کرتا کہ اس ہفتے کام شروع کرنے سے پہلے کچھ دن ضرور آرام کر لیں۔ آپ کی اس آفس میں موجودگی خود میرے لیے

کتنی ضروری ہے، میں جانتا ہوں۔'

رؤف صاحب نہ صرف ایک اچھے انسان تھے بلکہ اپنے ایمپالئز کی خوبیوں اور خامیوں سے واقف بھی، پچھلے دو سالوں میں انھوں نے میرے نام کے آگے ایڈیٹر کے ساتھ ڈائرکٹر کا ٹائٹل بھی بڑھا دیا تھا کیونکہ وہ مجھے اس آفس میں مستقل طور پر دیکھنا چاہتے تھے۔ مجھے بہت ہی آسانی سے پی آئی اے سے پیر کی ہی فلائیٹ مل گئی کیونکہ ہر ہفتے پی آئی اے سے پانچ فلائٹس ڈھاکہ جاتی تھی۔

————

شام میں جب شاپنگ کر کے گھر پہنچی تو پہلا کام میں نے اسد کو ای میل لکھنے کا کیا، پہلے سوچا تھا ایک جملہ لکھ کر اُسے بتا دوں گی کہ میں ہفتے بھر کے لیے بنگلہ دیش جا رہی ہوں مگر ہمیشہ کی طرح مجھ سے ایسا نہ ہو سکا اور میری انگلیاں کمپیوٹر کے کی بورڈ پر ناچتی چلی گئیں اور میں دل کے کئی قصے ایک کے بعد ایک چھیڑتی چلی گئی۔

اسد،

پچھلے چند دنوں سے میں اپنی تلاش میں گم ہوں اور اس بات سے بے خبر ہوں کہ یہ تلاش مجھے واقعی خود سے ملائے گی یا بیچ راستے میں کہیں کھو دے گی۔ میں نہیں جانتی کہ منزلوں اور راستوں کے درمیان کون سی شے زیادہ اہم ہے؟ مجھے اس سفر کے نقطۂ عروج یا زوال تک پہنچنے کی جستجو ہے کہ ہو سکتا ہے اس کے بعد منزل اور راستہ دونوں ہی میرے لیے بے معنی ہو کر رہ جائیں مگر پھر بے معنویت ہی میرے لیے معنی بن جائے گی۔ اس لیے سوچتی ہوں کہ یہ سودا بھی گھاٹے کا نہیں ہے۔ پروین شاکر کی یہ نظم جب میری نظر سے گزری تو تقویت ہوئی کہ مسنگ لنک کی یہ کڑیاں میرے کھوئے ہوئے صفحات کی طرح اپنے حلقے کو جوڑنے کی تگ و دو میں ہیں۔ شاید تمھاری بھی نظر سے گزری ہو۔

عجب ہے ارتقا کے باب کا یہ ذہن افگن مسئلہ

سارے عناصر

اپنی پہلے سے تعین کردہ ہیئت میں

کہیں سے جمع ہوتے ہیں

پھر اس کے بعد بے حد خاموشی سے

واپسی کے طے شدہ رستوں پہ اک دن چل نکلتے ہیں

ازل سے زندگی کا دائرہ

یونہی سفر میں ہے

عناصر کا تناسب اپنے منظر کے تناظر میں بدلتا ہے

تلاش رزق میں گردان فصیل جسم سے باہر نکل جائے

کبھی سارا ہنر پنجوں میں در آئے

کبھی تلوے ہی جھڑ جائیں

کچھاریں اور بھٹ اور غار اور اسکائی سکریپر

زمیں پر پھیلتے جائیں

کبھی آہستہ آہستہ

کبھی یک لخت

اور گاہے بگاہے

دونوں صورتوں میں

مگر شجرہ ہمیں مطلوب ہے

جس ذی حشم، ذی شاں قبیلے کا

وہاں آ کر نسب نامہ

گھنے بالوں، مناسب شکل و صورت، قد و قامت تک

پہنچ کر گنگ ہو جاتا ہے

اُس کے بعد پھر بس ایک منزل

ایک لمحہ

ایک صدی

آنکھوں سے اوجھل ہے

حقیقت یہ ہے لیکن

گر تھوڑی سی سچائی نظر میں گھول کر

اک دن ذرا سا اپنے گرد و پیش کو

ہم دیکھ ڈالیں

تو یہ گم گشتہ حلقہ ایسے روشن ہو

کہ سب کھوئی ہوئی کڑیاں

ہمارے ہاتھ آ جائیں!

اگر تھوڑی سی جرأت

اور تنہائی میں آئینہ اُٹھا کر دیکھنے کا حوصلہ بھی ہو

تو شاید

اتنی ہمت بھی نہیں کرنی پڑے ہم کو

اسد،

امی کے جانے کے بعد اُن کی ڈائری کے کچھ صفحات اور تصاویر سے مجھے ایک مغربی عورت ذوسیہ اور اُس کے بیٹے پیٹر کی تصاویر ملی تھی۔ مجھے نہیں معلوم امی جیسی غریب سی سیدھی سادی ان پڑھ بنگالی لڑکی نے اُنھیں کیوں سنبھال کر اپنے پاس رکھا ہوا تھا۔ میں نے کسی

طرح سے کوشش کرکے اُس مغربی عورت اور اُس کے بچے کو تو ڈھونڈ نکالا مگر ابھی تک مجھے اُس کا ربط امی سے سمجھ نہیں آیا کیونکہ اُن کی کہانی میں امی کا کردار کہیں بھی نہیں ہے۔ میں اُس ربط کو ڈھونڈنے اب بنگلہ دیش جا رہی ہوں کیونکہ اس ربط میں اگر مجھے امی نہیں بھی ملی تو تاریخ کے کچھ گم شدہ صفحات کے ملنے کا امکان دکھائی دے رہا ہے۔ سچ تو یہ ہے کہ اب مجھے امی، پیٹر اور اُس مغربی عورت کے تعلق سے زیادہ اُن کربناک تاریخی واقعات کے ربط کی فکر ہے جو کہیں اس سفر کے دوران گم ہو گئے ہیں۔

میں پیرس کو پی آئی اے سے ڈھاکہ جا رہی ہوں۔ اس دوران میں انٹر کونٹی نینٹل ڈھاکہ ہوٹل میں ٹھہروں گی۔

تمھاری،

فاطمہ

•••

(۱۴)

فلائٹ نے جونہی شاہ جلال انٹرنیشنل ایئر پورٹ ڈھاکہ پر لینڈ کیا تو مجھے لگا جیسے کسی مقناطیسی قوت نے مجھے چاروں طرف سے تھام لیا ہے۔ ایک عجیب قسم کا احساس تھا جس سے میں دوچار تھی شاید اس لیے کہ میں یہاں پیدا ہوئی تھی یا پھر اس لیے کہ امی نے زندگی کے اچھے بُرے دن یہیں دیکھے تھے۔ ایئر پورٹ سے باہر نکلی تو فضا میں مجھے چاروں طرف نمی کا احساس ہوا جو یا تو خلیج بنگال کی ہواؤں کی وجہ سے تھی یا امی کے آنسوؤں کی وجہ سے اب تک یہاں پھیلی ہوئی تھی۔ ایئر پورٹ سے نکل کر ٹیکسی جب میمن سنگھ ہائی وے پر دوڑنے لگی تو دریائے برہما پترا کی ہواؤں نے میرے دل پر جمی برف کو پگھلانا شروع کر دیا۔ مجھے اپنے اندر سے ایک تازگی کا احساس ہوا مگر وہ پھر کچھ ہی دیر میں زائل بھی ہونے لگا جب ڈھاکہ شہر کا ٹریفک میرے اِردگرد پھیلتا چلا گیا مگر شکر ہے یہاں ٹریفک کراچی جیسا نہیں تھا اس لیے کہ بنانی اوور پاس سے گزرتے ہی مجھے دور سے ہی انٹر کونٹی نینٹل ہوٹل کی پُرشکوہ سفید عمارت دکھائی دینے لگی۔ یہاں پہنچ کر ہوٹل، ایئر پورٹ اور شہر کے راستے سب ہی مجھے جانے پہچانے سے لگ رہے تھے اس لیے کہ کراچی سے نکلنے سے قبل ہی انٹرنیٹ پر میں نے تفصیل سے اس جگہ کو کئی بار دیکھ لیا تھا۔ ایئر پورٹ لاونج سے کمرے میں پہنچی تو سکون کے احساس سے دل بھر گیا کیونکہ ہوٹل کے لحاظ سے کمرہ بھی بہت ہی اعلیٰ معیار کا تھا۔ پورٹر کے جانے کے بعد میں نے کچن کال کر کے کھانے کا آرڈر دیا اور بیگ سے کپڑے نکال کر الماری میں لٹکا دیے۔ اس وقت شام کے سات بج رہے تھے، میں نے سوچا اس وقت تو خیر

ہوٹل سے نکلنا کوئی دانشمندی نہیں ہے یوں بھی مجھے آج رات یہ سوچنا تھا کہ میں کس طرح سے اپنے پانچ دنوں کو زیادہ سے زیادہ اپنے مقصد کے لیے استعمال کر سکوں۔ میں اپنے تئیں پوری کوشش کرنا چاہتی تھی کہ کسی بھی طرح سے پیٹر اور امی کے درمیان تعلق کی وجہ ڈھونڈ سکوں اور مجھے اُس گانٹھ کو کھولنے کے لیے سب سے بہتر دھاگے کے سرے کو تلاش کرنا تھا۔

———

اگلے دن صبح اُٹھی تو پہلا خیال یہی آیا کہ جو چند فون نمبر مجھے امی کی ڈائری سے ملے تھے انھیں ٹرائی کروں کہ ممکن ہے مجھے کوئی لنک مل جائے مگر پھر فون کرنے سے پہلے میں تیار ہو کر نیچے لاؤنج میں آ گئی اور ڈیسک پر بیٹھی رسپشنسٹ سے ناشتے کے بارے میں پوچھ کر ہوٹل کے کیفے میں پہنچ گئی۔ اس وقت صبح کے ساڑھے سات بج رہے تھے مگر کیفے کم و بیش بھرا ہوا تھا، میں نے بھی پلیٹ لی اور بونے کے خاطر لائن میں کھڑی ہو گئی۔ مجھے یہ دیکھ کر اچھا لگا کہ یہاں ہر چیز بہت صاف ستھری، ناشتہ فریش اور سروس بہت ہی عمدہ تھی، ویٹرز پھرتی سے ٹیبل سجانے اور جھوٹے برتن اُٹھانے میں لگے ہوئے تھے۔ میں جب ایک کارنر میں بیٹھی ناشتہ کر رہی تھی تو ایک خوش شکل سی لڑکی نے ایکس کیوز کر کے مجھ سے ٹیبل شیئر کرنے کی اجازت چاہی، میں نے اردگرد دیکھا تو واقعی ریسٹورنٹ میں ساری ہی ٹیبلز بھر چکی تھی۔ وہ لڑکی کم و بیش میری ہی عمر یعنی 24 یا 25 برس کی لگ رہی تھی، اُس نے خوبصورت سے لال بلاؤز پر چوڑے سلک کے بارڈر والی وائٹ کریمی کاٹن کی ساڑھی پہنی ہوئی تھی، اُس کی ساڑھی پر دور دور لال دھاگے سے نازک پھول کڑھے ہوئے تھے۔ جس طرح سے اُس لڑکی نے ساڑھی کے پلّو کو اپنے بلاؤز اور کندھوں کے اردگرد لپیٹا تھا اُس سے اُس کی پوری شخصیت میں ایک شائستگی پیدا ہو گئی تھی۔ اُس نے مجھے دھیمے سے دھنو باد کہا مگر جواب میں جب میں نے اُسے یو آر ویلکم کہا تو اُس نے مجھے کنکھیوں سے ایک لمحے کے لیے دیکھا مگر پھر اپنے سلائس پر جام لگانے میں لگ گئی۔ چائے کا گھونٹ لیتے ہوئے اُس نے مجھے دیکھتے

ہوئے کہا،

'' آپ بھی کی پاکستان نا بھارت را؟'' (کیا آپ پاکستان یا بھارت سے ہیں؟)

میں نے آہستہ سے کہا، '' آئی ایم فرام پاکستان۔''

'' تمھارے کپڑے دیکھ کر مجھے یوں ہی لگا۔''

(I could tell from your clothing)

اس بار اُس نے مجھے بنگلہ کے بجائے انگریزی میں کہا۔

'' ہاں مگر میری برتھ بنگلہ دیش کی ہے۔''

(But I was born in Bangladesh)

میں نے اپنے تئیں اجنبیت کو کم کرنے کی کوشش کی۔

'' اس کا مطلب یہ ہوا کہ جینیاتی طور پر آپ بنگلہ دیش کی ہیں مگر فزیکلی آپ پاکستان کی ہیں۔''

That means you are genetically from

physically from Pakistan

اُس نے ہنستے ہوئے مجھے دیکھتے ہوئے کہا۔

اُس کی بات سُن کر مجھے بھی ہنسی آ گئی، '' ہاں یہ تو ہے۔'' That's true

کچھ ہی دیر میں اُس کا ناشتہ ختم ہو گیا، اور وہ روائتی انداز میں '' آپ کے ساتھ اچھی بات چیت رہی۔'' Nice chat with   you

کہہ کر میز سے اُٹھنے لگی، جس پر میں نے مسکرا کر اُس سے کہا۔

'' آپ نے میرے بارے میں تو خوب باتیں کر لیں مگر مجھ سے اپنا تعارف نہیں کرایا۔''

You've talked a lot with me but still haven't introduced yourself

جس پر اُس نے اپنے پرس میں سے ایک وزٹنگ کارڈ نکال کر مجھے دیا اور بائی بائی کہہ کر چلی گئی۔

کارڈ پر کلپنا دت، ڈائریکٹر، لبریشن وار میوزیم لکھا ہوا تھا، میں نے ایک سرسری سی نظر کارڈ پر ڈالی، اُسے پرس میں ڈالا اور خود بھی ناشتے کی ٹیبل سے اُٹھ گئی۔

کمرے کی طرف جانے سے پہلے میں رسپشن ڈیسک پر کچھ دیر کے لیے رُکی اور اُس سے پوچھا کہ 'کیا وہ مجھے کچھ فون نمبرز کے ایڈریس حاصل کرنے میں مدد کرسکتی ہے؟' رسپشنٹ نے ایک دل کش مسکراہٹ کے ساتھ حامی بھری اور کہا، 'کیوں نہیں۔' میں نے پرس میں سے نمبر نکالے جس میں ایک نمبر کے آگے شمشاد بیگم اور دوسرے دو نمبروں کے سامنے روشن آرا لکھا ہوا تھا۔ بدقسمتی سے شمشاد بیگم کا نمبر ختم ہو چکا تھا جبکہ روشن آرا کا ایک نمبر بدل گیا تھا اور دوسرا مسلسل بجنے کے باوجود کسی نے رسیو نہیں کیا۔ رسپشنٹ نے مجھے بتایا کہ پچھلے پانچ برسوں میں بہت سارے نمبر ختم ہو گئے ہیں اور بعض جگہوں کے ایریا کوڈ بھی بدل چکے ہیں مگر اُس نے میری درخواست پر اُن نمبروں کو اپنے پاس محفوظ کرلیا اور مجھے یقین دہانی کرائی کہ وہ ان نمبرز کے کلائنٹڈز کی تفصیلات بنگلہ دیش ٹیلی کمیونیکیشن ڈپارٹمنٹ سے لے کر مجھے اپ ڈیٹ کر دے گی۔ مجھے کمرے میں واپس پہنچ کر آدھا گھنٹہ بھی نہیں ہوا تھا کہ میرے کمرے کے فون کی گھنٹی بجی، دوسری طرف وہی رسپشنٹ تھی جسے میں نے تفصیلات حاصل کرنے کے لیے نمبرز دیے تھے۔ مجھے اُس نے بتایا کہ شمشاد بیگم والے نمبر کا کوئی ریکارڈ آفس میں نہیں ملا اس لیے شمشاد بیگم کے بارے میں تو کوئی معلومات دستیاب نہیں ہے ہاں البتہ روشن آرا ہ والا دوسرا نمبر ٹانگیل کا ہے جو ڈھاکہ کے شمال مغرب میں تقریباً دو گھنٹے کے فاصلے پر ایک شہر ہے۔ اُس نے مجھے ایڈریس سمجھانے کی کوشش کی مگر میں نے اُس سے کہا کہ مجھے وہ یہ ایڈریس کسی کاغذ پر لکھ دے اور ہو سکے تو کچھ وقفے سے کال کر کے دوبارہ دیکھ لے شاید کسی روشن آرا کا پتہ مل سکے۔ تقریباً چار گھنٹے کے بعد رسپشنٹ نے مجھے بتایا کہ اس نمبر پر روشن آرا کے بجائے عبدالمنان صاحب ہیں جو روشن آرا کے رشتے دار ہیں اور یہ فون استعمال کرتے ہیں ۔ انھوں نے روشن آرا کے تعلق سے زیادہ کچھ نہیں بتایا بس اِدھر اُدھر کی بات کر کے فون بند کر دیا۔ سچ تو یہ تھا کہ رسپشنٹ نے میری توقع سے زیادہ مدد

کر دی تھی جس کی مجھے امید بھی نہیں تھی۔ میری سب سے بڑی مشکل بنگالی زبان کی تھی کیونکہ میں سوچ رہی تھی کہ اگر میں ٹانکیل جا کر منان صاحب سے مل کر بات کروں تو ممکن ہے مجھے کچھ معلومات روشن آرا کی مل جائے اور یوں میں اُس سے امی کے بنگلہ دیش میں ماضی کے بارے میں جان جاؤں۔ اس وقت دو پہر کے دو بج رہے تھے اور ٹانکیل دو گھنٹے کی ڈرائیو پر تھا یعنی آنے جانے میں رات ہونے کا خدشہ تھا کیونکہ مجھے نہیں معلوم کہ ٹانکیل میں اس کام میں کتنا وقت صرف ہو سکتا تھا؟ مجھے خیال آیا کہ اسی رسیپشنسٹ سے دوبارہ بات کی جائے کہ اگر وہ ہوٹل کی طرف سے کسی رائیڈ کا بندوبست کر دے تو یہ سارا کام بہتر طریقے سے ہو سکتا ہے۔ اس خیال کے آتے ہی میں نے بجائے فون پر رسیپشنسٹ سے کہنے کے لاؤنج میں جا کر اُس سے ملنے کو فوقیت دی اور کمرہ لاک کر کے لفٹ کے انتظار میں کوریڈور میں آ کر کھڑی ہو گئی۔

————

میرا بقیہ دن ڈھاکہ کو جاننے میں گزر گیا کیونکہ رسیپشنسٹ نے مجھ سے وعدہ کیا تھا کہ وہ کل صبح میرے لیے ہوٹل کی گاڑی اور ایک ڈرائیور کا بندوبست کر دے گی جو مجھے ٹانکیل لے جانے اور واپس ہوٹل لانے کی سروس دے دے گا اور اس میں سب سے اچھی بات یہ تھی کہ اُس ڈرائیور کو بنگلہ کے ساتھ انگریزی زبان پر بھی اچھا عبور حاصل تھا۔ میں ڈھاکہ پہلی بار ہی دیکھ رہی تھی کیونکہ فطری طور پر دو تین سال کی عمر سے پہلے کی مجھے کوئی بھی بات یاد نہیں تھی۔ ڈھاکہ کی گلیوں، سڑکوں بازاروں، پارلیمنٹ بلڈنگ، شہید مینار، ڈھاکہ یونیورسٹی، ڈھاکیشوری مندر، لال باغ قلعہ اور اولڈ ڈھاکہ سٹی دیکھتے ہوئے مجھے لگا جیسے میں کبھی کراچی تو کبھی پرانے لاہور میں گھوم رہی ہوں۔ کہیں ڈھاکہ شہر کے صاف ستھرے علاقے کو دیکھ کر شک آ رہا تھا تو کہیں گندگی اور رش کی وجہ سے متلاہٹ اور حبس کا احساس بھی ہوا مگر ان دونوں باتوں سے بڑھ کر عام بنگالی لوگوں کے دوستانہ مزاج، خوش مزاجی اور

سادگی کی وجہ سے مسلسل ایک اپنائیت کا سا احساس رہا۔ دن دیکھتے ہی دیکھتے گزر گیا، شام ہوٹل واپس پہنچی تو ڈھاکہ شہر اور وہاں کے لوگوں سے ایک عمومی واقفیت اور دوستی ہو چکی تھی۔ فریش ہوئی اور رات کا کھانا کمرے میں ہی منگوالیا، سونے کے لیے لیٹ ہی رہی تھی کہ اچانک کمرے کا فون بجنے لگا۔ ہیلو کہا تو حیران ہو گئی کیونکہ دوسری طرف کوئی اور نہیں بلکہ اسد تھا۔ اُس کی آواز میں ایک بے چینی تھی۔

'تم ڈھاکہ پہنچ گئی اچانک؟ مجھ سے پچھلی ای میل میں اپنے ارادوں کا تذکرہ بھی نہیں کیا تھا اور اب اچانک۔۔۔'

ہیلو اسد، میں نے اُس کی آواز سُن کر خوش ہوتے ہوئے بیچ جملے میں مداخلت کرتے ہوئے کہا، کیسے ہو؟

'تم میری خیریت چھوڑو، یہ بتاؤ کہ تم کس مشکلات میں ہو جو مجھے اس قدر مبہم سی اطلاع دے کر یہاں چلی آئیں۔' اور وہ بھی اکیلی، کم از کم اپنی دوست عطیہ کے ساتھ ہی آجاتی۔'

اسد کے لہجے میں بے چینی کے ساتھ حیرانی بھی تھی، اسی لیے شاید اُس نے کسی بھی بات کی پروا کیے بغیر مجھے فون گھما دیا تھا۔

'ہاں اسد، کیونکہ عطیہ کو ساتھ لانا مشکل تھا، اُس کی اپنی ذمے داریاں ہیں اور پھر یہ سارا معاملہ بہت ہی پرسنل تھا جسے اُس سے شیئر کرنے کا کوئی فائدہ نہیں تھا۔' میں نے اسد کو جواب دیا۔

'مجھے معلوم ہے تم خاصی پر اعتماد اور خود مختار ہو مگر پھر بھی دوسرے ملک میں اکیلے یوں آ جانا مجھے خاصا پریشان کر رہا تھا۔'

اسد نے ہمیشہ کی طرح میرے احساسات کا خیال رکھتے ہوئے اپنی محبت جتائی۔

'اسد میرا ویزہ اچانک آ گیا اور پھر آفس سے بھی اسی ہفتے چھٹی کا بندوبست ہو گیا اس لیے میں نے سوچا نہ جانے پھر ایسا موقع دستیاب ہونے میں کتنا وقت لگے؟'

میں نے اسد کو ایک بار پھر اچانک بنگلہ دیش آنے کی وجہ سمجھانے کی کوشش کی۔

'خیر مجھے امید ہے تم اپنا خیال رکھوگی اور اپنے مقصد میں کامیاب ہو جاؤ گی۔'

اسد نے مجھے حوصلہ دینے کی کوشش کی۔

'اسد، ایک بات پوچھنا چاہتی تھی۔'

اس سے پہلے کے اسد کا فون بند ہوتا، میں نے اُس سوال کو پوچھ لیا جو مجھے کئی دنوں سے تنگ کر رہا تھا۔

اسد خاموش رہا، مجھے لگا جیسے وہ میرے سوال کا انتظار کر رہا تھا۔

'تم واپس کب آؤ گے؟'

'بہت جلد، مجھے پتہ ہے تم بہت بہت مس کر رہی ہو مگر مت بھولو کہ میرا بھی تمھارے بنا بُرا حال ہے۔'

'اسد، مت بھولنا میں ساری زندگی صرف تمھارا انتظار کروں گی۔'

میں نے جیسے دل سے نکال کر ایک ایک لفظ اُس سے کہا۔

اُس نے جواب میں آئی لویو کہا اور پھر لائین ڈراپ ہو گئی۔

میں کچھ دیر ریسیور کو ہاتھ میں پکڑے خالی خالی نظروں سے تکتی رہی مگر جب دوبارہ کال نہیں آئی تو اُسے واپس کریڈل پر رکھ دیا۔

•••

(۱۵)

میں صبح اُٹھی، جلدی جلدی ناشتہ کیا اور فوراً ہی ٹانگیل کے لیے روانہ ہوگئی۔ ٹانگیل کا ڈھاکہ سے راستہ میرے اندازے سے کہیں کم ثابت ہوا۔ میں اُسے دو گھنٹے کا سمجھ رہی تھی مگر وہ محض سوا گھنٹے کا ہی نکلا۔ شاید اُس کی ایک وجہ تو صبح کا وقت تھا اس لیے ہائی وے پر ٹریفک مخالف سمت میں یعنی ٹانگیل سے ڈھاکہ کی جانب زیادہ بہہ رہا تھا اور پھر ان دونوں شہروں کے درمیان کچھ ہی عرصے قبل ایک نئی ہائی وے بنی تھی جس پر ٹریفک کم و بیش نہ ہونے کے برابر تھیں۔ لوہا جنگ دریا کے کنارے پھیلا ہوا یہ شہر کچھ اس طرح چاروں طرف سے سبزے میں گھرا ہوا تھا کہ لگ رہا تھا جیسے کائی پر کوئی بستی اُگ آئی ہو۔ شہر کی فضا میں ایک خوشگوار نمی کا احساس تھا اور ساتھ ہی اُس میں ایک ہلکی سی دھوپ کی خنکی بھی شامل تھی جس میں گرمی کا احساس نہیں تھا مگر راہ چلتی خواتین کاٹن کی رنگین ساڑیاں لپیٹے اور خوش رنگ چھتریاں ہاتھوں میں لیے جگہ جگہ نظر آرہی تھیں۔ شہر کے جس راستے سے ہماری گاڑی گزر رہی تھی وہاں کی کچی پکی سٹرکوں پر بس اور گاڑیاں وغیرہ بہت ہی کم تھیں مگر جگہ جگہ سبز و سیاہ عام رکشے اور سائیکل والے رکشوں کی وجہ سے راستے بھرے ہوئے تھے۔ یہاں پر گلیوں اور بازاروں میں لوگوں کا رش ڈھاکہ کے مقابلے میں کہیں کم تھا اور مگر دکانیں اور مارکیٹ بکنے والی اشیا سے لدی پڑی ہوئی تھیں۔ ٹانگیل کے ماحول اور وہاں کی مجموعی زندگی میں ایک عجیب سی جاذبیت، کشش، سکون اور ٹھہراو تھا جو صرف محسوس کیا جا سکتا تھا۔ ایک ایسی کیفیت اُس شہر میں تھی جس نے وہاں پہنچتے ہی میرا اُس سے ایک رشتہ قائم کر دیا تھا۔ کچھ ہی دیر میں ڈرائیور نے مجھے بتایا کہ

ہم روشن آرا کے فون نمبر والے ایڈریس پر پہنچ گئے ہیں۔ یہ ایک اپارٹمنٹ بلڈنگ تھی جس میں داخل ہونے سے پہلے میں نے روشن آرا کے فون نمبر کو ڈائل کیا تا کہ عبدالمنان صاحب سے ملنے سے پہلے اطلاع دے سکوں مگر کافی دیر تک گھنٹی بجنے کے بعد بھی کسی نے فون نہیں اُٹھایا۔ میں نے ڈرائیور سے گاڑی پارک کرنے کو کہا اور اُس سے اپنے ساتھ بلڈنگ کے ایڈریس تک چلنے کے لیے کہا۔ وہ ایک پرانی فلیٹ کی بلڈنگ تھی جس کا رنگ روغن پرانا ہو کر اُڑ چکا تھا، مین دروازے پر کوئی روک ٹوک نہیں تھی یعنی کوئی بھی شخص منھ اُٹھا کر بلڈنگ میں جا سکتا تھا۔ چوتھی منزل پر یہ ایک کارنر کا فلیٹ تھا جس کی راہداری کے ایک جانب سیمنٹ کی سخت دیوار مگر دوسری طرف لوہے کی جالیاں لگی ہوئی تھی۔ فلیٹ کے دروازے کے باہر بھی جالی کا ایک دروازہ لگا ہوا تھا جس کا کنڈا اندر سے لگا ہوا تھا۔ میں نے دروازے کے باہر لگی ہوئی بیل کئی بار بجائی اور پھر مجھے احساس ہو گیا کہ اُس کے دبانے سے کہیں بھی کوئی آواز پیدا نہیں ہوتی، نہ تو فلیٹ کے اندر اور نہ ہی باہر۔ میں نے جالی والے دروازے کو بجایا تو وہ ایک کمزور آواز کے ساتھ کچھ یوں ہلتا رہا جیسے وہ میری کوشش پر حیران ہو رہا ہو۔ میرے پیچھے کھڑے ہوئے ڈرائیور نے میری ان شائستہ سی اداؤں کو دیکھ کر مسکرا کر مجھے آہستہ سے ایکسکیوز می کہا، جب میں ذرا سا پیچھے سرک گئی تو اُس نے پیروں کے بل کھڑے ہو کر جالی والے دروازے کے اوپری حصے سے اندر کی طرف ہاتھ ڈالا اور کنڈا سرکا کر جالی والا دروازہ کھول دیا۔ اس کے بعد فلیٹ کے دروازے کو اُس نے گاڑی کی چابی سے زور زور سے بجانا شروع کر دیا، کچھ ہی دیر میں دروازے کے پیچھے سے ایک عورت کی منمناتی سی آواز سنائی دی:

Okhane ke؟ (کون ہے؟)

جواب میں ڈرائیور نے زور سے کہا۔

Amara abadulula mananake dekhate ca'i (ہم عبدالمنان سے ملنا چاہتے ہیں۔)

دروازہ کھولے بغیر ہی اُس عورت نے آہستہ سے کہا۔

manana barite ne'i (منان نہیں ہیں۔)

Se kakhana phire asabe (وہ کب واپس لوٹیں گے؟)

ڈرائیور نے پوچھا۔

Sandhyaya (شام میں۔)

اندر سے پھر آہستہ مگر ٹکا سا جواب آ گیا۔

میں نے اشارے سے ڈرائیور سے پوچھا تو اُس نے مجھے ایک جملے میں ہی اپنے اور اُس کے درمیان کی گفتگو سمجھا دی۔

He is not at home. He will be back in the evening

میں نے اُسے روشن آرا کے حوالے سے پوچھنے کے لیے کہا جس پر ڈرائیور نے آواز لگائی۔

Apani ki janena ra'osana ara? (کیا آپ روشن آرا کو جانتی ہیں؟)

یہ سوال سُن کر کچھ دیر کے لیے دروازے کے دوسری طرف خاموشی ہو گئی۔

Amara sathe mariyamera kan'ya phatima'o
achena yara pakistana theke ra'osana arara
sathe dekha karate esechena

(ہمارے ساتھ مریم کی بیٹی فاطمہ ہے جو پاکستان سے روشن آرا سے ملنے آئی ہیں۔)

ڈرائیور نے خاموشی کا فائدہ اُٹھا کر میرے آنے کا مقصد بیان کر دیا۔

دروازے پر خاموشی رہی، مگر پھر کچھ دیر کے بعد ایک دھیمی سی آواز آئی۔

Apani pare asena (آپ بعد میں آ جائیں۔)

Kataksana (کتنی دیر میں؟)

ڈرائیور نے پوچھا۔

Sandhyaya (شام میں۔)

دروازے کے پیچھے سے پھر وہی سرد جواب آ گیا۔

میں نے ڈرائیور کی طرف بوجھل نظروں سے دیکھا تو اُس نے بدلے میں نا امیدی میں کندھے اچکائے اور ہاتھ سے واپس چلنے کا اشارہ کیا۔ ہم دونوں نیچے آ کر گاڑی میں بیٹھ گئے اور سوچنے لگے کہ آیا کہ پورا دن یہاں بیٹھ کر عبدالمنان کا انتظار کیا جائے یا واپس ڈھاکہ نکل جائیں۔ کچھ دیر بعد میں نے ڈرائیور سے کہا۔

میرا نہیں خیال کہ ہمیں یہاں مزید ٹھہرنا چاہیے۔

I don't think we should stay here anymore

ڈرائیور نے جواب میں میری ہاں میں ہاں ملائی۔

ہاں، صرف ایک گھنٹے کی تو ڈرائیو ہے ہم شام میں دوبارہ بھی آ سکتے ہیں۔

Yeah, it's only an hour's drive,
we can come back in the evening

میں نے کہا، چلیں واپس ہوٹل چلتے ہیں۔

let's go back to the hotel

یوں بھی اس وقت صبح کے دس بج رہے تھے، پورا دن شہر میں چکر لگانے اور گاڑی کو اپنے لیے مصروف رکھنے سے کہیں بہتر تھا کہ ہم واپس ہوٹل چلیں جائیں، میں نے دوبارہ سوچا۔ ڈرائیور نے گاڑی دوبارہ ہائی وے کی طرف موڑی اور میں نے بیزاری سے ایک گہرا سانس لیا اور پھر کچھ لمحوں بعد سیٹ سے ٹیک لگا کر گاڑی کی چھت کو چپ چاپ تکنے لگی۔

— — —

ٹانگیل سے واپسی میں ٹریفک قدرے سست تھا مگر پھر بھی ہم بارہ بجے سے پہلے ڈھاکہ واپس پہنچ گئے تھے۔ ہوٹل آ کر مجھ پر تھوڑا سا مایوسی کا دورہ پڑا مگر جلد ہی میں نے حقیقت پسند ہو کر حالات کا تجزیہ شروع کر دیا اور اس نتیجے پر پہنچی کہ عبدالمنان اور اُس عورت کا رویہ کچھ ایسا غیر فطری بھی نہیں تھا۔ ظاہر ہے انھوں نے مجھ سے یا کسی سے بھی ملنے کی کوئی ذمے داری

تو نہیں لی ہوئی تھی جو ہر حال میں مجھ کو وقت دیتے یا ضرور ملتے۔ یہ تو میں ہی تھی جو اپنے لحاظ سے یک طرفہ پلان بنا کر پاکستان سے یہاں چلی آئی تھی، اب یہ ضروری تو نہیں تھا کہ ہر شے میرے ارادے کے مطابق ہی ہوتی چلی جائے؟ میں یہاں برسوں پُرانے تعلقات ڈھونڈنے چلی آئی ہوں اور کسے معلوم وہ کتنے سنجیدہ معاملات تھے؟ خیالات کی ٹرین میرے دماغ میں چلنے لگی۔ یہ بھی تو ہوسکتا ہے کہ امی کو وہ تصاویر کسی سے بھی مل گئی ہوں اور میں یونہی اُن میں معنی ڈھونڈ رہی ہوں اور اسی چکر میں ذوسیہ اور اُس کی فیملی کے پرسنل واقعات کو سُن کر خود کو پریشان کر رہی ہوں؟ یہ بھی تو ہوسکتا ہے میں اس وقت بھی اپنا وقت اور پیسہ یونہی ضائع کر رہی ہوں؟ جوں جوں میں زیادہ حقیقت سے اس معاملے کے بارے میں سوچنے لگی تو مجھے عبدالمنان اور اُس عورت کے تعاون نہ کرنے کے بجائے خود کی حماقتوں پر حیرت سی ہونے لگی۔ آخر میں کیسے اس بات کو اتنی آگے تک سوچ سکتی ہوں اور پھر اس کے پیچھے پیچھے بنگلہ دیش تک آ سکتی ہوں؟ مگر پھر امی نے کیوں اُن تصاویر اور خطوط کو بیس برس تک اپنی ڈائری میں سنبھال کے رکھا؟ میرے خیالات کی ٹرین پھر مخالف سمت میں چلنے لگی۔ آخر کیوں قبرستان میں وہ عجیب سا شخص ان تصویروں پر جھپٹا تھا؟ مجھے چاہیے تھا کہ ذوسیہ سے پیٹر کے بارے میں مزید معلومات حاصل کرتی اور امی کی ڈائری والے صفحات کا پھر تجزیہ کرتی۔ ویسے یہ وہی تو پیٹر تھا جو مشرقی پاکستان آیا تھا کیونکہ ذوسیہ اور امی دونوں کے پاس ایک ہی پیٹر کی تصویریں تھی۔ امی کے خطوط میں ذوسیہ نے صاف طور پر پیٹر سے مشرقی پاکستان کی جنگ میں شامل ہونے پر برہمی کا اظہار کیا تھا۔ میرے خیالات ایک بار پھر میرے فیصلوں کے حق میں چلنے لگے، نہیں نہیں میں یونہی یہاں تک نہیں آئی ہوں، میں نے اپنے آپ کو سمجھایا۔ مجھے یقین ہے کہ میں اس ساری گتھی کو سلجھا لوں گی۔ مایوسی اور بیزاری کے بادل پھر سے چھٹنے لگے۔ اور پھر مجھے اچانک ایک نیا خیال آیا اور میں نے فوراً اپنے پرس میں سے کلپنا دت کا وزٹنگ کارڈ ڈھونڈ کر نکالا اور ہوٹل کی لابی کا نمبر ملا کر انھیں کلپنا کا نمبر ملانے کے لیے کہا۔ ہیلو کی آواز سن کر میں نے کلپنا کو اپنی کل کی ملاقات یاد دلائی اور اُس

سے ملنے کے لیے ٹائم مانگا۔ کلپنا نے مجھے فوراً ہی پہچان لیا اور مجھے بتایا کہ آج سارا دن وہ لبریشن وار میوزیم میں ہوگی۔ اُس نے مجھ سے کہا کہ اگر میں چاہوں تو میں اُس سے وہاں دو بجے آ کر مل سکتی ہوں۔ میں نے لیپ ٹاپ پر دیکھا ہوٹل سے میوزیم تک کا راستہ صرف پچیس منٹ کا ہی تھا، میں نے کچن فون ملا کر لنچ کے لیے کمرے میں ہی آرڈر کر دیا اور اب تک کی تھکن سے فریش ہونے کے لیے باتھ روم میں چلی گئی۔

— — —

لبریشن وار میوزیم پر اُتر کر میں نے ڈرائیور سے کہا کہ میں کام ختم ہونے پر اُسے ڈائریکٹ کال کر کے بُلا لوں گی۔ میں نئی جگہ اور خصوصاً بنگلہ زبان سے ناواقفیت کی وجہ سے ہوٹل کی رائیڈ کو عام ٹیکسی سے بہتر تصور کر رہی تھی۔ لبریشن وار میوزیم کی عمارت میں ایک سوگواری کی کیفیت تھی لگتا تھا جیسے اُس کے سیمنٹ اور گارے میں بنگلہ دیش کے باسیوں کے آنسو شامل تھے۔ اُس کی دیواروں کی رنگت اُڑی اُڑی سی تھی جیسے اُس کے چونے میں ٹوٹے ہوئے دلوں کی کرچیاں اُتری ہوئی تھی۔ اُس کی فضا میں دبی دبی آہوں اور سسکیوں کی آوازیں گونج رہی تھیں۔ میں نے وقت دیکھا تو اُس وقت تقریباً دو بج چکے تھے۔ میں نے ڈیسک پر موجود ایک خاتون سے کلپنا کے آفس کا پوچھا تو اُس نے مجھے میوزیم سے متصل بلڈنگ کی طرف جانے کا اشارہ کیا۔ میں جونہی اُس کے آفس کی طرف بڑھی ہی تھی کہ وہ مجھے دور سے چند لوگوں کے ساتھ دکھائی دی جو چلیوں میں غیر ملکی ویزٹرز محسوس ہوئے۔ اُس کی نظر مجھ پر پڑی تو اُس نے مجھے ہیں سے ہاتھ ہلا کر ہیلو کہا اور اپنی طرف آنے کا اشارہ کیا۔ میں نے دیکھا وہ ویزٹرز کو میوزیم کے بارے میں تفصیلات بتا رہی تھی، اُس نے درمیان میں اپنی بات روک کر میرا تعارف وہاں موجود لوگوں سے کروایا اور ساتھ ہی مجھے بھی اُن کے ساتھ میوزیم دیکھنے کی دعوت دے دی۔ وہاں موجود کم و بیش تمام ویزٹرز یورپین تھے جو اپنی عمر اور حلیہ کے لحاظ سے کسی یونیورسٹی کے طالب علم لگ رہے تھے۔ ہم سب میوزیم

کی مختلف گیلریز سے گزر رہے تھے اور کلپنا ایک کے بعد ایک اُن کے بارے میں گروپ کو بتاتی جا رہی تھی۔ پہلے فلور پر وہ بنگلہ دیش کی ابتدائی تاریخ، انڈیا کی آزادی کی جنگ میں برطانوی سامراج کے خلاف بنگالیوں کی مسلح و غیر مسلح جدوجہد پر بات کرتی رہی اور وہاں موجود یورپین طالب علم استعماری دور کے حوالے سے اُس جدوجہد کا مقابلہ کئی ایک انقلابات سے کرتے رہے۔ جب ہم میوزیم کے اگلے فلور پر پہنچے تو بنگالی زبان کی موومنٹ، شیخ مجیب الرحمان کی تحریک، 52 میں ڈھاکہ یونیورسٹی کے طالب علموں کا قتل اور پھر مغربی پاکستان میں ری ایکشن اور قومی زبان کے مسائل پر سوال و جوابات کا سلسلہ شروع ہو گیا۔ میں نے دیکھا کلپنا پورے تحمل اور تفصیل سے ان موضوعات پر بہت دوستانہ انداز میں باتیں کر رہی تھی۔ سچ تو یہ ہے کہ میں اُس کی شخصیت کے سحر میں اوروں کی طرح گرفتار ہوتی جا رہی تھی۔ اور پھر جب وہ میوزیم کی اگلی گیلری میں پہنچی تو وہ اکہتر میں ہونے والی پاکستانی انواج کی مکتی باہمی سے گوریلا جنگ، لاکھوں نہتے بنگالیوں کا قتل عام اور عورتوں کی عصمت دری کے واقعات پر تصاویر، جسموں اور ہتھیاروں کو اشارے سے دکھاتے ہوئے اُس کی تاریخ کا ذکر کرنے لگی۔ اُس کے لفظ آہستہ آہستہ میرے کانوں تک پہنچ کر اپنی شکل بدلنے لگے وہ دھوئیں کے مرغولے بن کر میری نظروں کے سامنے اُڑنے لگے اور اُن میں عورتوں اور بچوں کی سسکیاں اور رونے کی آوازیں پیدا ہونے لگیں۔ میں جوں جوں وہاں رکھے شو کیسوں میں پڑی درجنوں کھوپڑیوں اور ہڈیوں کے پاس سے گزری تو مجھے خود سے شرم آنے لگی، مجھے لگا میں جیسے اس سارے جرم میں شریک ہوں۔ میں نے سر جھکا کر اپنے پیروں کو دیکھا اور سوچا نہیں، میں تو بنگال میں پیدا ہوئی تھی میں بھلا کیوں خود کو الزام دوں؟ مجھے لگا بس یہی ایک حقیقت ہے جو مجھے خود کو خجل ہونے سے بچانے میں مدد کر رہی ہے مگر پھر بھی نہ جانے کیوں مجھے اُس وقت بڑی شدت سے فیض کے یہ شعر یاد آ رہے تھے:

ہم کہ ٹھہرے اجنبی اتنی مداراتوں کے بعد

پھر بنیں گے آشنا کتنی ملاقاتوں کے بعد

کب نظر میں آئے گی بے داغ سبزے کی بہار

خون کے دھبے دھلیں گے کتنی برساتوں کے بعد

تھے بہت بے درد لمحے ختمِ دردِ عشق کے

تھیں بہت بے مہر صبحیں مہرباں راتوں کے بعد

دل تو چاہا پر شکستِ دل نے مہلت ہی نہ دی

کچھ گلے شکوے بھی کر لیتے مناجاتوں کے بعد

اُن سے جو کہنے گئے تھے فیض جاں صدقہ کیے

ان کہی ہی رہ گئی وہ بات سب باتوں کے بعد

— — —

یورپین طالب علموں کے وزٹ کے بعد کلپنا مجھے لے کر آفس آ گئی۔ اُس نے مجھے
کرسی پر بیٹھنے کا اشارہ کیا اور مجھے چائے کی آفر کر کے میرے ملنے کا سبب پوچھا۔
'کہیے میں آپ کی کیا مدد کر سکتی ہوں؟'

So how may I help you?

میں نے کلپنا کو اپنی امی کی بنگلہ دیش سے پاکستان ہجرت، اُن کی ڈائری، تصاویر،
روشن آرا، شمشاد بیگم کے فون حتیٰ کے ذوسیہ اور پیٹر سب کی روداد سنا دی اور پھر اُس سے
پوچھا۔
'تو کیا تم اس گتھی کو سلجھانے میں میری کچھ مدد کر سکتی ہو؟'

Can you help me solve this puzzle?

'یہ ایک بہت پیچیدہ اور مشکل معاملہ ہے فاطمہ۔'

This is a very difficult matter, Fatima

کلپنا نے جواب میں کہا۔

'یہ نوے ہزار فوجیوں کا معاملہ تھا اور اس بات کو ایک بڑا عرصہ گزر چکا ہے۔ کون اُس لسٹ میں اس شخص کے نام کو ڈھونڈے گا؟'

It was a matter of ninety thousand soldiers and
Who will look through it's been a long time
such a long list for this name?

'بشرطیکہ ایسی کوئی لسٹ موجود بھی ہو؟'

Provided such a list even exists

'اونہہ!' میں نے اُس کی بات سُن کر کہا اور چائے کا آخری گھونٹ لے کر کہا۔

'اچھا پھر میں چلتی ہوں۔ Let me leave then

سوری، کلپنا نے کچھ سیکنڈز کے بعد مجھ سے پوچھا۔

'کیا تم ہوٹل واپس جاؤ گی؟'

Will you go back to the hotel?

ہاں، میں نے کہا تو کلپنا نے مجھے رائیڈ کی آفر کر دی۔

'مجھے بھی اُسی طرف جانا ہے۔' I'm going the same way

راستے میں جاتے ہوئے کلپنا میرے ہی بارے میں دیر تک باتیں کرتی رہی، شاید وہ میرے مسئلہ کو اور سمجھنے کی کوشش کر رہی تھی۔ یہی وجہ تھی کہ جب ہم ہوٹل پہنچے تو اُس نے کہا۔

میرے پاس ایک اور آئیڈیا ہے اگر تم چاہو تو ہم اس کو کل ٹرائی کر سکتے ہیں؟'

I have another idea, if you agree, we can try it

tomorrow

اور میں خود سے پوچھ رہی تھی کہ اس وقت میرے پاس سوائے حامی بھرنے کے کیا کوئی اور آئیڈیا ہے؟

•••

(۱۶)

اگلے روز صبح ہی صبح اسد کی پھر کال آگئی۔ مجھے اندازہ تھا کہ وہ میرے بنگلہ دیش میں رہنے کی وجہ سے ایک مسلسل بے چینی کا شکار تھا۔ اِدھر اُدھر کی باتیں کرنے کے بعد وہ مجھ سے پوچھنے لگا کہ میں اپنے مقصد میں کس قدر کامیاب ہو پائی ہوں؟ اُس کا خیال تھا کہ میرا سفر ممکن ہے میرے دماغ کے اختراع کے سوا کچھ نہیں۔ یہ وہی بات تھی جس میں کئی بار خود سے الجھ چکی تھی اس لیے مجھے اُس کے خیال سے کچھ خاص پریشانی نہیں ہوئی۔ باتوں ہی باتوں میں اُس کے منہ سے نکل گیا کہ وہ چند دن اور جموں کشمیر میں رہے گا اور یہ سُن کر میں حیران ہو گئی کیونکہ جموں کشمیر میں تو اس وقت چاروں طرف ہندوستانی فوج موجود تھی۔ میں نے اسد سے کہا کیا میں تم سے کچھ پوچھ سکتی ہوں؟

’’ہاں ہاں کیوں نہیں، میں واٹس ایپ استعمال کر رہا ہوں۔‘‘ اسد نے مجھے بتا دیا۔

مجھے معلوم تھا کہ عموماً واٹس ایپ کی کالز ٹریس نہیں ہو پاتی تھی اسی لیے فوج میں اس کے استعمال میں پابندی تھی اور اب چونکہ اسد جموں کشمیر میں تھا اس لیے اُسے صرف واٹس ایپ ہی کے استعمال کی تاکید کی گئی تھی۔ میں نے اسد سے براہ راست پوچھ لیا۔

’’کیا تم یہاں ہندوستانی فوج کے ساتھ جھڑپوں میں شامل ہو؟‘‘

’’فاطمہ یہ سب یہاں بارڈر پر بھی چلتا ہے اور سرحد کے پار بھی۔‘‘

اسد نے جواب دیا۔

’’اور جو عام کشمیری اس کی زد میں آتے ہیں؟‘‘

میں نے پوچھا۔

'اس سے ہی تو انٹرنیشنل پریس سے کشمیر کی خبریں بنتی ہیں اور انڈیا اور پاکستان میڈیا وار لڑتے ہیں۔'

اسد نے مجھے مزید بتایا۔

'دیکھو یہ سلسلہ نیا نہیں ہے، لائن آف کنٹرول پر دونوں اطراف کی فوجیں ایسی چھوٹی موٹی جھڑپیں مسلسل کرتی رہتی ہیں۔ اسے ایک طرح کا انٹر اسٹیبلشمنٹ خاموش کانٹریکٹ ہی سمجھ لو، یہ سب بس پاور گیم کا حصہ ہے۔ اگر یہ جھڑپیں نہ ہوں تو اپنے اپنے ملکوں میں افواج کے بجٹ اور اُن کا سیاسی اثر رسوخ اور طاقت ختم ہو جائے گی۔ دنیا ہمیشہ سے رنگ، نسل، مذہب، قومیت اور اقتصادیات کے گھیٹوز میں بند ہے اور یہ سارے جھگڑے پھر انھیں دیواروں کے پیچھے سے نکل کر آتے ہیں۔'

میں سب کچھ خاموشی سے سنتی رہی اور جونہی اُس کا جملہ مکمل ہوا میں نے کہا۔

'اور جو معصوم لوگوں کا قتل عام ہوتا ہے، عورتوں کی عصمت دری اور بچے یتیم ہوتے ہیں، در بدر ہوتے ہیں، یہ سب کیا؟'

اسد نے ایک گہری سانس بھری اور کہا۔

'فاطمہ سچ تو یہ ہے کہ دنیا میں صرف دو ہی طبقات ہیں ایک ظالم اور دوسرا مظلوم، دنیا کی تاریخ بس ان ہی دو طبقات میں بٹی ہوئی ہے۔'

'اور تم کس کے ساتھ ہو؟'

میں نے اس بار اسد سے براہ راست پوچھ لیا۔

اسد جو کچھ دیر سے مسلسل بول رہا تھا، اُس کی طرف اب خاموشی تھی۔

'کہو نا، تم کس کے ساتھ ہو، تم ظالموں کے ساتھ ہو یا مظلوموں کے ساتھ؟'

میں نے پھر سوال دہرایا۔

'تم گھیٹوز کی دیواریں بڑھاؤ گے یا انھیں گراؤ گے؟'

اسد ابھی بھی خاموش تھا، شاید اسے مجھ سے اس سوال کی توقع نہیں تھی۔

''اسد اگر تم مظلوموں کے ساتھ ہو تو میرے ساتھ ہو، اگر تم ان گھیٹوز کی دیواروں کو گرانے والوں میں ہو تو میرے ساتھ ہو، اگر تم آنسوؤں کو پونچھنے والوں میں ہو تو میرے ساتھ ہو، ورنہ ہم ساتھ نہیں ہیں، اسد مجھے تمھارے جواب کا انتظار رہے گا۔''

یہ کہہ کر میں نے فون بند کر دیا۔

کچھ دیر بعد میں تیار ہو کر نیچے لاؤنج میں آ گئی اور پھر رسپشن ڈیسک پر کلپنا کے لیے میسج چھوڑ کر کیفے میں ناشتے کے لیے آ بیٹھی۔

————

مجھ کو اُس وقت ایک خوشگوار سی حیرت کا سامنا ہوا جب میں نے کلپنا کو کیفے ٹیریا میں کچھ لوگوں کے ساتھ محو گفتگو پایا۔ مجھے لگا جیسے وہ مجھ سے پہلے ہی کیفے آ گئی تھی مگر کافی کی لائین میں ہونے کی وجہ سے میری نظروں سے اوجھل تھی۔ مجھ کو دیکھتے ہی اُس نے مجھے دور سے ہی ہاتھ ہلا کر متوجہ کیا اور اپنی ٹیبل کی طرف آنے کا اشارہ دیا۔ کلپنا نے مجھے بتایا کہ وہ کچھ دیر پہلے ہی ہوٹل پہنچی تھی اور میرے کمرے کی طرف آنے کے بجائے پہلے مجھے دیکھنے کیفے ٹیریا پہنچ گئی تھی۔ ناشتے کے دوران اُس نے بتایا کہ وہ آفس سے وقت نکال کر سینٹرل لائبریری ریسرچ سیل، سیکوریٹی انٹیلی جنس ڈھاکہ اور HRB کے آفس میں کچھ لوگوں سے ملنے کی کوشش کرے گی جن میں سے کچھ کو وہ ذاتی طور پر جانتی بھی ہے۔ مجھے اچھا لگا کہ کلپنا نے سنجیدگی سے میرے زندگی کے واقعہ اور تشویش کو لیا اور اُسے محض میری قیاس آرائی سمجھ کر مجھے نظر انداز نہیں کر دیا کیونکہ کل شام مجھے اُس سے بات کر کے کچھ دیر کے لیے یوں لگا تھا کہ جیسے وہ محض میرے اطمینان کی خاطر مجھے تسلیاں دے رہی تھی۔

کچھ ہی دیر میں ہماری گاڑی قاضی نذر الاسلام ایونیو پر آہستہ آہستہ رینگ رہی تھی کیونکہ ہماری تمام تر جلد بازی کے باوجود بھی صبح سویرے ہی رکشوں، بسوں، گاڑیوں اور

لاریوں کے ہجوم نے ہمیں چاروں جانب سے گھیرا ہوا تھا۔ ٹریفک بے انتہا سست تھا اور میں دیکھ رہی تھی کہ شاہراہ کے دونوں اطراف کی فٹ پاتھ پر لوگ اپنی اپنی منزلوں کی طرف کم و بیش دوڑتے ہوئے تیز تیز چل رہے تھے جیسے انھیں اپنی منزلوں پر وقت پر پہنچنے کی جلدی ہو۔ مجھے احساس ہو رہا تھا کہ ہمارے اردگرد کا خراماں خراماں چلتا ہوا گاڑیوں کا ہجوم در حقیقت اُن لوگوں ہی کی طرح اپنی منزلوں کی طرف پہنچنے میں اپنی تیز ترین رفتار کی حالت میں ہی ہے۔ بس گاڑی کے اندر اور باہر سے یہ مناظر اپنے اردگرد کے لحاظ سے مختلف نظر آ رہے ہیں۔ سڑک کے دونوں جانب موجود کئی منزلہ دفاتر، ہائی ریز اپارٹمنٹ بلڈنگز، دکانیں، بینک، ایجوکیشنل سینٹرز اور شاپنگ مالز وغیرہ مجھے کراچی کی شاہراہ فیصل یا لاہور کی مال روڈ پر ہونے کا بھی احساس دے رہے تھے۔ وہی سڑک پر گاڑیوں بسوں اور رکشوں کا شور اور دھواں، وہی عمارتوں کے اطراف پھیلی ہوئی کاروباری گہما گہمی اور ہنگامہ اور وہی فٹ پاتھ پر دوڑتے ہوئے لوگوں کے چہروں پر بے چینی اور پریشانی، مجھے کہیں سے نہیں لگ رہا تھا کہ میں اس وقت کسی اور ملک میں ہوں۔ اچانک کلپنا کے ایک جملے نے مجھے باہر کے شہر سے گاڑی کے اندر کی دنیا میں کھینچ لیا اور میں پاکستان سے بنگلہ دیش میں واپس آ گئی۔

''تو ان دو چار دنوں میں تمہیں ڈھاکہ کیسا لگا؟''

How did you feel about Bangladesh in those two
or four days?

اس سے قبل کہ میں کچھ بولتی اُس نے اپنے جملے کو بہتر کرنے کی کوشش کی۔

''مجھے معلوم ہے دو چار دن تو بہت ہی کم وقت ہے کسی شہر کے بارے میں رائے قائم کرنے کے لیے مگر پھر بھی؟''

I know its a very short time to develop an
opinion but still?

''مجھے ابھی ابھی تمھارے پوچھنے سے ہی احساس ہوا کہ میں کراچی یا لاہور کی جگہ ڈھاکہ میں ہوں۔''

I just realized from your asking that I am in

orLahore instead of Karachi   Dhaka

میں جو سوچ رہی تھی وہ ہی کہہ بھی دیا۔

'ہاں ٹھیک کہہ رہی ہو۔ ہم میں سوائے زبان کے کیا فرق ہے وہی معاشرت، وہی رسوم ورواج، وہی اخلاقیات اور وہی مذہب۔'

Yeah, you're right, other than language we aren't so different. Our cultures, customs, values, and religion are the same.

اُس نے آگے سے گزرتے ہوئے ایک ٹرک کی غلط اوورٹیکنگ پر ہارن بجاتے ہوئے کہا۔

'ٹھیک کہہ رہی ہو۔' میں نے یونہی اُس کے جملے میں دو چار لفظوں کا اور اضافہ کر دیا۔ 'وہی کرپشن، وہی سیاسی و عسکری مسائل وہی مذہبی انتہا پسندی اور وہی عوام میں جہالت اور غربت۔'

You are right, the same corruption, political and military issues, religious extremism, and the same iliteracy and poverty.

'ہاں یہ ابھی بھی ہمارے یہاں ہیں، مگر ہم نے پاکستان کی تاریخ اور خصوصاً 71 کی لبریشن سے بہت کچھ سیکھا ہے اور سنجیدگی سے ان مسائل سے نمٹ رہے ہیں۔ اب ہمارے یہاں حالات بہتر سے بہتر ہوتے جا رہے ہیں، اگر تم معاشی اور سماجی انڈیکس پر نظر ڈالو اور اُس کا پاکستان سے مقابلہ کرو تو تم میری بات کی تائید کرو گی۔'

Yeah, these things are still going on in our society. But we've learned a lot from Pakistan's history, especially from the Liberation War of 1971, and we are seriously solving these issues. We are improving every day. If you were to look at the social and economical indexes and compared them with Pakistan, you can see what I mean.

کلپنا نے گاڑی کو بیگم رقیہ ایونیو کی طرف موڑتے ہوئے اپنی بات آگے بڑھائی۔

'لیکن مجھے نہیں معلوم پاکستان نے 71 کی لبریشن وار یا سقوط ڈھاکہ سے کیا سیکھا؟'

But I don't know if Pakistan's learned any lesson from '71's Liberation War and the partition of Pakistan

میں چپ رہی شاید اس لیے کہ مجھے اس کا جواب اچھی طرح سے پتہ تھا یا شاید میں اس وقت کوئی فریق بننے سے کترا رہی تھی مگر یہ سچ تھا کہ مجھے پاکستان کی داخلی اور بین الاقوامی سیاسی پالیسیز پر ہمیشہ سے ہی تشویش رہتی تھی کیونکہ مجھے یقین تھا کہ پاکستان کی معاشی بربادی میں سے یہ اُن میں سے دو بنیادی کیلیں تھیں جو پچھلے 74 برسوں سے ہمیشہ سے غلط جگہوں پر ہی ٹھوکی گئیں تھیں۔

میں نے سیاسی بحث کو اگنور کرنے کے خاطر کلپنا سے کہا،

'ہاں تم شاید ٹھیک ہی کہہ رہی ہو، کیا میں تم سے کچھ پرسنل سوال پوچھ سکتی ہوں؟'

Yeah, you may be right. Can I ask you something personal?

'ہاں ہاں کیوں نہیں، ویسے مجھے پتہ ہے تم کیا پوچھنے والی ہو، کیوں کہ ہم لڑکیاں چاہے کسی بھی دنیا کی ہو عموماً ایک جیسا ہی سوچتی ہیں۔' اُس نے ہنستے ہوئے کہا۔

Yeah, why not? But I know what you are going to ask, because we girls can be from anywhere but we still think the same.

'یہی نا کہ کیا میری شادی ہوگئی ہے؟ اور میرے کتنے بچے ہیں؟'

You're asking whether I'm married and how many kids I have, right?

میرے ہونٹوں پر اُس کی بات سُن کر مسکراہٹ پھیل گئی۔

'ہاں، میری شادی ہوچکی ہے اور میرے دو بچے بھی ہیں اور ایک اور بات میرے شوہر اردن دت سیکیوریٹی انٹیلی جنس ڈھاکہ سے اٹیچ ہیں۔ میں نے کل رات ارون سے تمھارے بارے میں بات کی تھی اور وہ کہہ رہے تھے کہ یہ بات بہت پرانی ہے مگر وہ اپنے

طور پر اس کی جانکاری کرنے کی کوشش کریں گے۔ سچ تو یہ ہے فاطمہ وہ بہت پُرامید نہیں ہیں مگر وہ سسٹم میں پیٹر کاسونوا کا نام ڈال کر دیکھیں گے اگر کہیں ٹریپ ہو گیا تو شاید کچھ بیک گراونڈ کا اندازہ ہو جائے گا'

Yeah, I'm married, and I have two kids. My husband, Arun Datt, is attached to Dhaka Security Intelligence. I spoke to him about you last night, and he said that it's a matter of some time ago, but he'd look into it on his own. To be honest, Fatima, he's not very hopeful that he'll find anything, but he'll put Peter Casonva's name into the system and will see if it's entrapped anywhere so we can get his background

'یہ بھی بہت کچھ ہے جو تم میرے لیے کر رہی ہو'

You're already doing a lot for me.

میں نے شکر گزاری سے اُسے دیکھتے ہوئے کہا۔

'نہیں شکریہ کی ضرورت نہیں ہے، مجھے خوشی ہوگی جو میں تمھارے کسی کام آ سکی'

No need for thanks. I'm happy I could help you.

کلپنا نے لبریش وار میوزیم کی پارکنگ میں اپنا کارڈ سوئنگ کرتے ہوئے پھاٹک کو کھلتے ہوئے دیکھ کر مجھے جواب دیا۔

آفس پہنچ کر کلپنا نے اپنے آج کے اسائنمنٹس پر نظر ڈالی اور فون پر سیکریٹری سے سینٹرل لائبریری ڈھاکہ ریسرچ سیل اور ہیومن رائٹس بنگلہ دیش کے ڈھاکہ آفس سے اپائنٹمنٹ کے لیے ٹائم لینے کے لیے کہا۔ جس دوران میں اُس کے کمرے میں بیٹھ کر میگزین وغیرہ کے صفحات پلٹ رہی تھی، وہ اپنے آفس کے کام نمٹانے میں مصروف رہی۔ اس دوران اُس نے مجھے بتایا کہ اگلے چند گھنٹوں کے لیے وہ ایک پریزنٹیشن کے سلسلے میں ڈھاکہ یونیورسٹی بھی جانے والی ہے جہاں سے سینٹرل لائبریری کا فاصلہ چند منٹوں پر ہی

ہے۔ کچھ ہی دیر میں کلپنا کی سیکریٹری نے اُسے فون پر کہا کہ اُسے بارہ بجے سینٹرل لائبریری کے لیے اور ساڑھے تین بجے ہیومن رائٹس کے آفس ڈائریکٹر سے ملنے کے لیے اپائنٹمنٹ ٹائم مل گیا ہے۔ اگلے دو گھنٹوں میں کلپنا اپنے آفس کے کاموں سے فارغ ہوگئی اور میں نے لبریشن میوزیم کا ایک اور چکر لگا لیا اور پھر وہ مجھے لے کر ڈھاکہ یونیورسٹی پہنچ گئی جو اُس کے آفس سے صرف بیس منٹ کے ہی فاصلے پر تھی۔

میں یونیورسٹی کی راہداری سے گزرتے ہوئے سوچ رہی تھی کہ کسی علمی ادارے یا تعلیمی درسگاہ کا تعمیری ڈھانچہ اور رنگ و روغن چاہے کتنا ہی پرانا ہوجائے، وہاں کے درختوں اور پودوں کی قسمیں کتنی ہی الگ دکھائی دیں اور طالب علموں کے اوڑھنے، پہناوے، بات کرنے کا لہجہ اور زبان کتنی ہی مختلف نظر آئیں مگر اُن کی لذت اور چاشنی تو ہمیشہ ایک سی ہی رہتی ہیں۔

کلپنا کی پریزینٹیشن پولیٹیکل ڈپارٹمنٹ کے آڈیٹوریم میں تھی جہاں اُسے 71 کی لبریشن وار کے نتائج میں پیدا ہونے والے یتیم اور لے پالک بچوں کی نفسیاتی حالت پر لیکچر دینا تھا۔ میں طالب علموں کو آگے جگہ دینے کے خاطر آخری قطار میں جا کر بیٹھ گئی، کچھ ہی دیر میں اُس کی ابتدائی تعارفی تقریر کے بعد آڈیٹوریم کی لائٹس آف کردی گئیں اور اسکرین پر بی بی سی کی آدھے گھنٹے کی بنگالی جینو سائٹ پر ایک ڈاکومنٹری دکھائی گئی جس کے بعد کلپنا نے کئی ایک یتیم اور لے پالک بچوں کی تصاویر اسکرین پر دکھائی جو مختلف ہسپتالوں میں پیدا ہوئے، شیلٹر ہومز میں منتقل ہوئے اور یتیم خانوں میں بڑے ہوئے تھے۔ پریزینٹیشن کے تیسرے حصے میں جب اُس نے اُن بچوں کے ذہنی امراض کا ذکر کیا تو میرا ذہن بھٹکتا ہوا زوسیہ کے قصے کی طرف چلا گیا اور میں سوچنے لگی ممکن ہے بچپن میں زوسیہ، جوہان، سیلینا، جیکب اور ایڈن اپنے رنگ روپ اور قد کاٹھ میں ان بنگالی بچوں سے مختلف نظر آتے ہوں گے مگر اُن کی نفسیاتی شکلیں تو ہو بہو اِن ہی بچوں کے جیسی ہوں گی۔ ٹوٹی پھوٹی اور ریزہ ریزہ۔

لیکچر کے فوراً بعد کلپنا نے مجھے اسٹیج سے اترتے ہوئے اپنی رسٹ واچ کی طرف اشارہ کرتے ہوئے ہاتھ ہلایا جس کا مطلب تھا کہ ہمیں یونیورسٹی سے فٹافٹ نکلنا ہوگا کیونکہ بارہ بجنے میں کچھ منٹ ہی رہ گئے تھے۔ کچھ دیر کی تیز واک کے بعد ہم دونوں سینٹرل لائبریری کے ریسرچ سیل میں ایک بزرگ لائبریرین کے سامنے بیٹھے ہوئے تھے۔ کلپنا نے راستے میں مجھے بتایا تھا کہ ڈاکٹر محمود الحسن محض ایک لائبریرین نہیں ہیں بلکہ وہ ہسٹری کے ریٹائرڈ پروفیسر اور کئی ایک کتابوں کے مصنف ہیں۔ لائبریرین کا کام تو وہ محض اپنے شوق کی خاطر یونیورسٹی کے لیے کر دیتے ہیں۔ کلپنا سے میری پوری کہانی سننے کے بعد اُنھوں نے اپنے گنجے سر پر ہاتھ پھیرا اور پھر میری طرف دیکھتے ہوئے اُسے کچھ بنگالی میں کہا جسے جاننے کے لیے میں نے کلپنا سے انگریزی میں ترجمہ کرنے کے لیے نہیں کہا کیونکہ مجھے اُن کے چہرے کے تاثرات اور بولنے کے انداز سے ہی اس بات کا مطلب سمجھ میں آ گیا تھا کہ میری تصویروں اور خطوط کے لحاظ سے تشویش قطعی ایک غیر سنجیدہ سی بات اور وقت کا زیاں ہے۔ وہ سمجھ رہے تھے کہ شاید کلپنا کسی اہم تاریخی موضوع پر اُن سے کچھ علمی مدد وغیرہ چاہتی ہے اور میں جھنجلاہٹ کی ماری یہ سمجھ رہی تھی کہ وہ بس ایک جھکی اور میڈیا اور کر سے ریٹائرڈ پروفیسر تھے جنھوں نے میری بات اور تشویش کو سنے بغیر ہی اپنی رائے ہی بنا کر اُسے مکمل طور پر رد کر دیا تھا۔

'کیا تم بھی ایسا ہی سمجھتی ہو؟'

Do you think the same way?

میں نے واپسی میں کلپنا سے پوچھا تو اُس نے فوراً کہا۔

'نہیں فاطمہ، ہرگز نہیں۔ اگر ایسا ہوتا تو میں بھلا تمھارے لیے کیوں ایک ہسٹری کے پروفیسر اور ہیومن رائٹس کے آفس سے مدد لینے کی کوشش کرتی؟'

Not at all, Fatima, if that was the case why would have I talked to a history professor or the Office of Human Rights for you?

'اچھا ایک بات کہو کلپنا۔' میں نے گاڑی سے باہر ٹریفک کی طرف دیکھتے ہوئے کہا۔ 'اگر تمہیں میری طرح اپنی گزری ہوئی ماں کے پاس سے ایسی تصاویر اور خطوط ملتے تو کیا تم اس کا بیک گراونڈ جاننے کی کوشش نہیں کرتی؟'

Okay, tell me something, Kalupna, if you find any letters and photos from your mother after her death, like I have, wouldn't you also try to find out more about their background?

'ہاں میں بھی شاید کرتی، مگر مت بھولو یہ ہماری تمھاری عمر کا تقاضا بھی ہے کہ ہم نو جوانی میں اکثر کچھ نہ کچھ ایکسائٹمنٹ کرنے میں مبتلا رہتے ہیں اور اس خوش فہمی میں رہتے ہیں کہ جیسے آج شام میں جیسے کچھ نیا ہونے والا ہے مگر جب ہم بوڑھے ہونے لگتے ہیں تو ہماری یہ غلط فہمی بھی بالآخر دور ہو جاتی ہے۔

Yeah, I would've done the same thing, but don't forget that this is also a part of our age. In our youth, we are always involved in some sort of excitement, and live in the hope of something new happening every evening. But as we start to grow up, we start to lose this misconception.

کلپنا نے ایک ہی جملے میں ڈاکٹر محمود الحسن کی عزت اور میرا دل رکھنے کی کچھ اس طرح سے کوشش کی کہ میری قیاس آرائی اور حقیقت پسندی کے درمیان کا فاصلہ بھی کچھ کم ہو جائے۔ لبریشن وار میوزیم پہنچ کر کلپنا ایک بار پھر اپنے کاموں میں مصروف ہوگئی اور میں اُس کے آفس میں پڑے رسائل کی ورق گردانی میں اور پھر دیکھتے ہی دیکھتے چار بج گئے اور ہم دونوں اُس کے آفس سے HRB جانے کے لیے نکل گئے۔ ہم نے راستے سے ہی میکڈانلڈ کے سینڈوچ لے کر لنچ کا بند وبست کر لیا مگر میرا تجربہ تو ہومن رائٹس کے آفس میں اور بھی حوصلہ شکن اور بدل کرنے والا رہا جب انھوں نے میری تفصیل سُن کر ایک لمبا چوڑا سا فارم مجھے بھرنے کے لیے دے دیا اور پھر میرے پاسپورٹ اور شناختی کارڈ کی فوٹو کاپی اُس کے ساتھ اٹیچ کر کے اپنے پاس ایک فائل بنا کر رکھ لی اور پھر خاص دفتری انگریزی میں مجھے کہا۔

We will let you know the outcome of our
complaint investigation into your

اور میں نے یہ جملہ سُن کر اُنھیں صرف ایک مسکراہٹ دینے پر ہی اکتفا کیا۔

ہوٹل کی طرف واپسی کا سفر میرا خاموشی ہی میں گزرا۔ میں خالی نظروں سے باہر شہر کے شور اور اپنی اندر کی خاموشی کو سنتی رہی شاید اسی لیے جب کلپنا نے کوئی بات مجھ سے کہی تو میں نے غور سے سنے بغیر ہی ہوں ہاں کہہ دیا۔ کیونکہ وہ میری ذہنی حالت کو سمجھ رہی تھی اس لیے اُس نے مجھ سے زیادہ بات کرنا مناسب نہیں سمجھا مگر جب ہم ہوٹل کے گیٹ پر پہنچے تو اُس نے مجھے بتایا کہ آفس میں کام کے دوران ارون کا فون آیا تھا اور اُس کے کئی بار کمپیوٹر اسکرین کرنے کے باوجود بھی اُسے کہیں کسی پیٹر کا سونوا کا پتہ نہیں چلا۔ یہ جملہ سُن کر مجھے کچھ زیادہ حیرت نہیں ہوئی کیونکہ مجھے اب یقین ہو چلا تھا کہ میرا بنگلہ دیش کا سفر بس یونہی وقت اور پیسہ ضائع کرنے کا بہانہ ہی تھا۔ گاڑی سے اُتر کر جب میں نے اُسے ایک بار پھر اُس کے تمام تعاون اور مدد کا شکریہ ادا کیا تو اُس نے چند لمحوں تک مجھے دیکھا اور کہا۔

'کل صبح تیار رہنا، ہم دونوں ٹانگیل چلیں گے اور عبدالامنان سے ملنے کی کوشش کریں گے'

Be ready in the morning, we'll both go to Tangail
to meet Abdul Mannan.

'مگر منان صاحب نے میسج دینے کے بعد بھی ہوٹل سے کانٹیکٹ نہیں کیا، ہو سکتا ہے اُن کا فون نمبر بھی روشن آرا، شمشاد بیگم، پیٹر، زوسیہ کی تصویروں اور ڈائری کے صفحات کی طرح بے معنی ہی ہو؟'

But Manaan sahib didn't even try to contact the
hotel after leaving a few messages for him.
Maybe his contacts are also meaningless, like
Roshanara, Shamshad begum, Peter, Zosia's
photos, and the pages of her diary.

میں نے بددلی سے جواب دیا۔

''نہیں، میں منان صاحب کو کل ارون کے آفس سے کال کرواؤں گی، اس کے بعد مجھے امید ہے کہ وہ کانٹیکٹ کرنے میں دیر نہیں لگائیں گے، جو بھی ہو تم صبح تیار رہنا، میں آدھے دن کے لیے آفس سے چھٹی لے کر یہ کام نمٹاؤں گی۔''

No, I'll call Manaan sahib from Arun's office
tomorrow and I'm sure he won't be late in
contacting us after that. Whatever happens, be
ready tomorrow. I'll take half a day off from work
tomorrow to get this done.

مجھے لگا جیسے ایک عورت ہی شاید دوسری عورت کا دکھ سمجھ سکتی ہے اور میں نے ڈوبتے دل سے حامی بھر لی۔

کمرے میں پہنچ کر مجھے پھر اسد کی یاد آنے لگی۔ میں نے لیپ ٹاپ آن کیا، ان باکس چیک کیا مگر اُس کی کوئی ای میل نہیں تھی، نہ جانے کس خیال میں، میں نے پروین شاکر کا یہ شعر اُس کے لیے ای میل پر لکھا۔

چلنے کا حوصلہ نہیں رکنا محال کر دیا

عشق کے اس سفر نے تو مجھ کو نڈھال کر دیا

مگر پھر کچھ سوچ کر اُسے ڈیلیٹ کر دیا، لیپ ٹاپ کو بند کر کے بستر پر لیٹ گئی، کچھ دیر تک تو میں چھت کو چپ چاپ تکتی رہی مگر پھر اپنی آنکھیں بند کر لیں۔

•••

(۱۷)

دیکھتے ہی دیکھتے دو گھنٹے گزر گئے مگر کلپنا کا کچھ پتہ نہیں تھا۔ میں نے ایک دو بار کال تو بھی کی مگر اُس کا فون مستقل مصروف جا رہا تھا۔ جب دوپہر کے بارہ بج گئے تو مجھے بے چینی سی ہونے لگی، میرے پاس صرف ایک ہی دن ڈھاکہ میں رہ گیا تھا کیونکہ آج جمعرات تھا اور ہفتے کو میری واپسی کی فلائیٹ تھی۔ سچ تو یہ ہے کہ کل کی فرسٹریشن کے بعد آج کی بے چینی خود میرے لیے بھی کچھ حیران کن تھی مگر مجھے لگ رہا تھا جیسے عبدالمنان ہی بس اب میری ڈھاکہ میں آخری امید ہے۔ اگر ان سے مجھے روشن آرا کے بارے میں کچھ پتہ چل گیا تو کل میں ضرور اُس تک پہنچنے کی کوشش کروں گی اور اگر یہ ممکن نہ بھی ہوسکا تو کلپنا سے روشن آرا تک پہنچنے کی درخواست کرکے کراچی سے اُس سے کانٹیکٹ میں رہوں گی۔ صبح سے میں نے کئی چکر ہوٹل کے لاونج کے لگائے، رسپشنسٹ سے پوچھا، ایک دو بار کیفے میں بھی جھانکا اور تو اور باہر مین گیٹ کے پاس بھی نظر گھمائی کہ ممکن ہے اُس کی گاڑی نظر آ جائے مگر وہ نہیں آئی۔ دیکھتے ہی دیکھتے شام کے چار بج گئے اور میں مایوس ہونے لگی۔ میں نے سوچا کل کے تجربے کے بعد کلپنا پر اعتبار کرکے یونہی میں نے وقت ضائع کیا۔ کاش! میں آج خود ہی ڈرائیور کے ساتھ ٹانگیل کا چکر لگا لیتی کیا پتہ منان صاحب سے ملاقات ہو جاتی۔ اچانک مجھے خیال آیا کہ کیوں نہ میں ابھی ٹانگیل جاکر کوشش کرلوں ویسے بھی وہ تو شام میں ہی گھر آتے ہیں جیسا کہ وہ عورت بتا رہی تھی۔ میں نے رسپشنسٹ سے رائیڈ کی بات کی تو اُس نے کہا رائیڈ کی بکنگ ایک دن پہلے ہوتی ہے، اگر میں چاہوں تو وہ کل صبح کے لیے بکنگ کرسکتی ہے۔ میں

نے سوچا ابھی کچھ وقت ہے یہ کام میں شام میں بھی کر سکتی ہوں جب تک میں کلپنا کا کچھ اور دیر انتظار کر لیتی ہوں ۔

یہ سوچ کر میں کمرے میں آئی اور بستر پر بیٹھ کر ٹی وی آن کر کے اُس کے چینل بدلنے لگی ۔ جب زیادہ بور ہونے لگی تو آنکھیں بند کر کے بستر پر لیٹ گئی اور پھر مجھے پتہ ہی نا چلا کب میری آنکھ لگ گئی ۔ جب آنکھ کھلی تو لگا کوئی دروازہ بجا رہا ہے، مجھے پہلا خیال یہی آیا کہ شاید کوئی کمرے کی صفائی کرنے والا ہو جو یہ چیک کر رہا ہے کہ کمرے میں کوئی ہے یا نہیں مگر فوراً ہی دوسرا خیال مجھے کلپنا کا آیا اور میں ایک جھٹکے سے اُٹھی اور دروازے کے ہول سے باہر جھانکا ۔ میرا خیال درست تھا با ہر کلپنا ہی کھڑی تھی اور اُس کے ساتھ ایک لگ بھگ پچاس سال کا کوئی شخص بھی تھا جو چہرے مہرے اور حلیے سے ایک عام بنگالی لگ رہا تھا ۔ میں نے دروازہ کھولا تو اُس نے مجھے مسکرا کر دیکھا اور کہا ۔

'کیا ہم اندر آ سکتے ہیں؟' Can we come in

میں فوراً دو قدم پیچھے سرک گئی اور کہا ۔

'پلیز، اندر آئیں ۔' Please come in

کلپنا نے میرا تعارف اپنے ساتھ آئے ہوئے شخص سے کراتے ہوئے کہا ۔

'یہ عبدالمنان ہیں ۔' This is Abdul Manan

میں نے دیکھا وہ ایک درمیانے قد کا دبلا پتلا سانولا سا شخص تھا جس نے گرے لائنز کی جیبوں والی بشرٹ اور کالی پینٹ پہنی ہوئی تھی ۔ اُس نے نظر کا چشمہ لگایا ہوا تھا اور اُس کے گھنے بال اور چھوٹی سی مونچھیں عمر کی وجہ سے اب اپنا رنگ بدل رہی تھیں ۔ اُس نے مجھے غور سے دیکھا اور پھر مجرموں کی طرح ایک طرف دیوار سے پیٹھ لگا کر کھڑا ہو گیا ۔ کچھ وقفے کے بعد کلپنا نے مجھے دیکھا اور کہنے لگی ۔

'مجھے پتہ ہے تم نے سارا دن میرا انتظار کیا ہوگا ۔'

I know you've been waiting for me all day

'نہیں کوئی بات نہیں، میں سمجھ سکتی ہوں تم مصروف ہوگی'

No, it's okay, I understand you must be busy

میں نے مسکرا کر اپنے دن بھر کی بے چینی کو چھپاتے ہوئے کہا۔

'مگر میں تمہارے ہی کام میں مصروف تھی۔

but I was busy in your things

'میں اس دوران نیشنل سیکیورٹی انٹیلی جنس کے ذریعے منان صاحب سے کانٹیکٹ کرنے کی کوشش کر رہی تھی'

I was trying to contact National Security Intelligence and Mr. Manan

یہ کہہ کر اُس نے منان صاحب کی طرف اشارہ کیا، مگر میں نے اُسے ٹوکتے ہوئے کہا۔

'آپ لوگ پلیز یہاں صوفے پر بیٹھ جائیں، تاکہ ہم اطمنان سے اس موضوع پر بات کر سکیں'

Please relax on the sofa so we can talk

میں نے منان صاحب کی طرف دیکھ کر بھی صوفے کی طرف آنے کا اشارہ کیا مگر اُنہوں نے ایک ہاتھ کے اشارے سے مجھے یہ سمجھانے کی کوشش کی کہ وہ یونہی دیوار کے سہارے ہی کھڑے رہنا چاہتے ہیں۔ اس دوران کلپنا صوفے پر اور میں اُس کے سامنے اپنے بستر کے کارنر پر بیٹھ گئی۔ تو میں یہ کہہ رہی تھی کہ 'منان صاحب میری درخواست پر ٹانگیل سے یہاں ابھی ابھی آئے ہیں۔ میں نے انہیں تمہارے بارے میں بتایا تھا کہ تم مریم کی بیٹی ہو اور روشن آرا کے بارے میں جاننا چاہتی ہو جن سے مرنے سے قبل وہ مسلسل فون پر کانٹیکٹ میں تھی۔ منان صاحب نے مجھے بتایا کہ مریم دراصل اُن کی ایکس وائف تھی جو طلاق کے بعد اپنی دو تین سال کی بچی فاطمہ کے ساتھ پاکستان چلی گئی تھی۔ روشن آرا مریم کی والدہ تھیں جن کا 1998 میں انتقال ہو گیا تھا'

Mr. Manan has just come from Tangail at my request. I informed him that you are Maryam's daughter and wanted to get some information about Roshan Ara, whom she was in contact with before her death. Mr. Manan just told me that Maryam was his ex-wife who left Pakistan with her 2–3-year-old daughter after her divorce. Roshan Ara was Maryam's mother, who died in 1998

کلپنا روانی میں بولتی جا رہی تھی اور اُس کی آواز میرے کانوں تک لفظوں کے بجائے ایک گونج کی شکل میں پہنچ رہی تھی۔ اُس گونج میں بار بار یہ جملہ 'مریم دراصل اُن کی ایکس وائف تھی' میرے دماغ پر کسی بندوق کی گولی کی طرح ٹکرا رہا تھا۔ میں نے پلٹ کر منان صاحب کو دیکھا جو انگریزی نا جانتے ہوئے بھی کلپنا کے کہے ہوئے جملوں کو سمجھ رہے تھے۔ وہ مجھ سے آنکھیں چُرا کر زمین کو تکنے میں مصروف تھے اور میں اُن کے پورے چہرے کو دیکھنا چاہتی تھی تا کہ مجھے اندازہ ہو سکے کہ وہاں کیا تھا؟ پچھتاوا، مسرت، درد، غم، نفرت یا شاید کوئی بھولی بسری محبت؟ میں اُن کی آنکھوں میں جھانکنا چاہتی تھی تا کہ یہ اندازہ کر سکوں کہ میں وہاں کہیں بھی ہوں یا نہیں؟ مگر میں نے دیکھا وہاں ایک شخص سر جھکائے ہوئے چپ چاپ کھڑا زمین کو تک رہا تھا۔ اور میں سوچ رہی تھی کیا یہ ہی میرا باپ ہے؟ اُس کی زبان، چہرہ، آنکھیں ان میں کچھ بھی تو میرا نہیں ہے، یہ تو بس کوئی عام سا راہ چلتا ہوا شخص ہے جسے روک کر میں نے اپنا کھویا ہوا پتہ معلوم کرنے کی کوشش کی تھی اور اُس نے مجھے بتایا کہ اُس کا تعلق میرے علاقے سے نہیں ہے۔ میں کچھ دیر تک چپ چاپ منان صاحب کو دیکھتی رہی اور پھر جب مجھ سے برداشت نہ ہو سکا تو میں کلپنا سے ایکسیوز می کہہ کر دوڑتی ہوئی باتھ روم میں چلی گئی اور دروازہ اندر سے بند کر کے پھوٹ پھوٹ کر رونے لگی۔

———

کچھ دیر میں مجھے لگا جیسے کلپنا باتھ روم کے دروازے پر دستک دے رہی ہے۔ میں نے چہرے پر پانی کے کچھ چھینٹے مارے اور پھر تو لیے سے خشک کیا مگر میری آنکھوں میں پھیلا

ہوا سرخ دھاگوں کا جال اپنے پیچھے چھپے ہوئے سمندر کا راز افشاں کر رہا تھا۔ میں باہر آئی تو منان صاحب وہاں نہیں تھے شاید وہ میرا سامنا کرنے کی جرأت کھو چکے تھے۔ اُن کے لیے اچھا تھا کہ مجھے بنگلہ نہیں آتی تھی یوں بھی مجھ سے بات کرنے کے لیے اُن کے پاس کسی بھی زبان کا کوئی بھی لفظ نہیں تھا۔ کلپنا نے دونوں ہاتھوں سے میرے کندھوں کو پکڑا اور مجھے دھیمے سے صوفے پر بیٹھا دیا۔ اُس نے مجھ سے مزید بات کرنے سے پہلے ایک گلاس پانی دیا اور مجھے پینے کا اشارہ کیا۔ میں چپ چاپ سر جھکا کر پانی کے چھوٹے چھوٹے گھونٹ لیتی رہی اور کلپنا میری پیٹھ اور کندھوں پر دھیمے دھیمے ہاتھ پھیرتی رہی۔ کچھ وقفے کے بعد کلپنا نے انگریزی میں کہا۔

''مجھے اندازہ ہے فاطمہ تم اس وقت کس نفسیاتی صدمے سے گزری ہو مگر تمہیں تھوڑی اور ہمت کرنی ہوگی کیونکہ میں اب جو تمہیں بتانے والی ہوں وہ شاید اس اطلاع سے زیادہ تکلیف دہ ہو جو میں نے تمہیں کچھ دیر پہلے دی تھی۔''

I understand the pain you have gone through
after hearing this, but I need you to have more
courage for what I'm about to tell you. This may
be more painful than what you've just heard

میں نے اُس کی طرف نظر اُٹھا کر دیکھا اور خالی گلاس میز پر رکھ دیا۔

''مجھے منان صاحب سے یہ بات پتہ چلی ہے کہ روشن آرا اُن لاکھوں معصوم لڑکیوں اور عورتوں میں شامل تھی جنہیں بنگال میں 1971 کی نسلی درندگی کا نشانہ بننا پڑا تھا۔ روشن آرا اُس وقت صرف چودہ سال کی تھی جب اُسے پاکستانی ملٹری نے گھر سے اٹھا لیا تھا اور پھر کئی مہینوں تک اُسے آرمی کیمپ میں رکھا تھا، اس دوران اُسے جنسی زیادتیوں کا نشانہ بنایا گیا اور جب آپریشن سرچ لائٹ ختم ہوا تو وہ بھی دوسری بہت سی عورتوں کی طرح پیٹ سے ہو چکی تھی۔ یوں تمہاری ماں مریم بھی اُن ہی لاکھوں بچیوں میں ایک تھی جن کے باپ کا کچھ پتہ نہیں تھا مگر مجھے لگتا ہے کہ شاید تمہاری ماں کو شبہ تھا کہ اُس کا باپ پیٹر کا سنو تھا کیونکہ اُس

کے چہرے کے فیچرز کچھ کچھ یورپین جیسے تھے۔ روشن آرا بعد میں مریم کے ساتھ ڈھاکہ سے ٹانگیل آ گئی تھی کیونکہ اُس کے گھر والوں اور رشتہ داروں نے اُسے گھر میں رکھنے سے انکار کر دیا تھا۔ ٹانگیل میں ہی تمھاری ماں مریم بڑی ہوئی اور پھر روشن آرا نے اُس کی شادی منان صاحب سے کر دی مگر تمھاری پیدائش کے دو تین سال بعد ہی وہ شادی ختم ہو گئی کیونکہ منان بھی مریم کے باسٹرڈ ہونے کی وجہ سے اُسے برداشت نہیں کر پا رہے تھے۔ طلاق کے بعد مریم اسی غم غصے اور فرسٹیشن میں بنگلا دیش کو ہمیشہ چھوڑ کر ہمیشہ کے لیے پاکستان چلی گئی تھی اور اپنے ساتھ روشن آرا کی ڈائری اور تصویریں ساتھ لے آئی تھی۔'

I was informed by Manan that Roshan Ara was one of the million girls and women who were victimized in Bengal during the genocide of 1971. Roshan Ara was only 14 years old when she was kidnapped, raped and held in an army camp for months. She was also pregnant like other girls when she was found after Operation Searchlight. Your mother Maryam was like the others whose fathers were not known. She had a doubt on a man named Peter Casonva since her features were more western. Roshan Ara later moved with Maryam to Tangail as her parents and other relatives rejected her. Maryam grew up in Tangail where she was married with Manan but the marriage fell apart within 2-3 years since Manan didn't tolerate her as he felt she was a bastard girl. Frustrated and angry, Maryam left Bangladesh and moved to Pakistan with Roshan Ara's diary and photos of Peter

مجھے پتہ تھا کلپنا بالکل سچ کہہ رہی ہے کیونکہ اُس سچائی کی گواہی منان صاحب کی کمرے میں غیر موجودگی تھی۔

'کیا تم منان صاحب سے ایک بار ملنا چاہتی ہوں؟'

Do you want to see Mr. Manan one last time?

کلپنا نے رخصت ہونے سے قبل آخری بار مجھ سے پوچھا کیوں کہ اُسے پتہ تھا کہ وہ نیچے ہوٹل کے لاونج میں بیٹھے ہوئے تھے۔

No۔ 'نہیں'

کہہ کر میں نے کمرے کا دروازہ اندر سے لاک کرلیا۔

— — — —

اگلے دن میں ہوٹل کے کمرے میں بند رہی۔

میرا دماغ جیسے بند ہو چکا تھا، خیالات نہیں تھے بس آنکھوں میں ایک نیند کی سی کیفیت تھی جیسے کسی تھکن کو میں نے اُتار دیا۔ میں کلپنا کے بارے میں سوچتی رہی، ڈھاکہ شہر کی گلیوں، سڑکوں، شہید مینار، پارلیمنٹ بلڈنگ، قلعہ، لائبریری اور یونیورسٹی کو یاد کرتی رہی، کچھ دیر کے لیے لبریشن وار میوزیم میں بھی گئی مگر پھر گھبرا کر واپس نکل آئی، تھوڑی دیر کے لیے ٹانکیل کی گلیاں، بازار، دکانیں اور بلڈنگ پر جمی ہوئی کائی بھی مجھے اپنے اپنے خیالوں میں دکھائی دیں مگر اس دوران مجھے ایک لمحے کے لیے بھی عبدالمنان یاد نہیں آئے۔ ہاں جب میری فلائٹ ڈھاکہ ایئرپورٹ سے کراچی جانے کے لیے اُڑی تو ٹیگور پھر سے مجھے یاد آنے لگے اور میں نے جہاز کی کھڑکی سے جھانک کر آخری بار روشن آرا اور مریم کے ڈھاکہ کو دیکھا اور پھر اپنی ڈبڈباتی ہوئی آنکھوں کو ٹشو پیپر سے صاف کر کے ٹیگور کے گیت کو ہونٹوں میں دھیمے سے گنگنانے لگی۔

خدایا

میرے بنجر دل میں

بارش ہے تھمی

کتنے دنوں سے

اور افق

خونخوار حد تک برہنہ ہے

کہ نرم آثار بادل کی

کوئی پتلی سی چادر بھی نہیں ہے

کہیں سے ٹھنڈی چھینٹوں کا

کوئی ہلکا اشارہ بھی نہیں ملتا

رضا تیری اگر یہ ہے

اندھیرے میں قضا کی جو ہو ڈوبا

بھیج طوفانِ غضب اپنا

تڑپتی برق کے کوڑوں سے

ساتوں آسمانوں کو

کنارے سے کنارے تک

تحیر میں تو نہلا دے

مگر اے مرے آقا

دل میں ہوتی جا رہی ہے جذب جو

اک آتشِ خاموشی

تو واپس اُسے لے لے

جو ساکت، تیز اور سفاک ہے

جو دل کو ناِمرادی سے

کیے دیتی ہے خاکستر

غضب اُترے گا جس دن باپ کا

تو ماں کا غمزدہ چہرہ ہو جیسے

تو کرم کا اپنے سایہ ڈال دے مجھ پر

•••

(۱۸)

میں گھر پہنچی تو مجھے لگا جیسے میں خالی ہاتھ نہیں لوٹی بلکہ میرے ساتھ تاریخ کے وہ کھوئے ہوئے صفحات بھی ہیں جنھیں میں ذوسیہ کی ڈائری میں ڈھونڈ رہی تھی جو جغرافیہ بدل کر مشرقی یورپ کی ہوا سے اُڑتے ہوئے بنگلہ دیش سے کشمیر تک پہنچ گئے تھے۔ اُن صفحات پر لکھے ہوئے لفظوں کی سیاہی ابھی بھی اتنی ہی سرخ تھی جتنی سو برس پہلے تھی۔ کچھ بھی تو نہیں بدلا تھا، نہ قلم کی نیزے جیسی نوک اور نہ کاغذ کا بچوں جیسا نرم سینہ، آج بھی ڈائریاں سسکیوں سے بھرے صفحات سے اُڑسی جا رہی تھی، اب بھی انگلیاں انھیں کا نپتی ہوئی لکھ رہی تھی۔

شام میں کئی بار میں نے ذوسیہ کے گھر پر کال کی مگر اُس کے فون پر ایک ہی میسج بار بار چل رہا تھا کہ 'آپ کا مطلوبہ نمبر اس وقت بند ہے براہ مہربانی کچھ دیر بعد کوشش کیجیے۔' مجھے خیال آیا کہ ممکن ہے اُس کا فون خراب ہو گیا ہو، میں کل خود ہی اُس کے گھر چلی جاؤں گی۔ یوں بھی کل اتوار تھا اور میرے پاس بنگلہ دیش کے سفر کی تھکن اُتارنے کے لیے پورا ایک دن موجود تھا۔ دل کے ایک کونے میں اسد کا خیال بھی بار بار آ رہا تھا کہ اُس کی دو دن سے نہ تو کوئی کال آئی اور نہ ہی کوئی ای میل۔ لیپ ٹاپ آن کر کے میل چیک کی تو اُس کی کوئی ای میل بھی نہیں تھی، سوچا اُسے کچھ لکھوں پھر اپنی اور اُس کی گفتگو دوبارہ یاد آ گئی اور میں نے اپنی انگلیوں کو ٹائپ کرنے سے روک لیا۔ عطیہ کو فون کیا تو وہ گھر پر ہی تھی، مجھے کہنے لگی کہ تھکی ہوئی آئی ہو، رات کے کھانے پر میرے یہاں آ جاؤ مگر میں نے منع کر دیا۔ ایک تو مجھ میں اس وقت ڈرائیونگ کی بالکل بھی ہمت نہیں تھی اور دوسرا مجھے پتہ تھا وہ مجھ سے بنگلہ دیش کے

بارے میں سوالات کرے گی اور اس قصے کو سنانے کی میری کوئی خواہش نہیں تھی۔ فون بند کر کے میں نے میک ڈونالڈ کال کرکے آرڈر دیا اور پھر بستر پر لیٹ کر ٹی وی کے چینلز بدلنے لگی۔

صبح میری جلدی ہی آنکھ کھل گئی، ناشتہ کرکے گاڑی نکالی اور زوسیہ کے گھر پہنچ گئی مگر یہ دیکھ کر حیران رہ گئی کہ اُس کے دروازے پر بڑا سا تالا پڑا ہوا تھا۔ مجھے لگا جیسے ہفتے دو ہفتے سے گھر پر کوئی نہیں ہے، کچھ عجیب سی افسردگی کا قبضہ اس گھر پر محسوس ہوا۔ مجھے بے چینی سی ہونے لگی تو میں نے اُس کے پڑوسی تحسین جعفری صاحب کے گھر کی بیل بجا دی۔ کچھ دیر تک انتظار کرتی رہی مگر کوئی رسپانس نہ ملا، مجھے لگا شاید اتوار کی وجہ سے لوگ دیر تک سو رہے ہوں گے۔ میں واپس گاڑی میں آ کر بیٹھ گئی اور سوچنے لگی کہ کیوں نہ گھر جانے کے بجائے رقیہ کی طرف ہی چکر لگا لوں۔ فون کیا تو وہ ہمیشہ کی طرح ملنے کے لیے تیار بیٹھی تھی، مجھے دیکھ کر دروازے پر ہی کہنے لگی پورے ہفتے سے میں تمہارے آنے کا انتظار کر رہی تھی۔ میں نے کہا خیریت؟ تو بچوں کی طرح خوش ہو کر کہنے لگی، میرا پریگنینسی ٹیسٹ پازیٹیو آ گیا ہے۔ میں نے خوش ہو کر اُسے گلے لگا لیا، پچھلے دو سالوں سے اُس کو دن رات یہ فکر کھائی جا رہی تھی کہ وہ کب پریگنینٹ ہو گی۔ یوں بھی وہ ہمیشہ سے بچوں کی دیوانی تھی اور ایک بڑی سی فیملی کے خواب دیکھتی رہتی تھی۔ مجھ سے کہنے لگی، اچھا ہوا تم آ گئی اب ہم کچھ دیر میں شاپنگ کے لیے چلیں گے۔ میں نے بھی سوچا ٹھیک ہے چلو بنگلہ دیش کی کچھ تو تھکن اُترے گی۔

دوپہر میں جب ہماری گاڑی شہید ملت روڈ سے گزر رہی تھی تو اپنے ارد گرد کا ٹریفک اور سڑک کے اطراف کی عمارتیں دیکھتے ہوئے مجھے ڈھاکہ کی قاضی نذر اسلام ایونیو یاد آنے لگی اور کچھ لمحوں کے لیے میں خود کو کراچی کے بجائے ڈھاکہ میں محسوس کرنے لگی۔ مگر کلپنا کی طرح جلدی ہی رقیہ نے بھی اپنے سوال سے مجھے واپس کراچی میں بلا لیا۔

'تو تم نے پھر بتایا نہیں کہ تمہیں ڈھاکہ کیسا لگا؟'

میں نے اُسے مسکرا کر اُسی طرح دیکھا جیسے کلپنا کو دیکھا تھا اور کہا۔

'یار یہ ڈھاکہ اور کراچی سب ایک جیسے ہی ہیں بس ان کے نام ہی مختلف ہیں۔'

'مجھے بھی ایسا ہی لگتا ہے۔' رقیہ نے میری بات سُن کر کہا۔

'تھے تو یہ سب ایک ہی ملک کے حصے نا تو پھر فرق کیا ہوگا، وہی رونا وہی گانا۔'

میں ہنس پڑی، مجھے ہمیشہ سے رقیہ کے بات کرنے کے انداز میں ایک موسیقیت سی محسوس ہوتی تھی۔

'اور تمھارے کام کا کیا بنا۔' کچھ دیر کے انتظار کے بعد رقیہ نے پوچھا۔

'میرا کام کم و بیش ہو گیا، بس سمجھو دو سیہ سے ملنا باقی ہے تا کہ پوری حقیقت سمجھ میں آ جائے۔'

میں نے اُسے مبہم سا جواب دیا۔

اوہ، رقیہ نے کچھ ادھورا کچھ پورا سمجھ کر جواب دیا۔

مگر مجھے یقین تھا کہ اُسے میری بات کی زیادہ سمجھ نہیں آئی۔ شاید میں بھی کچھ ایسا ہی چاہتی تھی۔

ہمارا باقی دن ڈالمن مال میں شاپنگ میں گزر گیا۔ میں دیکھ رہی تھی رقیہ کس قدر ایکسائٹیڈ ہو کر بے بی ڈریسیز خرید رہی تھی، اُس کے چہرے کے رنگ چند ہی دنوں میں ممتا کے قوسِ قزح کے رنگوں سے بدل گئے تھے۔

رات جب میں گھر پہنچی تو رؤف صاحب کا فون میسج میرا انتظار کر رہا تھا۔ وہ بھی بالکل رقیہ کی طرح ہی ایکسائٹڈ ہو رہے تھے۔ اُن کا کہنا تھا کہ اُن کا ٹی وی چینل بالآخر پیمرا سے اپرو ہو گیا ہے جس کے لیے وہ پچھلے چھ مہینے سے کوششوں میں لگے ہوئے تھے۔ یہاں تک تو بات واقعی خوشی کی تھی مگر میسج کا اگلا حصہ میرے لیے کچھ ایسا خاصا خوشی کا نہیں تھا کیونکہ

اُس میں انھوں نے مجھے اطلاع دی تھی کہ کل مجھے ایک ارجنٹ میٹنگ کے خاطر اسلام آباد جانا ہوگا جہاں مجھے PBA کے چند ممبران سے مل کر چینیل کی پالیسیوں پر اُن کے تحفظات دور کرنے ہوں گے تا کہ یہ آخری مرحلہ بھی سیٹل ڈاون ہوجائے۔ کیونکہ وہ خود یہاں کراچی میں کئی ایک اہم میٹنگ میں مصروف تھے اس لیے میرے سوائے وہ کسی کو اس کام کے لیے بہتر نہیں سمجھتے تھے۔

آہ! میں نے میسج سُن کر ایک گہرا سانس لیا اور بستر پر بیٹھ گئی۔ پھر اچانک سے مجھے ایک نیا خیال آیا جس نے میرے اندر توانائی کی ایک نئی لہر پیدا کردی۔ مجھے یاد آیا اسد یونیورسٹی کے دور میں ہمیشہ میڈیا جوائین کرنے کی باتیں کرتا تھا۔ اس خیال کے آتے ہی میں نے فوراً ہی رؤف صاحب کو اپنے جانے کی یقین دہانی کے بارے میں فون کردیا۔

————

اگلے چند دن میرے اسلام آباد میں مسلسل میٹنگ میں گزر گئے۔ میں نے ہر ایک میٹنگ کے دوران اپنی اچھی انگریزی سے پاکستان براڈ کاسٹنگ ایسوسی ایشن کے ممبران کو متاثر کیا اور اپنی کنوینسنگ پاور سے چینل کے حوالے سے اُن کے تمام تر تحفظات کو دور کرنے کی بھر پور کوشش کی۔ اس دوران مجھے جب موقع ملا میں ذوسیہ کے نمبر پر کالیں بھی کرتی رہی مگر مجھے وہاں سوائے ریکارڈ میسیج کے کچھ نہ ملا۔ کراچی واپس پہنچی تو رؤف صاحب خود ہی مجھے ایئرپورٹ لینے پہنچے ہوئے تھے۔ اُن کی مستقل مسکراہٹ کچھ پوچھے بغیر ہی مجھے میری کامیابی کی اطلاع دے رہی تھی۔ وہ میری پروگریس سے بہت زیادہ خوش تھے اور اب چینل کے سلسلے میں میرے ساتھ مل کر کچھ نئے پلان بنانا چاہ رہے تھے مگر میرا دل نہ جانے کیوں اس ساری کامیابی کے باوجود ڈوبتا ہوا سا محسوس ہو رہا تھا۔ پہلے مجھے لگ رہا تھا یہ سب ڈھا کہ کے واقعہ کی وجہ سے ہے جہاں مجھے روشن آرا اور امی کے حوالے سے باتیں پتہ چلی تھیں مگر اب مجھے کچھ بے چینی اسد کی طرف سے بھی ہو رہی تھی کیونکہ اس دوران اُس کی

طرف سے ایک بار بھی رابطہ کی کوشش نہیں کی گئی تھی۔ اپنی آخری گفتگو میں اُس نے مجھے بتایا تھا کہ وہ آج کل جموں کشمیر میں ہے جہاں چاروں طرف ہندوستانی فوجیں پھیلی ہوئی ہیں۔ میں نے بھی آج اسلام آباد سے فلائٹ میں آتے ہوئے یہ پکّا تہیہ کر لیا تھا کہ اگر آج شام بھی اُس کی ای میل نہیں آئی تو میں اپنی ساری انا ئیں ایک طرف رکھ کر خود ہی اُسے واٹس ایپ پر کال کر دوں گی۔ گھر پہنچی تو میں نے واقعی اپنی انا کو اپنے دل میں پھینکتے ہوئے محسوس کیا اور پھر ڈرتے ڈرتے ان باکس کو چیک کیا تو وہاں پروین شاکر کی ایک گداز سی نظم میری منتظر تھی جو کچھ ہی دیر پہلے اسد نے مجھے ای میل کی تھی۔

بے بسی کے رستے پر

کیا عجیب دوراہا ہے

ایک سمت بے سمتی

بے چراغ تاریکی

بے لباس ویرانی

بے لحاظ رسوائی

بے سواد قربانی

ہشت پا یہ تنہائی

اژدری پزیرائی

گرگ زاد غم خواری

بے کنار روباہی

اور دوسری جانب

قلعہ بند چاہت میں

دل کی آبرو ریزی !

تمھارا،

اسد

— — —

اگلے دن آفس سے واپسی پر میں پھر ذوسیہ کے گھر گھر پہنچ گئی مگر گھر پر وہی افسردگی سی طاری تھی اور دروازے پر وہی بڑا سا تالا لٹک رہا تھا۔ اس وقت شام کے پانچ بج رہے تھے، میں نے یہ سوچ کر کہ ممکن ہے تحسین صاحب گھر پر ہی ہوں، اُن کے گھر کی بیل بجا دی۔ دو تین منٹ کے بعد ایک نوجوان لڑکے نے دروازہ کھولا اور پھر مجھ سے تحسین صاحب کا نام سُن کر واپس اندر چلا گیا۔ کچھ ہی دیر میں تحسین صاحب آنکھیں ملتے ہوئے دروازے پر ظاہر ہوئے، مجھے لگا جیسے بیچارے سو رہے تھے۔ مجھے دیکھ کر حیران ہوئے مگر پھر کسی خیال سے مجھے اندر آنے کا کہا۔ مجھے ڈرائنگ روم میں بیٹھا کر دوبارہ کمرے میں چلے گئے، جب واپس آئے تو اُن کے کپڑے بدل چکے تھے اور وہ پہلے سے زیادہ فریش نظر آ رہے تھے۔

میں نے ذوسیہ کا پوچھا تو حیران ہو کر کہا۔

''ارے آپ کو نہیں معلوم، ذوسیہ کا تو دو تین ہفتے پہلے انتقال ہو گیا۔''

میرا دل بیٹھتا چلا گیا، مجھ پر ایک سکتہ سا طاری ہو گیا۔

''مگر میری تو ابھی اُن سے چند دنوں پہلے ہی تو فون پر بات ہوئی تھی۔'' میرے منہ سے نکلا۔

چند دن پہلے مطلب، جعفری صاحب نے چونک کر مجھ سے پوچھا۔

''یہی کوئی دو تین ہفتے پہلے۔''

میں نے خود کو درست کیا۔

مجھے یاد آیا بنگلہ دیش جانے سے دو دن پہلے میں نے ذوسیہ کو فون کیا تھا اور اُس کی آواز میں کافی نقاہت سی تھی، اُس نے مجھ سے ملنے کی خواہش کا سُن کر ایکسکیوز کر لیا تھا۔

''پچھلے ہفتے میں بنگلہ دیش میں تھی اور اُس سے ایک ہفتے قبل اور پھر وہاں سے آ کر بھی اپنے آفس میں خاصی مصروف ہو گئی تھی، یعنی تقریباً تین ہفتے پہلے میری بات ہوئی تھی۔''

میں نے آہستہ سے کہا۔

'جی بس لگ بھگ تین ہفتے ہو گئے ہیں اس سانحے کو، انھیں ہارٹ اٹیک ہو گیا تھا، میں انھیں ہسپتال لے گیا تھا مگر وہ دو دن میں ہی ختم ہو گئیں۔'

انھوں نے مجھے بتایا۔

اوہ گاڈ، میرے منھ سے اچانک نکلا، اور میں چپ چاپ فرش کو تکنے لگی۔

کچھ دیر کے لیے ہم دونوں خاموش بیٹھے رہے۔ میری نظروں کے سامنے ذوسیہ کی شکل مسلسل آ رہی تھی، مجھے یقین ہی نہیں آ رہا تھا کہ وہ اب دنیا میں نہیں رہی ہے۔ کچھ دیر بعد میں نے تحسین صاحب سے اجازت چاہی اور اُٹھ کھڑی ہوئی۔ جونہی میں دروازے پر پہنچی، تحسین صاحب کو اچانک کوئی بات یاد آئی اور انھوں نے مجھے دو منٹ کے انتظار کرنے کے لیے کہا اور واپس گھر میں چلے گئے، جب وہ لوٹے تو اُن کے ہاتھ میں ذوسیہ کی ڈائری تھی۔ انھوں نے مجھے ڈائری دی اور کہا۔

'ہسپتال میں ذوسیہ نے مجھے تاکید کی تھی کہ اگر مجھے کچھ ہو گیا تو یہ ڈائری آپ کو دے دوں۔'

میں نے دیکھا ذوسیہ کی ڈائری ویسے ہی چند تصاویر اور اُڑے ہوئے صفحات سے پھولی ہوئی تھی، بس تحسین صاحب نے اُس پر ایک موٹا سا ربر باندھ دیا تھا تا کہ اُس میں سے کچھ باہر نہ گر جائے۔ میں نے اُن کے ہاتھوں سے ڈائری لیتے ہوئے کہا۔

'کیا آپ کو معلوم ہے اُن کی قبر کہاں ہے؟'

'جی جی بالکل، میں اُن کی تدفین میں شریک تھا، وہ جو نیشنل اسٹیڈیم کے پاس گورا قبرستان ہے نا، وہیں ہے۔'

انھوں نے مجھے بتایا۔

'کیا ہم وہاں جا سکتے ہیں، آج یا کل؟'

میں نے ڈرتے ڈرتے پوچھا کیونکہ میری تحسین صاحب سے ایسی بے تکلفی نہیں تھی

کہ میں اُن سے اس طرح آسانی سے فیورطلب کرتی اور پھر مجھے یاد تھا کہ قبرستان میں اکیلے کسی لڑکی کا جانا کس قدر خطرناک تھا۔

'جی ضرور، آپ چاہیں تو ہم ابھی کچھ دیر میں جاسکتے ہیں کیونکہ ویک اینڈ پر میں شہر سے باہر ہوں اور پھر آفس کی مصروفیت شروع ہو جائے گی۔'

انھوں نے میری بات رکھ لی اور مجھے کچھ دیر کے لیے باہر چھوڑ کر دوبارہ اندر چلے گئے۔ مجھے لگا ممکن ہے وہ اپنی بیوی کو بتانے گئے تھے کہ وہ مجھے قبرستان لے جا رہے ہیں۔ کچھ دیر بعد جب وہ باہر آئے تو اُن کے ہاتھوں میں گاڑی کی چابیاں تھی۔ راستے میں مجھے پھولوں کی ایک دکان نظر آئی تو میں نے ان سے کچھ منٹوں کے لیے گاڑی روکنے کی درخواست کی۔

گاڑی جونہی قبرستان کے دروازے پر پہنچی تو میں نے لاشعوری طور پر دائیں بائیں دیکھنا شروع کر دیا۔ مجھے لگا جیسے وہی شخص جس نے کچھ دنوں قبل میری گاڑی میں زبردستی گھسنے کی کوشش کی تھی وہ آس پاس ہی کہیں ہے؟ مگر پھر مجھے اپنے وہم کا احساس ہو گیا، وہاں وہ نہیں تھا۔

گاڑی پارک کر کے ہم کچھ دیر میں قبروں کے درمیان کے کچے سے راستے سے گزر کر ایک ایسی جگہ پہنچ گئے جہاں کچھ تازہ قبریں بنی ہوئی تھیں۔ ذوسیہ کی قبر پر ایک لکڑی کی تختی پر کوئلے سے اُس کا نام لکھا ہوا تھا جسے دیکھ کر تحسین صاحب رک گئے اور کہنے لگے،

'یہاں ہیں، میں نے کتبہ بننے کا آرڈر دے دیا ہے چند دنوں میں لگ جائے گا۔'

قبر دیکھ کر میرے دل سے آنسو نکل کر آنکھوں میں آنے لگے اور پھر ایک کے بعد ایک ذوسیہ کے ساتھ اپنی ملاقاتیں یاد آنے لگی۔ مجھے یاد آیا کس طرح شائستگی اور اپنائیت سے وہ مجھ سے باتیں کرتی تھیں، مجھے یاد آیا کتنے قرینے سے وہ میرے لیے چائے اور کافی بناتی تھیں، مجھے یاد آیا کس قدر وابستگی سے وہ مجھے اپنی زندگی کے درد بھرے قصے سناتی تھیں۔

میں چپ چاپ کھڑی اُن کی قبر کی مٹی کو تکتی رہی تھی اور سوچ رہی تھی کاش! میں پچھلے ہفتے بنگلہ دیش نہیں جاتی، کاش! میں دو ہفتے پہلے یہیں ہوتی اور اُن کی کچھ خدمت کر پاتی، کاش میں ہسپتال میں اُس کے آخری وقت میں اُس کا ہاتھ تھام لیتی، کاش!! کاش!! کاش!!!

ذوسیہ چند دن اور زندہ رہتیں تو میں اُنھیں بتاتی کہ مجھے اُس کی ڈائری کے چند کھوئے ہوئے صفحات بنگلہ دیش اور کشمیر کی تاریخ کی پُرسوز فضا میں ملے ہیں اور اُن پر بھی اُس کی طرح بنگالی اور کشمیری عورتوں کے خون کے دھبوں کے نشان ہیں۔ میں سر جھکا کر قبر کے سرہانے کھڑی سوچتی رہی اور خیالات کی بارش میرے دل پر ہوتی رہی اور پھر قطرہ قطرہ آنسو بن کر میرے گالوں پر بہتی رہی۔ کچھ ہی دیر میں تحسین صاحب نے پھولوں کی چادر قبر پر بچھا دی اور دونوں ہاتھ پھیلا کر اُن کے لیے دعائیں مانگنے لگے۔ میں نے بھی اپنے دونوں ہاتھ دعا کے لیے پھیلا دیے۔

جب ہم دعاؤں سے فارغ ہوئے تو چلتے چلتے تحسین صاحب نے ایک اور تازہ قبر کی طرف اشارہ کیا اور مجھے بتایا کہ وہ قبر ذوسیہ کے بیٹے کی ہے۔ یہ سنتے ہی میرے منھ سے پیٹر نکلا اور انھوں نے مجھے دیکھتے ہوئے ہاں میں منھ ہلا دیا۔ میں نے ایک لمحے کے لیے سوچا کہ پیٹر کی قبر کی طرف جاؤں مگر پھر مجھے روشن آرا اور امی یاد آ گئی اور میں نے فوراً دوسری طرف منھ پھیر لیا۔ میں نے تحسین صاحب کو بتایا کہ میری امی کی قبر بھی یہاں سے چند قدموں پر ہے اور میں وہاں بھی جانا چاہتی ہوں۔

کیوں نہیں، تحسین صاحب نے کہا، مگر مجھے لگا وہ یہ سُن کر تھوڑا سا چونکے کیونکہ عموماً یہ قبرستان کرسچن لوگوں کی تدفین کے لیے تھا۔ شاید وہ مجھے نو مسلم سمجھ کر اس بات کو ٹال گئے اور کچھ پوچھنا ضروری نہیں سمجھا۔

واپسی میں گاڑی چلاتے ہوئے جب تحسین صاحب نے انکشاف کیا کہ ذوسیہ کے بیٹے پیٹر کی موت کی خبر سن کر ہی ذوسیہ پر دل کا دورہ پڑا تھا تو میں حیران ہو گئی۔

'تو کیا پیٹر پاکستان سے باہر تھے؟ کیونکہ میں نے نہ تو اُنھیں کبھی ذوسیہ کے گھر پر دیکھا

تھا اور نہ ہی ذوسیہ نے کبھی بھی اُن کا ذکر مجھ سے کیا۔'

'اوہ، آپ کو انھوں نے نہیں بتایا تھا؟'

تحسین صاحب نے سگنل دیکھ کر گاڑی آہستہ کی اور کہا۔

'پیٹر کو ذوسیہ نے چالیس، پینتالیس برس پہلے کسی وجہ سے عاق کر دیا تھا۔ وہ یہی گورا قبرستان میں پڑا رہتا تھا، میرا خیال ہے وہ ڈرگز کا عادی ہو گیا تھا، مگر عاق کرنے کے باوجود ذوسیہ کافی عرصے تک کم و بیش ہر روز ہی اُسے کھانا پہنچانے جاتی تھی مگر پھر وہ اتنا زیادہ پاگل ہو گیا تھا کہ ذوسیہ نے بھی تنگ آ کر قبرستان جانا چھوڑ دیا تھا، شاید اس لیے بھی کہ وہ اب بہت بوڑھی ہو گئی تھی اور اُس نے گاڑی ڈرائیو کرنا بھی چھوڑ دی تھی۔'

تحسین صاحب کے جملے میرے کانوں میں اسی طرح سیسے کی طرح اُتر رہے تھے جس طرح دو دن پہلے کلپنا کی باتیں۔ میں نے تحسین صاحب سے پوچھا۔

'کیا آپ کے پاس پیٹر کی کوئی تصویر ہے؟'

'نہیں میرے پاس نہیں ہے مگر ممکن ہے ذوسیہ کی ڈائری میں ہو۔'

انھوں نے گاڑی چلاتے ہوئے ڈائری کی طرف سر کو ہلا کر اشارہ دیتے ہوئے مجھے کہا۔

میں نے ذوسیہ کی ڈائری پر سے ربڑ ہٹایا اور اُسے کھولا تو اُس میں چند تصاویر بھی نکل آئیں۔ اُن میں ایک تصویر ایک نوجوان آرمی آفیسر کی بھی تھی جسے میں نے جب غور سے دیکھا تو میں نے اُسے پہچان لیا۔

یہ تو وہی پاگل شخص تھا جس نے کچھ دنوں پہلے قبرستان میں مجھ پر حملہ کیا تھا۔۔۔ پیٹر کاسونوا۔

————

گھر پہنچ کر میں نے بے چینی سے ذوسیہ کی ڈائری کھولی اور اُس میں اُڑے ہوئے

صفحات کو ایک ایک کر کے دیکھنے لگی۔ گوگل میں پولش انگریزی ٹرانسلیشن دیکھتے ہوئے مجھے احساس ہوا کہ ڈائری کے زیادہ تر صفحات تو وہی تھے جو ذوسیہ نے مجھے سنا دیے تھے بس ایک ہی صفحہ مجھے کچھ مختلف سا لگا۔

23 marca 1972
Piotr
Straciles prawo do bycia moim synem po tym, co zrobiles w Bangladeszu. Zaluje, ze nie wiesz, co zrobiles, nie cudzolozyles z tymi niewinnymi bengalskimi dziewczynami w Bangladeszu, ale popelniles cudzolóstwo z moja matka i swoja matka. Przepisales strony historii, których zaginionych stron nie chcialem znalezc.
Moje serce i drzwi mojego domu sa na zawsze zamkniete dla Ciebie.

Zosia

23 مارچ 1972

پیٹر،

تم نے جو کچھ بنگلہ دیش میں کیا اُس کے بعد تم میرے بیٹے ہونے کا حق کھو چکے ہو۔ کاش! تمہیں اندازہ ہوتا تم نے کیا کر دیا؟ تم نے بنگلہ دیش میں اُن معصوم بنگالی لڑکیوں کے ساتھ زنا نہیں کیا بلکہ تم نے میری ماں اور اپنی ماں کے ساتھ زنا کیا۔ تم نے تاریخ کے ان ہی صفحات کو دوبارہ لکھ دیا جن کے کھوئے ہوئے صفحات کو میں ڈھونڈنا بھی نہیں چاہتی تھی۔ میرے دل اور گھر کے دروازے تمہارے لیے ہمیشہ کے لیے اب بند ہو چکے ہیں۔

ذوسیہ

میں ابھی اس صفحہ کی تحریر کے درد میں ڈوبی ہوئی تھی کہ مجھے لگا جیسے کسی نے دروازے

پر دستک دی ہے۔ میں نے اپنے آنسو ہاتھ سے صاف کیے اور وہ صفحہ دوبارہ ڈائری میں اُڑس کر اُسے دراز میں رکھ دیا۔ دروازے کے ہول سے باہر جھانکا تو میری آنکھیں حیرت اور خوشی سے کھلی رہ گئی، دروازے پر اسد تھا۔ میں نے دروازہ کھولا تو اُس نے اندر آ کر اپنے بیگ ایک کونے میں رکھا اور پھر میرے دونوں ہاتھوں کو تھام کر میرے ساتھ بستر پر بیٹھ گیا۔ کچھ دیر تک وہ مجھے چپ چاپ تکتا رہا اور پھر کچھ بولے بغیر اپنی باہوں میں مجھے اُس نے مجھے بھر لیا۔

•••